KB118259

1의 비극

ICHI NO HIGEKI
by NORIZUKI Rintaro

1의 비극

노리즈키
린타로
장편소설

이기웅
옮김

一の
悲劇

포레
forêt

1장 ——————— **발단**

오인 유괴

1

무수한 빗줄기가 차창을 타고 흘러내린다. 어느새 비가 내리고 있었다. 가로등의 뿌연 불빛 행렬이 꼬리를 물며 먹물에 물든 밤 속에서 차례로 창밖을 스쳐지나간다.

"여기가 어디쯤인가요?"

차창에 비친 도미사와 고이치의 옆얼굴이 운전석의 경찰에게 묻는다. 귀엣말이라도 하듯 작은 목소리다.

히가시야마토 시市라는 대답이 돌아왔을 뿐 아무 설명이 없었다. 도미사와 고이치가 나를 힐끗 쳐다보더니 말없이 시트 한가운데에 털썩 몸을 기댄다.

나는 손목시계를 봤다.

새벽 세시 반이 되어가고 있었다. 구가야마에 있는 집에서 나온 지 벌써 한 시간 가까이 지났다. 낯선 지역이라 앞으로 얼마나 더 가야 목적지에 도착할지 짐작이 가지 않았다.

타박상을 입은 몸 곳곳이 이제야 욱신거리기 시작한다. 화끈거리는 오른쪽 귀에 손을 슬쩍 갖다대보니 전에 부딪힌 부분이 부어 있다. 나는 차창에 머리를 기대어 피부에 싸늘한 자극을 선사해본다. 물론 그런다고 자책감이 지워지지는 않는다.

"시게루……"

왼쪽 창가 자리에서 목을 쥐어짜는 듯한 흐느낌 소리가 들려온다. 도미사와 고이치의 아내인 미치코가 울고 있다. 언어로 형태를 이루지 못한 오열이 이어진다.

그 소리에 답하듯 도미사와 고이치가 상체를 숙이고 양손으로 미치코의 손을 세게 감싸쥔다. 나는 귀를 틀어막고 싶은 충동을 가까스로 억눌렀다.

이번에는 조수석의 형사가 안면의 반만 우리를 향해 돌렸다. 스기나미 서ᛃ 경부보*인 다케우치다. 그는 나와 눈이 마주쳤지만 입을 굳게 다문 채 다시 앞으로 시선을 돌렸다. 이윽고 미치코가 고개를 떨궜고, 차 안은 잠잠해졌다.

나는 다시 창밖으로 눈을 돌렸다. 새벽이라 도로가 한산해서 한동안은 와이퍼가 빗방울을 긋는 소리밖에 들리지 않았다. 사이렌을 켜지 않은 것이다.

"다케우치 형사님."

오 분쯤 달리자 남자의 거친 목소리가 무선으로 날아들었다.

---

* 한국 경찰의 경위에 해당하는 직급.

다케우치가 마이크를 들고 호출에 답했다.

"오우메 서 수사원이 아이 시신을 발견했습니다."

이 말이 전해진 순간, 차 안 공기가 얼어붙는 듯했다. 도미사와 고이치의 맥박이 움찔하며 경련한다. 좁은 뒷좌석에서 무릎을 맞대고 있었기에 그 떨림은 내 몸속 깊은 곳까지 전해졌다. 곧바로 미치코의 얼굴을 볼 용기가 내게는 없었다.

"장소는?"

다케우치가 묘하게 낮고 억양 없는 목소리로 물었다.

"범인이 말한 대로 오우메요양원 근처의 공사장입니다. 아이의 특징도 일치합니다. 시신은 곧바로 오우메히가시병원으로 옮겼습니다."

"병원 위치는?

"오우메경찰서에서 남쪽으로 오십 미터. 같은 길에 있습니다."

"알았다. 병원으로 바로 가면 우리는 십오 분쯤 뒤에 도착한다. 아이 부모님과 같이 있으니까 신원 확인할 준비해두라고 연락해. 되도록 빨리 끝내고 싶군."

"알겠습니다."

지지직 하는 소리를 끝으로 무선이 끊겼다.

"시신이라고 했어. 방금, 아이의 시신이라고 했어!"

미치코가 열에 들뜬 듯한 목소리로 발작적으로 되뇌었다.

도미사와 고이치는 아내의 몸을 와락 끌어당기더니 두 팔로 머리를 감싸안았다.

"아직 뭔가 착오했을 가능성도 있어. 야마쿠라 씨, 이 사람에게 그렇다고 말씀해주세요, 네?"

뜬금없이 내 이름을 부르며 도미사와 고이치는 그렇게 말했다.

나는 대답할 수 없었다. 위로한답시고 지금 입을 열어봐야 빤한 거짓말밖에 되지 않는다고 느꼈기 때문이다. 솔직히 말하자면 이미 한참 전부터 이런 최악의 사태를 예견하고 있었다.

"도미사와 씨, 그리고 부인." 다케우치가 말문을 열었다. 두 사람의 모습을 룸미러로 보고 있다. "아무래도 댁의 아드님인 것 같습니다. 각오하시는 게 좋겠습니다."

나는 마음이 복잡했다. 다케우치의 말이 이치에는 맞지만 굳이 이 시점에 못박을 이유가 있단 말인가. 하지만 지금부터 일어나는 일은 단순한 절차의 문제에 불과할지도 모른다.

다케우치의 말을 기화로 미치코는 다시 오열을 터뜨렸다. 도미사와 고이치는 아내를 달래지도 못하고 망연자실한 듯 차 천장만 올려다보았다.

두 사람과 행동을 같이한 것이 후회되기 시작했다. 상처의 고통 때문이 아니었다. 내 입으로 동행하겠다고 말한 건 일종의 책임감이 작용했기 때문이지만, 그 의식의 이면에는 부정할 수 없는 죄책감이 들러붙어 있었다.

구가야마의 집에서 나온 뒤로 지금껏 나는 도미사와 부부의 비탄을 내게서 떼어낼 수 있기를 기도했고, 그 기도 때문에 죄책감은 더 커졌다. 악의 순환 그 자체였다. 하지만 최악의 장면이 아직 남아 있다. 그리고 내게는 그 자리에 있어야 할 의무가 있다.

차는 오우메 가도에서 왼쪽으로 빠졌다. 시 중심부로 들어가는 모양이었다. 공사중인 맨션 옆을 지나자 불 꺼진 빌딩들 사이로 오우메경찰서가 모습을 드러냈다. 어두워서 읽기 힘들었지만 방범 슬로건을 내건 현수막이 전면 벽에 걸려 있었다.

그 앞을 지나 오십 미터쯤 직진하자 자동차 헤드라이트가 '오우메히가시병원'의 간판을 비췄다. 형광도료가 칠해진 화살표가 야간 출입구 방향을 가리키고 있었다. 차단기가 내려진 정문 앞에서 일단 차를 돌린 뒤 바로 앞길에서 좌회전했다.

밤은 이슥하고 비까지 내리는데 야간 출입구 주위에 인파가 모여 있었고 드문드문 우산 꽃이 피어 있었다. 보나마나 사건 냄새를 맡은 보도진의 첨병이 분명했다. 하이에나 같은 무리다.

운전하던 경찰관이 경적을 울리며 인파를 흩뜨리고 나서야 겨우 진입할 수 있었다. 다케우치가 고개를 돌려 우리에게 알렸다.

"도착했습니다. 내려주십시오."

나는 오른쪽 차문을 열고 젖은 콘크리트 노면에 발을 내려놓았다. 카메라를 든 남자들이 뒤 범퍼까지 밀어닥쳤다. 고개를 들자 기다렸다는 듯이 수많은 플래시가 터졌고 나는 반사적으로 손을 들어 막아봤지만 현기증이 날 만큼 눈이 부셨다.

인파 속에서 나를 가리키며 마이크를 들이미는 사람도 있었다. 아이의 아버지라 착각한 것이다. 상대하지 않고 도미사와 부부를 위해 길을 비켜주려고 했다.

"아드님을 잃은 심경이 어떻습니까?"

"시끄러워!" 고함을 지르며 힘껏 팔을 휘저었다. 팔에 뭔가 부덮치며 요란한 소리가 났지만 개의치 않았다.

고개를 숙인 도미사와 부부가 서로를 꼭 붙든 채 드디어 차에서 내렸다. 주차장에 난무하는 고성이 미치코의 오열을 덮어버렸다. 다케우치가 카메라 대열을 헤치며 두 사람을 보호했다. 그야말로 검거된 중범죄자를 다루는 듯했다. 우리는 우격다짐식으로 건물 안으로 들어갔다.

병원 안은 바깥의 소란이 무색하리만치 을씨년스러운 정적에 싸여 있었다. 말없이 복도를 오가는 매서운 인상의 남자들이 보였다. 헤링본 블레이저를 입은 남자가 먼저 알아차리고 다케우치를 불러세웠다.

"자네가 스기나미 서에서 온 형사인가?"

"다케우치 경부보입니다."

"오우메 서 형사과장 마쓰나가네."

동종업자끼리만 통하는 시선이 두 사람 사이에 오갔다.

"이쪽이 피해자의 부모님입니다." 다케우치는 내 소개는 하지 않았다.

마쓰나가 과장이 도미사와 부부에게 다시 자기 이름과 직책을 밝히고는 형식적인 위로의 말을 늘어놓았다. 도미사와 고이치가 그의 말을 가로막았다.

"아직 우리 아이라고 결론나지 않았습니다. 시신은 어디 있죠?"

"지하 영안실에 있습니다. 지금 바로 확인하실 수 있겠습니까?"

도미사와 고이치는 고개를 끄덕였다. 어떤 결과가 나오든 얼른 일을 마쳐버리자, 그런 느낌이었다. 미치코는 뺨을 적신 채 무감각한 인형처럼 아무 말이 없었다.

"그럼 가시죠." 다케우치가 말했다.

마쓰나가 과장이 앞장섰다. 복도 막다른 쪽 계단을 내려가서 소독약냄새 지독한 지하실 복도를 한 무리가 걸어갔다. 아무도 입을 열지 않았고 발소리만 울려퍼졌다.

복도 끝에 무미건조하게 '영안실'이라고 적힌 다소 섬뜩한 분위기를 풍기는 문이 있었다. "들어가시죠"라며 마쓰나가 과장이 문을 열었다.

미치코가 문 앞에서 주저하자 도미사와 고이치는 아내의 어깨를 감싸며 들어가자고 타일렀다. 미치코는 마지못해 남편을 따랐다. 나도 두 사람 뒤를 따르려는데 다케우치가 가로막았다.

"당신은 안 됩니다. 들어갈 수 없습니다."

"왜죠?"

"아이 유족이 아니니까요."

그렇게만 말하고 다케우치는 내 눈앞에서 문을 닫았다. 이의를 제기할 겨를도 없었다. 나는 복도에 혼자 덩그러니 남겨졌다.

삼십 초도 지나지 않아 미치코의 통곡소리가 들려왔다. 역시 착오일 가능성 따위는 없었다. 통곡은 한참 이어졌다. 나는 이를 악물고 문 앞에 꼿꼿이 서서 미치코의 통곡을 내 귀에 각인하려 했다. 그 순간 느닷없이 문이 열리더니 마쓰나가 과장이 얼굴을 드러냈다.

"자식이 부모보다 먼저 세상을 떠나는 건 정말 못 볼 노릇이야."

나는 고개를 끄덕였다. 그는 갑자기 나란 존재에 흥미가 생긴 모양이었다.

"아까 물으려다가 깜빡했는데 선생은 대체 무슨 관계인데 여기까지 오신 겁니까?"

"야마쿠라 시로. 범인이 원래 유괴하려고 했던 동급생의 아버지입니다."

내가 말하기 전에 다케우치가 선수를 쳤다. 그도 이제 막 복도로 나온 참이었다.

형사과장이 이제 알겠다는 듯한 표정을 지으며 내 얼굴을 바라봤다.

"운이 좋았군. 범인이 엉뚱한 실수를 안 했으면 저기에 당신 자식이 있었을 텐데."

형사과장의 말투에서 오늘밤 내가 저지른 실책을 은연중에 질타하는 것이 확연히 느껴졌다. 부어오른 관자놀이가 욱신거렸다. 항의하려 했지만 입을 열기 전에 또다시 누군가 끼어들었다.

"당신 때문이야."

미치코였다. 열어둔 문 앞을 막듯이 서서 통통 부은 눈으로 나를 꿰뚫을 것처럼 노려보고 있었다. 눈물로 얼룩져 화장이 엉망이 됐지만 전혀 상관없는 듯했다.

"당신 때문에 우리 시게루가……"

"왜 그래, 당신!" 도미사와 고이치가 뒤에서 아내의 블라우스

자락을 붙잡고 말렸다. "야마쿠라 씨가 무슨 잘못이야. 어쩔 수 없었어. 나쁜 건 범인이야."

"아냐."

미치코가 남편의 손을 뿌리치고 단호한 걸음으로 복도로 나왔다. 두 형사는 미치코의 기세에 압도된 듯 물러섰다. 나는 얼굴이 맞닿을 정도의 거리에 우두커니 서서 미치코의 비난을 온몸으로 받았다.

"당신이, 당신이 시게루를 죽였어!"

"미치코." 도미사와 고이치가 아내를 말렸다.

미치코는 아랑곳하지 않고 내 셔츠 앞섶을 거머쥐고 신경질적으로 흔들었다. 나는 미치코의 손아귀에 몸을 맡겼다. 꼼짝도 할 수 없었다.

"당신이 시게루를 죽였어."

미치코는 갑자기 균형을 잃은 연처럼 휘청하더니 털썩 주저앉았다. 그 바람에 미치코가 잡고 있던 셔츠의 단추가 떨어져 복도 위로 허무하게 굴렀다. 미치코가 리놀륨 바닥에 얼굴을 처박고 아이처럼 흐느끼며 같은 말을 계속 되뇌었다.

"당신이 죽였어. 당신이……"

내가, 죽였다?

그렇다. 다름 아닌 내가 죽였다. 이유 불문하고, 바로 나 때문에 아무 죄 없는 한 아이의 생명이 꺼지고 말았다. 부정할 수 없는 사실이다. 변명의 여지도 없다. 아니, 애당초 변명할 마음도 없다. 어른이 해야 할 일과 하지 말아야 할 일을 구별하지 못하면 어쩐단 말인가.

나는 어린 도미사와 시게루의 생명을 빼앗은 범인을 용서하지 못한다. 동시에 나 자신을 용서하지 못한다. 그 이유는 마음속 깊은 곳 어딘가에 시게루의 죽음을 환영하는 자신이 똬리를 틀고 있다는 사실을 결코 부정할 수 없기 때문이다.

도미사와 시게루는 내 아들이다.

2

새벽 네시 반. 나는 오우메 서 2층의 삼 제곱미터쯤 되는 살풍경한 방에서 아무 기약 없이 혼자 대기하고 있었다. 철제책상과 철제의자 몇 개만 놓여 있는 퀴퀴한 냄새가 나는 방이다. 바닥의 리놀륨이 깨져서 드러난 콘크리트 틈에 시커먼 먼지가 들러붙어 있다. 청소부마저 방치한 공간인 듯하다.

도미사와 부부는 같은 서 별실에서 필요한 절차와 차후 조치에 대한 설명을 듣고 있을 것이다. 나도 동석하길 바랐지만 미치코의 거부로 이렇게 혼자 무용한 시간을 보내게 됐다.

창밖으로 늘어진 쇠창살 그림자를 보니 본래는 용의자 취조실로 사용하는 공간인 듯하다. 오우메 서 현관에서 여기로 안내됐을 때 무례한 대우라고 곧바로 항의했어야 했는지도 모른다. 하지만 나는 육체적으로도 정신적으로도 너무 지쳤다. 다케우치나 마쓰나가 같은 작자들에게 불평할 마음도 들지 않았다.

오히려 마음 한구석으로는 혼자 있기를 바랐는지도 모른다. 병원 영안실에서 들은 말이 너무도 사무쳤다.

책상 위에 지저분한 알루미늄 재떨이가 놓여 있지만 이 년 전에 담배를 끊어서 아무런 위로도 되지 못했다. 마음을 풀 방법이 딱히 없어서 넝마처럼 의자 등받이에 기대앉아 멍하니 문만 바라봤다.

시간이 갈수록 불안이 증폭됐다. 일종의 켕김에 가까운 짜증이었다. 나만 여기에 방치한 이유가 뭘까. 경찰의 진의가 짐작되지 않았다. 혼자 따돌림당하는 것 같아서 불안이 가시지 않았다.

애당초 도미사와 부부가 사건에 휘말린 건 범인의 우연한 실수 때문이었다. 범인은 야마쿠라 가家의 자식을 유괴하려고 했다. 그러니 앞으로의 수사를 고려한다면 도미사와 부부보다 야마쿠라 시로, 즉 내가 더 중요한 존재가 아니겠는가.

그럼에도 나를 이렇게 무시하는 이유는 단순히 오우메 서의 인력이 부족한 탓일까. 아니면 아이의 죽음 때문에 경찰까지 한통속으로 내게 분풀이라도 하는 걸까. 자꾸만 후자 같다는 느낌을 지우기 힘들었다. 아니 그럴 리 없다. 내 상태가 정상이 아닌 모양이다. 피해망상의 일종일까. 아니면 육신의 피로와 통증이 정상적인 사고를 갉아먹고 있는 걸까.

당장 집에 연락해야 한다고 생각하지 않은 건 아니었다. 아내의 목소리를 들으면 마음도 조금 편해질 테고 근거 없는 망상도 날아갈지 모른다. 하지만 도미사와 미치코 때문에 그럴 수 없었다. 나를 원망하는 그녀의 절규가 아직도 머릿속을 점령하고 있었다.

"당신이 시게루를 죽였어!"

그 말이 귓속에서 떠도는데 가즈미와 통화한다니 도저히 견딜 자신이 없었다.

지금 가즈미와 통화하면 이중의 죄책감에 시달리다가 시게루가 내 아들이라는 사실을 털어놓을지도 모른다. 그럴까봐 무섭다. 그것이 다른 무엇보다 무섭다.

그럴 가능성을 두려워한 나머지 아내 앞에서 정말로 나불거릴 것 같은 예감에 휩싸였다. 그런 상상만으로도 소름이 돋았다. 자백에 대한 공포가 강박관념으로 변해서 불안과 초조에 박차를 가했다.

여기 있는 동안에는 전화는커녕 아내에 대해서는 생각도 하지 말라고 스스로에게 명했다. 머릿속을 백지상태로 지워라. 그러나 머릿속을 지우려고 노력할수록 가슴은 가즈미를 한층 강하게 갈망했다. 폐가 산소를 갈구하듯. 그런 반응에 저항하기란 애초부터 불가능했다.

가즈미.

내 아내.

진부한 표현이지만 아내는 내게 애틋한 존재다. 사람의 이목을 끄는 화사한 미인은 아니지만 오밀조밀 어우러진 단정한 이목구비는 꾸밈없는 일상의 아름다움으로 충만하다. 소녀 같은 앳된 분위기를 머금은 가식 없는 미소, 몸에 밴 우아함과 온기 넘치는 포옹. 떠올리기만 해도 마음이 푸근해진다. 새삼 애정이라

부르기도 부끄러울 정도로 스스럼없는 부부간의 신뢰가 우리를 잇고 있다. 가즈미야말로 내게는 누구와도 바꿀 수 없는 이상적인 반려자다.

그런데 가즈미는 스스로를 볼품없다고, 돈을 노리지 않는 이상 자신을 좋아할 남자는 없다고 굳게 믿고 살아온 모양이었다. 그것이 나와 결혼하기 전까지 가즈미에게 각인돼 있던 생각이었다.

세상 사람들이 자신을 어수룩한 사람으로 본다고 스스로 단정하고 있었다. 나와 처음 만났을 무렵에 그런 자격지심이 특히 심해서 매사에 소극적인데다 걸핏하면 자신이 만든 껍질 속에 틀어박히곤 했다.

가즈미가 그렇게 확신한 이유 중 하나는 동생에게 있는 게 분명하다. 쓰구미는 모두가 인정하는 미인이었다. 머리가 좋고, 소극적인 언니와는 반대로 활동적이고 주목받기를 즐겼다. 준프로 극단의 요청으로 몇 번이나 여주인공으로 무대에 올랐고, 숭배하다시피 따르는 남자들의 행렬은 끝이 보이지 않을 정도였다. 그러면서도 뒤끝 없는 성격 덕분에 여자들로부터 미움을 사지도 않았다. 그런 동생과 자신을 비교하며 가즈미는 내내 근거 없는 열등감에 시달렸던 것이다.

내가 가즈미를 만나기 전까지 그녀의 매력을 제대로 알아본 남자가 없다는 것이 이상했다. 단지 동생과 다른 타입의 여자일 뿐인데 말이다. 세상 남자들이 얼마나 그릇된 선입관에 사로잡혀 있는지를 보여주는 사례라고 생각한다. 물론 그 덕분에 가즈미를 내 사람으로 만들 수 있었으니 불평할 입장은 아니다. 분통을 터뜨려야 하는 사람은 내가 아닌 다른 남자들이다.

하지만 가즈미의 매력을 가장 잘 알고 있던 사람은 그녀의 동생이었던 듯하다. 사실 내가 가즈미와 사귀게 된 것도 쓰구미 덕분이었다. 그 점에 대해서는 쓰구미에게 감사하고 있다. 쓰구미에 대해 과거형으로 말할 수밖에 없는 현실이 무척 안타깝다. 쓰구미가 세상을 떠난 지도 어언 칠 년이 지났다.

내가 미치코와 관계를 맺은 것도 그해의 일이었다. 정확히는 쓰구미가 세상을 떠나기 두 달 전의 일이다. 그때 나는 이미 가즈미와 결혼한 상태였다.

그때를 떠올리면 자기혐오가 치민다. 가즈미에 대한 애정이 식어서가 아니었다. 본의 아니게 아내를 배신하는 행위를 저지르고 만 데는 불운하기 짝이 없는 내막이 있었다. 마가 꼈다는 말의 진정한 무서움은 실제로 겪어보지 않으면 알지 못한다. 나와 미치코에게 벌어진 일은 마가 꼈다는 말로밖에는 설명할 수 없는 것이었다.

물론 아내는 나와 미치코 사이에 그런 일이 있었다는 걸 모른다. 만약 가즈미가 그 사실을 알게 된다면 우리 가정은 두말할 것도 없이 무너지리라. 그런 일이 일어나서는 안 된다. 나만의 고통으로 끝나지 않는다. 가즈미의 온 인생이 부정되고 더럽혀질 것이다. 내게는 아내와 가정을 지켜야 할 의무가 있다. 몰염치하다고 비난받을지라도 이 비밀만은 끝까지 숨겨야 한다.

자신의 약점을 극복하고 안일함을 버려라. 앞으로 무슨 일이 있더라도 심장에 철갑을 둘러야 한다. 내가 아니라 가즈미의 행복을 위해.

복도를 울리며 다가오는 발소리가 난잡한 사고의 흐름을 끊었다. 노크도 없이 다짜고짜 문이 열리더니 다케우치가 들어왔다. 예의 그 벌레 씹은 듯한 떨떠름한 얼굴이었다.

"오래 기다리셨습니다. 따라오시죠."

말은 공손의 가면을 쓰고 있지만 태도는 여전히 오만했다. 나는 일부러 대답하지 않고 자리에서 일어나 다케우치를 따라 방에서 나왔다. 오래 앉아 있던 탓에 엉덩이가 마른 점토처럼 탄력을 잃은 것 같았다.

복도로 나가자 도미사와 고이치가 있었다. 아픈 사람처럼 흙빛의 얼굴에 그늘이 드리워져 있었고, 눈도 갈색으로 탁했다. 복도 조명 때문만은 아니었다. 눈 밑의 다크서클이 확연히 보였다.

주위를 슬쩍 둘러봤지만 미치코는 보이지 않았다.

"이제 아이가 발견됐던 현장으로 갈 겁니다." 갈라지는 목소리로 도미사와 고이치가 말했다. "괜찮다면 야마쿠라 씨도 함께 가주시겠습니까?"

예상치 못한 제안이었다.

"네? 왜 저까지?"

"야마쿠라 씨에게는 시게루 일로 큰 폐를 끼쳤습니다. 위험하다는 걸 알면서도 범인의 지시대로 행동해주신 것까지……"

"그런 말씀 마세요. 제가 좀더 주의를 기울였다면 시게루에게 그런 일은 일어나지 않았을 겁니다."

"책망하려는 말이 아닙니다." 도미사와 고이치는 다급히 손을 저었다. "야마쿠라 씨에게는 깊이 감사하고 있습니다. 아들을 잃은 건 가슴이 찢어지지만, 그건 별개의 일입니다. 제 아들을 위해서라도 함께 가주시지 않겠습니까?"

진심인 듯했다. 그 사실이 오히려 나를 괴롭게 만들었다.

"하지만 제가 함께 가면 부인이 불편해하실 텐데요."

"아내는 가지 않습니다. 지금 4층 의무실에 누워 있어요."

"무슨 일이라도 있습니까?"

"그후로 감정을 주체하지 못하고 쓰러졌어요. 아, 걱정하실 건 없습니다. 충격으로 잠시 정신적인 균형이 무너진 걸 테니까요. 주사를 맞았으니 조금 자고 나면 평소처럼 괜찮아질 겁니다."

도미사와 고이치의 대답이 공허하게 들렸다. 자식이 죽은 마당에 어떻게 평소와 같을 수 있단 말인가. 당사자도 모를 리 없었지만 그런 내색은 보이지 않았다. 당장은 슬픔을 잠깐 미뤄두고 둔감한 상태로 견뎌보려 하는 것이다. 그가 가엾게 느껴졌다. 내가 동행해서 조금이라도 도미사와 고이치의 기운을 북돋을 수 있다면 거절할 수 없다고 생각했다.

"알겠습니다." 내가 말했다.

계단을 내려가 현관으로 나왔다. 주차장에 남아 있는 기자들을 무시하고 차에 올랐다.

오우메 서의 차량인데 경찰차가 아닌 도요타 크라운 승용차였다. 운전석에는 오우메 서의 미야모토라는 형사가 앉아 있었다. 우리는 뒷좌석에 앉고 다케우치는 올 때와 마찬가지로 조수석에 자리를 잡았다.

"당신이 싫다고 해도 데려갈 작정이었습니다." 차가 출발하고 얼마 지나지 않아 다케우치가 말했다. "이 사건의 주역은 야마쿠라 씨 당신입니다. 그 사실을 명심하길 바랍니다."

말하지 않아도 그건 당사자인 내가 가장 잘 안다. 그러나 그렇게 대답할 자격이 지금의 내게는 없다. 관자놀이가 다시 지끈거리기 시작했다. 원통함과 나라는 인간의 무기력함을 이를 악물고 견딜 수밖에 없었다.

시가지를 빠져나와 다마가와 철교를 건넜다.

"아키카와 가도를 남쪽으로 건너가고 있습니다." 미야모토가 말했다.

오르막길이 나왔다. 이 일대로 진입하자 집들이 드문드문 보였고, 밤의 어둠도 한층 깊어졌다. 늦은 시간이라 마주치는 차량도 없었다.

도로 오른편으로 산이 육박해왔다. 활 모양으로 커브를 그리는 길이라 시야가 막혔다. 왼편 가드레일 너머로 밑이 보이지 않는 어둠이 낭떠러지를 타고 펼쳐졌다. 이윽고 헤드라이트가 '오우메 요양원' 간판을 비췄다. 속도를 늦춰 도로 왼편으로 빠진 차가 요동치며 좁은 비포장도로를 내려갔다.

백 미터쯤 달리자 산을 깎아 만든 평지가 나왔다. 헤드라이트를 켠 채 멈췄다. 오우메 서의 경찰차 세 대가 가로로 주차돼 있었다. 평지 옆에는 굴착기 한 대가 고개를 푹 숙인 듯한 모습으로 비를 맞고 있었다.

미야모토가 내리라고 말했다. 다케우치가 말없이 문을 열고 밖으로 나갔다. 우리도 뒤따랐다. 도미사와 고이치의 동작은 무거워 보였다.

길은 앞으로 좀더 이어져 있었다. 전방에서 인공적인 불빛 몇 줄기가 어둠을 찢어발기며 빗줄기를 선명히 드러내고 있었다. 미야모토가 우산과 손전등을 건넸다. 다케우치는 혼자 성큼성큼 앞으로 걸어갔다.

비로 질퍽해진 길이 다시 오르막이 됐다. 손전등으로 발끝을 비춰보자 길섶뿐만 아니라 바큇자국 사이에도 잡초가 자라 있었다. 삼나무와 칠엽수에서 뻗은 가지가 길 사이를 메우고 있었다.

나무가 벌목된 곳은 자재 하치장으로 쓰이는 곳인 듯했다. 빼곡하게 쌓은 적갈색 철근에 비닐시트를 씌운 덩어리 대여섯 개가 공터를 점령하고 있었다. 그 주위로 거무스름한 그림자처럼 보이는 남자 몇몇이 손전등을 휘저으며 비와 밤과 고투하고 있었다. 빛이 반사되는 형태로 보아 나일론 레인코트를 입고 있는 우오메 서의 수사원 같았다.

"범인의 유류품은?" 다케우치가 남자들에게 물었다.

"쉽지 않아." 레인코트 중 하나가 대답했다. "이렇게 어두운데 뭐 하나 제대로 찾겠어? 날이 밝아야 뭐라도 보일 것 같아."

"그럼 발자국이나 타이어 자국 같은 것이 비에 사라져버리지 않겠어?"

"당장은 어쩔 도리가 없어. 처음 보는 얼굴인데, 어느 서에서 왔나?"

"죄송합니다만." 도미사와 고이치가 큰 소리로 끼어들었다.
"아들은, 아들의 시신은 어디에 있었습니까?"

근처에 있던 남자가 도미사와 고이치의 얼굴에 손전등을 비췄
다. 도미사와 고이치는 불빛을 받으며 가련한 새처럼 사방을 두
리번거렸다.

"이쪽입니다." 십 미터쯤 떨어진 자재 더미 뒤편에서 굵은 목
소리가 대답했다.

도미사와 고이치의 팔을 잡고 그쪽으로 이동했다. 철근을 넘
고 무릎까지 오는 풀숲을 힘겹게 헤쳤다. 도미사와 고이치의 거
친 숨소리가 내 숨소리와 포개졌다.

"아이 아버지입니까?" 아까 목소리의 주인공이 우리에게 손
전등을 비추며 물었다.

하마터면 내가 대답할 뻔했다. 그러나 나보다 먼저 도미사와
고이치가 대답했다.

"그렇습니다."

"시신은 여기 있었습니다."

남자가 손전등을 땅으로 향했다. 우리는 한발 앞으로 몸을 내
밀었다. 하얀 끈을 풀줄기에 묶어서 만든, 긴 쪽이 일 미터쯤 되
는 직사각형이 보였다. 그 부분에만 풀이 눌려 있다.

"비닐봉투에 담아 여기 방치했습니다. 책가방도 같이 있었습
니다. 자재 때문에 가려 있어서 언뜻 봤으면 발견하지 못했겠어
요. 범인이 장소를 말해주지 않았다면 며칠이 지나도 눈에 띄지
않았을 겁니다."

도미사와 고이치가 주저앉듯이 무릎을 꿇더니 그곳으로 기어갔다. 우산도 손전등도 내팽개친 채였다.

비는 그칠 줄 모르고 내렸다. 밤새도록 내릴 것 같다. 흠씬 젖은 도미사와 고이치의 등은 빛이 드리우자 시커먼 얼룩처럼 보였다.

도미사와 고이치는 한마디도 하지 않았다. 그저 무릎을 꿇고 이마를 땅에 처박은 자세로 있었다.

나는 한 발짝도 움직이지 않았다. 그의 등에 우산을 씌워주지도 못했다. 죽은 아이가 도미사와 고이치의 아들이라는 사실을 눈앞에서 똑똑히 알게 된 기분이었다.

도미사와 고이치는 나와 미치코의 관계를 알고 있을까? 그런 의문이 문득 내 안에서 고개를 들었다. 여기까지 꼭 함께 와달라고 했던 것이 그것 때문이 아니었을까? 그러나 이런 곳에서 그 사실을 확인할 수는 없었다.

꼼짝도 하지 않고 도미사와 고이치 뒤에 서 있었다.

유괴범에 대한 분노가 새삼 내 안에서 솟구쳤다. 방금 전 다케우치의 말을 곱씹어봤다. 이 사건의 주역은 나다. 그러니 그 역에 걸맞게 증오해마지않는 범인을 내 손으로 찾아 법의 심판대로 끌고 가고 말겠다. 그가 누구든 용서하지 않겠다. 기필코 그러고 말겠다고 나는 아무 말도 터져나오지 않는 도미사와 고이치의 등에 대고 맹세했다.

3

사건의 개막은 11월 9일 금요일 오전 열한시에 이루어졌다. 그전까지는 평소와 다를 것 없는 평범한 아침이었다. 최소한 내게는.

아홉시부터 4층 회의실에서 열린 J사 신제품 마케팅 박람회 협의를 마치고 내 방으로 돌아와서 기획서에 사인을 하는데 내선 램프가 반짝거렸다.

수화기를 들자, "바로 올라와주게" 하는 전무의 목소리가 들렸다.

"지금 올라가겠습니다." 나는 일부러 신중하게 대답했다.

앞으로 삼십 분쯤 내 책상에서 벗어나지 않을 생각이었지만 전무의 호출이니 어쩔 수 없었다. 직원들에게 정신 차리고 일하라고 못을 박아두고 방에서 나왔다.

내가 다니는 '신토 애드'는 '애드'라는 단어가 말해주듯 종합광고대행사다. 하쿠쓰나 덴포도 사처럼 한 나라를 움직일 만큼의 영향력을 지닌 거대 조직은 아니지만 부침이 심한 광고업계에서도 저력을 인정받는 중견 회사로 나름 유명하다. 신참이라 할 만큼 풋풋하지도 않지만 긴 역사를 자랑할 만큼 고참 기업 역시 아니다. 현재의 사장은 창업자의 삼대 후손인데, 회사가 이만큼 성장한 데는 사실 가도와키 료이치 전무의 공이 컸다. 전무가 이 회사의 사실상 실권자라는 데 이론을 제기할 사람은 없을 것이다.

그리고 그는 내 아내의 아버지이기도 하다.

엘리베이터를 타고 7층으로 올라가서 전무실 문을 두드렸다. 대답을 기다리지 않고 안으로 들어갔다.

가도와키 료이치는 백발과 흑발이 섞인 머리에 윤기 흐르는 피부, 장대한 골격을 가진 남자다. 하관을 보면 다소 어눌한 인상을 주지만, 본인은 만년의 사카구치 안고*와 닮았다고 말한다. 다행히도 두 딸은 어머니의 외모를 물려받았다.

유도 유단자인 장인은 지금도 틈틈이 도장에 나간다. 일견 호탕해 보이지만 실제로는 잇속 빠르고 꼼꼼한 남자다. 자신에게 엄격하고 타인에게도 그렇기를 요구하나 결코 구질구질하게 실수를 책망하지는 않는다. 내 주제에 할 소리는 아니지만 경영자로서 그릇이 크다고 생각한다.

장인이 책상 위의 서류에서 눈을 떼고 노안경을 벗더니 내 얼굴에 시선을 맞췄다.

"J사 이벤트 기획은 어떤가? 물건이 될 것 같나?"

"네."

"잘됐군. 사실은 좀 불순한 소문을 들어서 말이야. J사 신임 홍보부장이 자넬 깎아내리는 소릴 한다는 이야기를 들었네."

"뻔한 오해입니다." 나는 가볍게 대답했다.

내가 가도와키 료이치의 사위라는 건 회사 안팎으로 다 알려진 사실이다. 그 사실 때문에 지금의 내 지위가 실력으로 쟁취한 것이 아니라 전무 덕에 만들어졌다는 소문이 돈다. 어쩔 수 없다.

---

* 일본의 소설가.

게다가 몇 년 전까지 미디어국 아래 있던 판촉부가 SP국으로 독립해 내가 판촉부장에서 SP국장으로 승격했을 때는 말로 다 짚을 수 없을 만큼 악소문이 파다했었다.

최근 들어 사내에서는 그런 이야기가 거의 사라졌지만, 클라이언트들 중에는 아직도 색안경을 끼고 나를 보는 자들이 있다. 이번 J사의 신임 홍보부장도 나에 대해 편견으로 얼룩진 평을 꽤 들은 모양이었다. 요컨대 내 업무 방식을 좋아하지 않는 인간이 있다는 뜻이다.

하지만 대개의 경우 현장에서 함께 일하다보면 그런 편견은 사라진다. 이번에도 똑같았다. 솔직히 말하자면 나는 이제 이런 경험에 익숙하다 못해 즐기는 경지에까지 이르렀다.

"그런가? 매번 자네에게만 짐을 지워서 미안하게 생각하고 있네. 마음 같아서는 내가 나서고 싶지만 그랬다가는 오히려 역효과만 날 테니."

"저는 아무렇지 않습니다. 게다가 모리시타라는 친구, 꽤 재밌더군요. 전임자보다 머리도 유연해서 말이 잘 통할 것 같습니다."

"모리시타? 아, 그 홍보부장 말이로군. 그런데 프레젠테이션 상황은 어떤가?"

"아직 전시장 레이아웃 문제가 남았지만 순조롭게 진행되고 있습니다. 클라이언트의 기대를 넘어서는 멋진 캠페인이 되리라 확신합니다."

현재 내 직책은 SP국장이다.

물론 SP는 요인 경호 경찰Security Police이 아니라 '세일즈 프로모션'의 약자로, 해석하면 '판매 촉진'이다. 단어 자체의 의미는 광대하지만 광고업계에서는 매스미디어 중심의 광고와는 다른 방법으로 수요를 창출하는 활동을 가리킨다. 이벤트라든가 거리에서의 샘플 배포, 카탈로그 및 포스터 제작, 콘테스트 개최와 모니터 모집 등 갖가지 방법을 통해 소비자가 상품을 구매하도록 유도하는 것이다.

본래 광고는 매스미디어가 주류라서 SP 담당은 어느 회사에서나 미미한 존재였다. 신토 애드에도 SP를 담당하는 전문 부서가 없어서 외부업체에 하청을 맡기던 시절이 있었다. 그후 판촉부가 신설됐지만 오랜 세월 미디어국 밑에서 움츠려 지내야 했다.

그런데 지난 십 년 사이에 매스컴 광고에만 의지해서는 상품이 팔리지 않는 시대가 됐다. 그래서 소비자에게 보다 직접적으로 접근하는 활동이 중요해지게 됐다. 매체에서 SP로 흐름이 바뀐 것이다. 전국 방방곡곡에서 펼쳐지는 이벤트의 홍수는 모두 기업과 광고대행사의 캠페인 경쟁의 결과다.

장인은 일찍이 SP의 중요성에 눈을 떴다. 텔레비전 CM과 신문, 잡지 등의 매체 광고가 효과 면에서 한계에 달할 것을 진작 예측했던 것이다. 구태의연한 사내 구조를 개혁해 변화가 빠른 광고업계의 흐름에 뒤처지지 않았던 것은 장인의 선견지명 덕분이다. 현재는 SP 분야 매출이 신토 애드 총매출의 사십 퍼센트에 육박할 정도에 이르렀다.

그런 만큼 지금은 각광을 받는 부서의 책임자지만, 십 년 전 느닷없이 판촉부 발령을 받았을 때는 깜짝 놀랐다. 판촉이란 단어를 들으면 광고 전단이나 차내 광고판 같은 것밖에 떠오르지 않았기 때문이다. 이벤트가 뭔지도 잘 몰랐다.

미국 SP위원회에서 나온 리포트를 뜻도 잘 모르면서 읽었고, 전국 각지의 컨벤션홀로 수없이 발걸음을 옮겼다. 장인의 계산이 정확했다는 것은 1981년 교황의 내일來日 캠페인을 눈앞에 뒀을 때 비로소 깨닫게 됐다.

장인의 구상은 부서이기주의에 매몰되지 않는 아메바적인 판촉 팀을 만드는 것이었다. 그에 따라 현재의 SP국은 '만물상'의 역할을 수행하고 있다. 나를 그 팀의 수장으로 앉힌 이유는 장인이 생각하는 '만물상'의 이미지에 내가 가장 가까웠기 때문이라고 한다. 무작정 기뻐할 평가만은 아니라는 느낌을 지우기 힘들지만.

판촉부를 미디어국에서 독립시켜 SP국으로 개명한 것도 애초부터 장인의 청사진에 들어 있었다. 그때까지는 미디어국과 마케팅국 사이에 끼여 판촉부의 독자적인 활동을 전개하기 어려웠기 때문이다. 현재는 SP국 주도하에 대형 PR 캠페인을 기획해서 미디어국과 마케팅국의 일을 견인하는 경우가 많다. 장인은 말버릇처럼 '만물상'이 곧 '토털 프로모션'이라고 말하는데 그는 장래에 SP국을 회사의 중추적 위치에 올려놓겠다는 청사진을 그리고 있다.

그렇기에 장인이 SP국의 활동에 늘 눈을 반짝이며 주목하는 건 당연하지만 오늘 굳이 J사 건으로 호출한 건 납득이 가지 않았다. 일은 순조롭게 진행되고 있었고, 그 건과 관련해서는 다음주 정례회의 때 상세한 자료를 첨부하여 중역진에 보고할 예정이었기 때문이다.

"그래, 아주 흡족하군." 장인이 말했다. "그건 그렇고, 실은 어제 가즈미와 만났네."

나는 살짝 어깨를 으쓱했다. 장인은 대수롭지 않은 얘기처럼 꺼냈지만 말끝에 필요 이상의 힘이 들어가 있었다. 장인이 나를 부른 이유는 이것이었던 것이다.

"무슨 일이라도 있었습니까?"

"아닐세. 그냥 점심때 가즈미가 이쪽으로 나올 일이 있대서 식사를 같이 했을 뿐이야. 그런 얼굴 하지 말게. 부녀간에 그러는 것 갖고 누가 뭐라고 하겠나."

"가즈미는 아무 말도 하지 않던데요."

"내가 말하지 말라고 못을 박아둬서 그랬을 거야. 언짢아하지 말게. 그애가 요새 자네가 힘들어 보인다고 걱정하면서 회사에 무슨 문제라도 있는지 슬쩍 물어봐달라고 부탁하더군."

"그래서 아버님은 뭐라고 하셨습니까?"

"물론 걱정할 일은 없다고 했지. 지금 맡은 일 때문에 꽤 애를 먹고 있어서 그럴 거라고 했네."

"J사 홍보부장 이야기도 하신 겁니까?"

"뭐, 그랬지."

"가즈미를 안심시키기 위해 거짓말을 하셨군요."

장인이 짐짓 정색한 얼굴로 고개를 끄덕였다. 그러고는 진중한 얼굴로 나를 추궁했다.

"SP국은 현재 만사가 순조로운 걸로 알고 있네. 업무와 관련해서 국장 얼굴에 먹구름이 드리울 문제가 있다면 정례회의에서 허위 보고를 했다는 소리 아니겠나. 자네가 그런 수작을 부렸을 거라고는 생각지 않네만."

"물론입니다."

"그렇다면 자네 얼굴이 어두운 이유가 뭔가?"

"가즈미가 괜한 걱정을 하는 겁니다."

"아니." 장인이 고개를 저었다. "아까 가즈미 이름이 나온 순간 자네는 눈썹을 모았어. 내가 눈뜬 장님인 줄 아나? 그애와 무슨 문제라도 있나?"

"아닙니다." 우물거리는 목소리를 감출 수 없었다.

"설령 그렇다고 해도 자네를 꾸짖을 생각은 없네. 그애가 얼마나 사람을 힘들게 하는지 아비인 내가 왜 모르겠어. 혹시 문제가 있다면 말해주게. 물론 가즈미에게는 말 않겠네. 같은 남자로서 힘이 되어주고 싶어 그래."

내 안에서 두 목소리가 싸웠다. 다 털어놓고 장인의 도움을 받으라고 요청하는 목소리와 침묵으로 밀고나가야 한다고 명령하는 목소리. 망설이는 기색을 장인 앞에서 끝까지 감출 여유가 없었다.

"……여자 문제인가?" 떠보듯이 장인이 물었다.

하마터면 고개를 끄덕일 뻔했다. 그러기 직전에 나는 가까스로 고개를 멈출 수 있었다. 하지만 동요의 빛이 얼굴에 드러난 모양이었다. 장인이 눈치챘다고 직감했다.

장인은 말없이 나를 응시했다. 여기서 눈을 피하면 인정하는 거나 마찬가지다. 웃으며 부정할 타이밍도 놓쳤다. 어쩔 수 없이 나도 아무 말 않고 장인의 눈을 바라봤다. 숨막히는 눈싸움이 시작됐다.

견디다 못해 장인이 입을 열려는 순간 책상의 전화기가 울렸다.

장인이 먼저 눈을 피했다. 미세한 안도의 빛이 엿보였다. 장인이 수화기를 들었다.

"그래, 나다. 뭐? 응, 지금 앞에 있다." 수화기를 손으로 감싸며 내게 눈짓한다. "호랑이도 제 말 하면 온다더니."

"가즈미입니까?"

장인이 고개를 끄덕였다.

"자네를 바꿔달라는데 왜 이리 횡설수설하는지 모르겠어."

"받아보겠습니다." 수화기를 건네받았다. "여보세요."

"당신이야? 여보, 지금 당장 집으로 와줘, 제발."

"무슨 일이야, 갑자기." 이렇게 대답한 뒤에야 아내의 어조가 심상치 않다는 걸 깨달았다.

"좀전에 이상한 전화를 받았어. 다카시를 유괴했대."

"뭐?"

"목소리를 들려줬어. 엄마, 구해줘, 엄마. 다카시가 그랬어. 그러고는 돈을 원한다고, 경찰에 알리면 아이를 죽이겠다고 했어. 여보, 얼른 집으로 와줘."

나는 그제야 상황을 파악했다. 다카시가 유괴됐다고? 그런 말도 안 되는 일이!

"경찰에는 알렸어?"

"아니. 그 남자가 당신에게 알리라고 했어. 당신이 돌아오면 다시 연락한다고 했고."

"알았어. 지금 갈게. 내가 갈 때까지 경찰에는 연락하지 마. 아니, 학교에는 확인해봤어? 다카시가 진짜 결석했는지 확인해봤느냐고."

"여보, 잠깐만. ……다카시는 집에 있어."

"뭐라고?"

"다카시는 아침부터 집에 있어. 그러니까…… 학교에 안 갔어."

"대체 지금 무슨 소리를 하는 거야?"

"그러니까 다카시는……"

나는 아내가 정신착란이라도 일으켰나 하고 생각했다. 아이가 유괴됐다는 충격에 자기가 하는 말이 얼마나 모순적인지 알아차리지 못하는 듯했다. 일단 집에 가봐야 했다. 다카시는 물론 아내도 걱정됐다.

"가즈미, 내 말 잘 들어." 일부러 명령조로 말했다. "내가 갈 때까지 문을 다 걸어잠그고 절대 집밖에 나가지 마. 누가 와도 절대 열어주면 안 돼. 나는 한 시간 안에 도착할 거야. 그때까지 꼼짝

말고 있어."

"응, 알았어."

수화기를 내려놓았다. 손바닥이 땀범벅이었다. 장인이 책상 위에서 손깍지를 끼고 불안한 눈으로 나를 봤다.

"목소리가 심상치 않던데."

"확실히 알 순 없지만 다카시가 유괴됐다는 소리를 했습니다. 범인이 집으로 협박 전화를 했다고요."

장인의 등이 용수철 튕기듯 쭉 펴졌다.

"정말인가?"

"그런데 횡설수설해서 정확한 상황은 잘 모르겠습니다. 어쨌 든 지금 당장 집으로 가보겠습니다."

"아, 그럼, 그래야지." 장인은 여전히 믿기지 않는다는 얼굴이 었다. 나 역시 그랬다. "경찰에는 연락했나?"

"아직 안 한 것 같습니다. 경찰에 신고하면 아이를 죽인다고 했답니다."

장인은 숨을 크게 들이마셨다가 일그러진 표정으로 고개를 좌 우로 흔들었다. 나는 바로 전무실에서 나왔다. 불과 일 분 전까지 장인과 나누던 대화는 이미 머릿속에서 날아가버린 상태였다.

4

핫초보리에 있는 신토 애드 빌딩에서 나와 전철에 올라 게이

오이노카시라선으로 갈아탔다. 매일 왕복하는 노선이지만 역 사이가 지금처럼 멀고 답답하게 느껴진 적이 없었다. 초조감만 한없이 커졌다. 게다가 시부야에서 급행을 놓치는 바람에 구가야마역 개찰구를 나왔을 때는 아내에게 약속한 한 시간이 이미 지나고 말았다. 환한 대낮에 가죽구두를 신고 역 앞 상가를 전력 질주하자 장을 보러 나온 동네 주부들이 모두 돌아봤다.

우리집은 대장성 인쇄국* 구가야마 운동장 옆에 있다. 대문으로 들어가 고꾸라지듯 현관문을 열어젖혔다. 가즈미가 나를 기다리고 있었다.

"여보."

"다카시는?" 숨도 돌리지 않고 물었다. "그후로 범인한테 연락은?"

"진정해, 여보. 다카시는 2층에서 자고 있어."

아까 통화했을 때와 마찬가지로 이해할 수 없는 말을 했다. 하지만 충격으로 정신을 놓은 듯한 기색은 보이지 않았다. 혼란에 빠진 건 나인가 아내인가. 아니 지금은 무엇보다 다카시의 안부가 최우선이다. 설명은 나중에 듣기로 했다.

"확인하고 올게." 가즈미를 현관에 둔 채 복도를 가로지르고 계단을 뛰어올라갔다.

2층에 있는 아이의 방문을 열어젖히자 침대 시트 사이로 다카시의 얼굴이 보였다. 올해 4월 초등학교에 막 입학한 우리의 장

---

* 우리나라의 조폐공사에 해당함.

남이다.

"아빠?" 다카시는 내가 온 걸 알아차리고 얼굴 밑으로 이불을 내렸다. 안색이 좋지 않다. 하지만 우리의 외아들 다카시가 분명했다. 안도의 한숨이 새어나왔다.

"학교는 어떡하고?"

"열이 나. 엄마가 나 감기 걸렸대."

"그래서 오늘 학교 안 갔어?"

"응."

"응이 아니라 네라고 해야지."

"네."

침대에 걸터앉아서 아이의 이마에 손을 대봤다. 열이라 할 정도는 아니었다. 안색이 좋지 않다고 가즈미가 호들갑을 떨며 학교에 보내지 않았겠지. 과보호에 반대해왔는데 그 덕분에 오늘 다카시가 무사했다. 오늘은 그냥 넘어가자.

"약은 먹었고?"

"응."

"응이 아니라 네라니까. 얌전히 있으면 금방 나을 거야."

"네." 다카시는 침대에 누운 채 고개를 까닥였다. "그런데 아빠도 아파?"

"아니, 왜?"

"집에 일찍 왔잖아."

"아, 그렇구나." 초등학교 1학년짜리가 유괴니 몸값이니 하는 말을 알아들을 리 없다. "아빠도 가끔은 일찍 오는 날이 있는 거야."

"흐음."

입술을 오므리며 이해할 수 없다는 표정을 짓는다. 일 때문에 매일 아침 일찍 나가고 밤늦게 돌아오느라 아들과 대화를 나누는 것도 꽤 오랜만임을 깨달았다.

"자, 이제 얌전히 자." 다카시의 머리카락을 쓰다듬고 눈꺼풀을 감겨줬다. "잘 자."

"아빠, 안녕."

나는 몸을 일으키고 방을 둘러봤다. 섀시 창문은 두 개 모두 단단히 잠겨 있다. 이 방에 가만히 있는 한 내 아들은 안전하다. 그 사실을 확인한 뒤 조용히 아이의 방문을 닫았다.

계단을 내려오자 아내가 기다리고 있었다.

"다카시는?"

"응, 자." 왠지 맥빠진 대화였다. "······대체 어떻게 된 일이야? 뭐가 뭔지 모르겠어."

"미안해, 여보." 가즈미는 가녀리지만 야무진 목소리로 말했다. "회사에 전화했을 때는 그 남자와 통화한 직후라 너무 당황해서 제대로 설명할 수가 없었어. 하지만 유괴된 건 다카시가 아닌가봐. 범인이 착각했어."

"······범인이 착각했다고?"

그때 거실 쪽에서 시끄러운 소리가 나는 바람에 대화가 중단됐다. 사람의 발소리가 분명했다.

"누가 있어?"

가즈미가 고개를 끄덕였다.

"누구?"

"미치코 씨야."

마땅히 대꾸할 말이 떠오르지 않았다. 대체 왜 도미사와 미치코가 여기 있지?

충격으로 까무라칠 뻔했다. 예기치 못한 기습이었다. 동시에 뜬금없는 공상이 머릿속에서 소용돌이치기 시작했다. 혹시 아이가 유괴됐다는 구실로 이 시간에 나를 집으로 불러들이는 게 전화의 목적이 아니었을까. 그러고보니 아까 장인의 말도 느닷없었다. 부녀가 사전에 말을 맞췄단 말인가.

눈앞이 캄캄했다. 안 그래도 극도로 긴장했던 온몸의 신경이 여기저기서 소리를 내며 균열하는 것 같았다. 들킨 걸까. 그렇다면 모든 게 끝장이다. 결국 미치코와의 일을 아내가 알고 만 것인가……

"여보?"

흠칫하며 눈을 들었다.

나를 바라보는 가즈미의 얼굴. 그 목소리, 그 눈동자가 순식간에 내 정신을 제자리로 돌려놓았다. 그런 악랄한 올가미를 놓을 만한 비열한 여자의 눈이 아니었다. 내 망상이었다. 한순간의 미몽에 불과했다.

지금은 그런 데 정신을 팔 상황이 아니었다. 뭔가 터무니없는 일이 일어난 게 확실했다. 가즈미가 의문을 품기 전에 정신을 차리고 물었다.

"미치코 씨가 왜 우리집에 온 거야?"

가즈미가 내 얼굴을 말없이 바라봤다. 한순간이었지만 아주 오랜 침묵이 흐른 듯했다. 표정의 이면에서 말로 형용할 수 없는 감정들이 충돌한 것 같은 눈이었다.

그러다가 쭈뼛쭈뼛 말문을 열었다.

"유괴된 아이가 미치코 씨의 아들인 모양이야."

"뭐? 뭐라고? 그럼 시게루가?"

가즈미가 고개를 끄덕였다.

그제야 상황이 파악됐다. 범인은 아이를 오인 유괴한 것이다. 그것도 하필이면 다카시와 시게루를. 다카시가 무사한 대가라고 하지만 이런 잔인한 착각이 있을 수 있단 말인가. 나는 어떤 의미에서 최악의 궁지에 몰린 셈이었다. 등에 식은땀이 맺히기 시작했다.

발소리가 다가왔다. 나는 동요를 감추려고 필사적으로 노력했다. 가즈미는 발소리의 주인을 배려하듯 시선을 조심스레 옮기며 한 걸음 물러났다.

복도 한가운데에 미치코가 서 있었다.

열흘 만의 재회였다. 연녹색 블라우스에 갈색 프린트 스커트. 평소 옷차림에 신경쓰는 여자인데 오늘의 배색은 어딘지 어색했다. 옷에 신경쓸 겨를도 없이 집에서 다급히 뛰쳐나왔을 것이다. 그나마 헤어스타일은 말끔했지만, 안색이 파리하고 시선이 한 곳에 있지 못하고 흔들렸다.

"괜찮으신가요?" 내가 물었다. 이웃에 대한 지극히 자연스러운 배려로 가장하고. 그러나 내 마음속은 폭풍우 치는 바다처럼 격렬히 들끓고 있었다.

미치코는 고개를 끄덕였지만 거의 기계적인 반응이었다. 표정은 딱딱하게 굳었고, 눈빛은 거리의 부랑자처럼 불안하기 그지없었다. 나를 볼 때마다 보내던 이죽거리는 시선도 지금은 찾아볼 수 없었다. 아이 일로 신경이 곤두섰다는 게 한눈에 보였다.

아내 앞에서 쓸데없는 소리를 지껄이지 않으면 좋겠는데. 동정보다 그런 생각이 먼저 떠올랐다. 하지만 나는 전혀 내색하지 않았다.

"남편에겐 연락하셨습니까?"

미치코는 고개만 저을 뿐 대답하지 않았다. 가즈미가 대신 대답했다. 미치코의 남편이 단기 출장을 갔는데 아직 연락이 닿지 않았다고, 오늘밤에야 귀국한다고. 그것이 지금의 내게 유리한 정황인지 그 반대인지 당장은 판단하기가 쉽지 않았다.

우리는 거실로 자리를 옮겼다. 다카시의 무사를 확인했을 뿐 나는 아직 사태를 완전히 파악하지 못한 상태였다. 무엇보다 우선 아내의 설명부터 들어봐야 했다.

"여보, 무슨 일이 일어났는지 차근차근 말해줘."

아내의 시선이 나와 미치코 사이를 수없이 오가며 흔들렸다. 이를 악물고 머릿속을 정리하려고 애쓰는 듯했다. 드디어 말문이 열렸다.

"그런데 대체 무슨 얘기부터 해야 할지……"

"그럼 내 질문에 대답해봐. 범인에게 전화는 언제 왔어?"

"열한시 십분쯤이야. 난 빨래를 널고 있었어. 전화를 받았더니 낯선 목소리의 남자가 '야마쿠라 씨 집입니까?'라고 물었어. 그렇다고 대답하니까 '다카시를 데리고 있다. 시키는 대로 하면 아이는 무사히 돌려주겠다. 나는 돈을 원할 뿐이다. 경찰에는 알리지 마라. 알리면 아이는 죽는다'라고 연달아 말했어."

"당신은 뭐라고 대답했는데?"

"그게 사실 잘 기억이 안 나. 범인이 정확히 그렇게 말했는지도 자신이 없어. 너무 무서웠거든. 하지만 거짓말이라고 외친 건 기억나. 우리 다카시가 아니라고. 그랬더니 남자가 '거짓말이 아니라는 증거로 아이 목소리를 들려주지'라고 했어. 그런 뒤에 분명 어린 남자아이가 '엄마, 구해줘! 엄마, 무서워!'라고 외치는 소리가 들렸어."

미치코가 굳어버린 몸을 가즈미에게 기댔다. 아내는 거부하지 않고 미치코의 손 위에 자기 손을 포갰다. 나는 가즈미에게 계속 말하라고 재촉했다.

"……그 목소리를 듣고 나는…… 이미 그땐 다카시가 2층에 있다는 걸 잊어버리고, 정신이 하나도 없어서 나도 모르게 다카시, 다카시 하고 몇 번이나 외쳤어. 그런데 곧 남자아이 목소리가 끊어지고 그 남자가 다시 받더니 '당신하고는 대화가 안 되겠군. 남편에게 즉시 집으로 오라고 연락해. 돌아올 때쯤 다시 전화하지. 몸값은 그때 정한다. 경찰에는 절대로 알리지 마' 하고는 전화를 끊어버렸어."

"그 남자 목소리의 특징은 기억나?"

가즈미가 고개를 갸웃했다.

"뭔가로 수화기를 틀어막았는지 뚜렷하지 않았어. 정확히 기억나지는 않지만."

"아이 목소리는? 시게루가 확실해?"

"그땐 몰랐어. 전화였고 게다가 울먹이고 있었으니까. 하지만 나중에 생각해보니까 시게루의 목소리가 맞았어."

"그래. 그런 다음엔 어떻게 했어?"

"바로 2층에 올라가서 다카시가 무사하다는 걸 확인했지만, 그것만으로는 안심이 안 됐어. 계속 떨리고, 뭘 어떻게 해야 할지 아무 생각도 나지 않고. 그렇잖아, 범인이 분명 '야마쿠라 씨 집입니까'라고 했고, 아이 목소리도 분명 들었으니까. 2층에 있는 다카시는 가짜고 진짜 다카시는 범인이 데리고 있는 게 아닐까 하는 생각까지 들었어.

그래서 일단 당신한테 연락했어. 하지만 그때까지도 여전히 뭘 어떻게 해야 할지 몰랐어. 횡설수설해서 결국 당신한테 쓸데없는 걱정만 끼쳤어. 미안해, 여보."

"아냐, 신경쓰지 마."

아내는 암시에 걸리기 쉬운 타입이다. 범인과 통화한 후 일시적으로 냉정을 잃고 다카시가 유괴됐다는 착각에 빠졌다 해도 어쩔 수 없다. 그 일로 가즈미를 나무랄 마음은 없었다.

"그런데 나중에 유괴된 게 시게루라는 건 어떻게 깨달았어?"

"그건……" 가즈미는 말문을 열었다가 미치코의 얼굴을 봤다.

나도 미치코를 봤지만 도저히 대화할 수 있는 상태가 아니었다.

가즈미가 말을 이었다. "그후에 우연찮게 미치코 씨한테 전화가 와서 알았어."

"전화?"

"응. 몇 시간 전에 선생님이 미치코 씨 집으로 전화를 거셨대. 시게루가 무단결석했는데 무슨 일이냐고. 그런데 시게루는 오늘 아침 분명히 집에서 나갔잖아요, 그렇죠?"

가즈미가 확인하자 미치코는 말없이 고개를 끄덕였다. 가즈미는 다시 내게 시선을 돌렸다.

"그건 나도 알고 있었어, 여보. 시게루는 매일 아침 다카시랑 같이 등교하니까."

고개를 끄덕였다. 다카시와 시게루는 같은 반 친구다.

"오늘 아침에도 시게루가 다카시를 데리러 왔었거든. 그런데 다카시가 감기 때문에 안 간다니까 시게루 혼자 학교에 갔어."

"그래서?"

"범인이 우리집 밖에 숨어 있었나봐. 현관에서는 보이지 않는 곳에 있다가 집에서 나오는 시게루를 다카시인 줄 알고 데려간 게 아닐까?"

"시게루가 집에 들어오는 건 못 본 건가?"

"그랬을 거야." 가즈미가 고개를 끄덕였다. "시게루는 늘 뒷문으로 들어오거든."

"그렇다면 못 봤을 수밖에 없네. 범인은 자신이 착각했다는 걸 알까?"

"아닐 거야. 내가 전화를 받았을 때는⋯⋯"

그때 갑자기 현관 벨이 울렸다. 나는 허를 찔린 사람처럼 움찔했다.

현관에서 남자 목소리가 들렸다.

"택배 왔습니다."

택배라고? 이 와중에 난데없이?

"경찰일 거야." 가즈미가 말했다.

"뭐라고?"

"미안해. 110*으로 신고했어."

---

* 일본의 긴급 전화번호.

건네지 못한 몸값

1

잠깐 말문이 막혀 가즈미의 얼굴을 멍하니 바라봤다. 의연하
면서도 내 이해를 구하는 눈이었다. 막혔던 숨을 토하며 동시에
가즈미에게 따지듯 물었다.

"그런 일을 왜 당신 맘대로 했어."

"우리 힘만으로는 어쩔 도리가 없잖아. 경찰의 힘을 빌려야 한
다고 생각했어."

"언제 신고했어?"

"미치코 씨와 통화하고 범인이 아이를 잘못 데려갔다는 걸 안
뒤에." 이렇게 대답하며 가즈미는 슬며시 미치코의 시선을 피했
다. "당신 회사로 전화했을 때만 해도 그럴 마음은 없었어."

"하지만 범인은 경찰에 알리면 아이를 죽인다고 했잖아."

"걱정 마. 경찰도 이미 알고 있어. 절대 범인이 눈치챌 리 없어."

나는 미치코에게 시선을 옮겼다. 망연자실한 표정으로 우리의 대화를 듣고 있었다. 양팔은 축 늘어졌고, 숨이 목을 훑고 내려갈 때마다 그르렁거리는 소리가 났다. 그 모습을 보니 가즈미가 경찰을 부른 사실을 몰랐던 것 같다.

아내가 110에 신고한 마음이 이해 안 되는 건 아니었다. 신고가 시민의 의무임은 분명하고, 가정의 평온을 깨뜨린 범인을 체포하기 위해서는 한시라도 빨리 경찰의 손을 빌리는 편이 낫다. 하지만 그건 다카시의 안전이 보장되고 난 뒤니까 할 수 있는 말이다.

미치코는 그럴 수 없다. 가즈미의 신고가 성급하고 이기적인 행위로 인식될 것이다. 최소한 미치코의 승낙을 구해야 했다. 만약의 경우 위험을 감수해야 하는 건 다카시가 아니라 미치코의 아이 시게루이기 때문이다.

"야마쿠라 씨, 댁에 안 계십니까? 택배입니다."

문밖에서 남자가 계속 크게 소리치고 있다. 놔두면 자칫 이웃에게 의심을 살 수 있다. 이름이 불린 이상 이제 와서 쫓아낼 수도 없고, 이 상황에서 아내를 탓해봐야 소용없다. 마음을 굳히고 가즈미를 현관에 보내려다가 얄팍한 계산이 발동했다. 미치코와 단둘만 있기가 꺼림칙했다.

나는 현관으로 나가 쭈뼛쭈뼛 문을 열었다.

파란색 작업복에 야구모자를 쓴 까무잡잡한 남자가 종이상자를 들고 바깥 포치에 서 있었다. 다른 사람의 그림자는 보이지 않았다. 내 얼굴을 보자마자 그는 주저 없이 성큼성큼 안으로 걸어들어왔다. 그러고는 문을 닫고 종이상자를 바닥에 내려놓았다.

"야마쿠라 씨 댁이죠?"

"그런데요." 우연찮게 방문한 진짜 택배기사가 아닐까 하는 생각이 들 정도로 자연스러웠다.

"본인이신가요?"

고개를 끄덕였다.

"스기나미 서에서 왔습니다." 볼록 튀어나온 안주머니에서 검정 가죽수첩을 꺼내 내밀었다. "지금 댁 뒤쪽에 아무 표시도 없는 밴 한 대가 정차해 있습니다. 저희 수사원이 차 안에 잠복해 있으니 뒷문을 열어주십시오."

"아, 네."

발소리에 돌아보자 가즈미였다. 나는 아내에게 형사의 지시를 전달했다. 아내는 고개를 끄덕이고 안으로 들어갔다.

형사가 모자를 벗고 이마를 훔쳤다. 나는 질문을 던졌다.

"범인이 눈치채지 않았을까요?"

"걱정 마십시오. 이 집 주변에 수상한 차량은 한 대도 없었습니다. 만의 하나 범인이 감시하고 있다고 해도 제가 시선을 끌었으니 뒷문에는 신경쓰지 못할 겁니다. 우릴 믿으세요. 현장팀의 책임자는 다케우치 경부보입니다. 앞으로 다케우치의 지시에 따라주시면 감사하겠습니다. 이 상자 안에는 전화 역탐지 기자재가 들어 있으니 들고 가주십시오. 오래 머물면 의심을 살 테니까 저는 이만 물러나겠습니다."

재빠르게 말하고 형사는 수첩을 넣고 모자를 고쳐 쓴 후 문손잡이를 쥐었다.

"항상 이용해주셔서 감사합니다."

그는 택배기사의 태도로 싹 돌변해서 인사하더니 재빠르게 포치를 내려갔다. 나는 그의 뒷모습을 오래 지켜보지 않고 바로 문을 닫았다.

집안에서 터벅터벅 묵직한 발소리가 들렸다. 스기나미 서 형사들이 올라온 것이다. 미끼 역인 남자가 두고 간 종이상자를 들고 거실로 돌아갔다.

양복 차림의 남자 네 명이 거실을 점령하고 있었다. 셋은 나보다 어린 게 분명했고, 그중 한 사람은 아내에게 집안 구조를 묻고 있었다. 가즈미는 주눅들지 않은 태도로 답했다. 다른 두 사람은 연장자인 형사와 뭔가를 열심히 의논했다. 미치코는 거실 한구석에 우두커니 서 있었다. 내가 들어가자, 연장자인 형사가 고개를 들고 말했다.

"야마쿠라 씨입니까?"

"네."

"스기나미 서 수사계 경부보 다케우치라고 합니다. 부인으로부터 110 신고를 받고 바로 출동했습니다."

이마가 좁고 볼의 살도 얄따랗다. 눈매가 영민해 보이긴 하나 어딘지 모르게 타인의 접근을 거부하는 듯한 분위기가 풍겼다. 목소리가 특히 그랬다.

"수고 많으십니다."

다케우치가 다른 세 사람을 차례로 소개했다. 가즈미와 대화

하는 남자가 이케베 형사, 약간 긴 머리에 넥타이를 매지 않은 형
사가 사카이, 키가 훤칠한 스포츠맨 타입이 야마우치 형사였다.

"이분은?" 다케우치가 소개를 마치기가 무섭게 미치코 쪽으
로 무례한 시선을 보냈다.

"도미사와 미치코 씨입니다. 유괴된 아이의 어머니입니다."

다케우치는 미치코의 얼굴에서 초췌한 흔적을 한눈에 알아본
듯했다.

"아드님 일은 걱정하지 않으셔도 됩니다. 저희가 최대한 빨리
조치하겠습니다."

미치코는 고개를 끄덕였다. 하지만 대답할 기운은 아직 없었
다. 가즈미가 눈치 빠르게 미치코에게 앉으라고 권했다. 미치코
는 못 들은 듯 거실과 부엌 사이의 식탁 자리로 이동했다.

"죄송합니다만 이 상자를 이쪽으로 옮겨주시겠습니까?" 사카
이가 말했다.

종이상자를 건넸다. 다케우치가 내게 물었다.

"댁에 전화는 한 대뿐인가요?"

"네."

"이제 범인의 연락에 대비해 녹음과 역탐지 장치를 설치할 예
정입니다. 사적인 통화를 감청해야 해서 허가 서류에 사인이 필
요합니다만, 괜찮으시겠죠?"

"네."

"자, 설치해." 다케우치가 사카이에게 지시했다.

종이상자를 열자 구식 테이프덱과 닮은 네모난 기계가 보였

다. 사카이가 전화를 뒤집어서 드라이버로 뒷면을 열고 장치의 픽업을 연결했다. 익숙한 손놀림으로 뒷면을 다시 원래대로 해놓고 리시버와 그 밖의 배선을 이었다. 다케우치는 묵묵히 그 작업을 지켜보았다.

스위치와 볼륨 컨트롤러를 조절한 후 세 자릿수 번호를 누르더니 상대와 암호 같은 대화를 주고받았다. 사카이가 수화기를 내려놓고 다케우치에게 준비가 됐다고 보고했다.

그때 마치 그 순간을 기다리기라도 한 것처럼 전화벨이 울리기 시작했다.

"잠깐." 수화기로 손을 뻗으려는 나를 다케우치가 제지했다. 네 명의 형사가 다급한 발걸음으로 각자의 위치로 신속하게 움직였다.

미치코가 다가왔다. 그러더니 숨죽이고 나를 바라봤다.

"역탐지에는 시간이 걸립니다." 리시버를 귀에 가져가며 다케우치가 말했다. "되도록 통화를 길게 끌어주십시오. 범인을 자극하지 않게 조심하면서요."

고개를 끄덕이고 수화기를 들었다. 가즈미와 미치코의 얼굴을 번갈아 쳐다보며 심호흡했다.

"어서." 다케우치가 재촉했다.

수화기를 들었다.

"야마쿠라입니다."

"자넨가? 나일세." 그 목소리를 듣자 온몸의 긴장이 순식간에 풀렸다.

"깜짝 놀랐습니다, 아버님."

"왜, 무슨 일인데?"

"유괴범이 건 전화인 줄 알았습니다."

가즈미가 누군지 알아차리고 안도의 한숨을 내쉬었다. 나는 송화기를 손으로 막고 다케우치에게 말했다.

"장인어른입니다."

"사건을 알고 계십니까?"

"네. 유괴가 있었다고만."

다케우치가 고개를 끄덕이고 녹음장치 스위치를 껐다. 나는 장인과의 대화로 돌아갔다.

"여보세요, 죄송합니다."

"대체 어떻게 돼가는 건가? 연락하겠다고 하고 여기서 나간 지 벌써 두 시간 가까이 됐네."

"경황이 없었습니다."

"누가 있나? ……경찰인가?"

"네."

"자네가 신고했군."

"아뇨. 가즈미가 했습니다."

"가즈미가?"

"네." 범인이 다른 아이를 유괴했다는 사실을 짤막하게 설명했다.

"그렇게 된 거로군. 그럼 이제 어쩔 셈인가?"

"어쩌다니요?"

"범인은 다른 아이를 데려갔다는 걸 모른다고 했잖은가. 돈은 얼마나 요구했지?"

"아직 범인이 얼마라고 말하진 않았습니다. 연락이 오면 교섭해봐야죠."

"범인이 달라는 대로 줄 작정인가?"

순간 망설였다. 목덜미로 모두의 강렬한 시선이 느껴졌다. 특히 미치코의 시선이.

결단했다. 시게루에게는 죄가 없다. 아이의 목숨이 최우선이다.

"……어쩔 수 없죠."

"자네 능력으로 감당하지 못할 액수면 어쩔 텐가? 모자라면 내가 빌려주겠네."

"어떻게든 해보겠습니다."

"알았네. 만약 돈이 부족하거나 내 도움이 필요하다면 개의치 말고 연락하게." 이렇게만 말하고 장인이 먼저 전화를 끊었다.

수화기를 내려놓는데 다케우치의 얼굴이 내 어깨 옆에 있었다. 그가 빈틈없는 표정으로 확인하듯 물었다.

"야마쿠라 씨, 방금 통화를 들었는데 범인이 요구하는 대로 돈을 준비하시겠다는 게 맞습니까?"

"당연히 그래야죠." 다케우치보다 미치코가 들으라고 말했다. "아이의 목숨이 걸린 문제입니다."

"감사합니다. 큰 도움이 될 겁니다."

그 순간 미치코의 얼굴에 핏기가 도는 듯했다. 그녀가 거실을 가로질러 내 앞에 멈춰서더니 양손을 포개며 깊숙이 머리를 숙였다.

"정말 감사합니다."

"안 그러셔도 됩니다." 나는 손을 저었다.

고개를 든 미치코와 시선이 마주쳤다. 잡티 하나 없는 완전한 어머니의 눈이었다. 숨은 의도 같은 건 전혀 없이 순수한 감사로 흘러넘쳤다. 나는 당혹감에 가까운, 뒤끝이 꺼림칙한 감정에 휩싸였다. 이런 형태로 휴전이 이루어질 거라고는 전혀 예상하지 못했다.

아내가 의심을 품기 전에 우리는 눈을 돌렸다.

그때 다시 전화벨이 울렸다. 이번에는 경계심 없이 대수롭지 않게 수화기를 들었다.

"야마쿠라 씨 집입니까?"

꽉 막힌 듯한 울림. 불쾌한 목소리였다.

"당신 누구야?" 윽박지르듯이 물었다.

"그런 태도로 나와봐야 득 될 게 없을 텐데, 야마쿠라 시로. 그러면 당신 아이 목숨은 없어."

2

다케우치가 수첩에 글씨를 휘갈기더니 그 페이지를 찢어서 내게 보였다. '인질 오인을 알아차리지 못하도록'이라고 쓰여 있었다. 눈으로 알겠다고 신호하고 전화한 남자에게 물었다.

"다카시는 무사한가?"

"그렇다."

아이를 착각했다는 건 아직 알아차리지 못한 것 같다.

"아이 목소리를 들려줘."

"아까 들려줬잖아. 그걸로 충분해. 멀쩡히 살아 있으니까 안심해. 그보다 경찰에 알리진 않았겠지?"

"알리지 않았어. 그러니까 아이만은 건들지 마. 제발 부탁이야."

"시키는 대로 하면 아이는 무사히 집으로 보내주지. 돈과 교환한다. 저녁까지 일련번호가 아닌 구권으로 일억 엔 준비해."

다케우치가 손짓으로 신호했다. 교섭을 끌어서 시간을 벌어라.

"……일억 엔이라고? 힘들어. 그런 거금을 저녁까지 준비하라니. 오늘 안으로 마련할 수 있는 금액은 기껏해야 삼천만 엔이야."

"그럼 육천만으로 해주지. 그 이하는 안 돼."

"잠깐만, 말은 그리 쉽게 하지만……"

"꽤 벌지 않나?" 내 호소 따위는 귓등으로도 듣지 않는 듯하다. "모자라는 삼천만은 빚을 내든 강도질을 하든 알아서 구해. 아이의 목숨이 중요하지 않나? 나는 성질이 급해. 질질 끌면 죽여버리겠어."

"그것만은 제발!"

"저녁까지 육천만. 반드시 지켜."

"아, 알았어. 하지만……"

"밤에 다시 연락하지. 그때까지 돈을 준비하지 않거나 경찰을 부른다면 아이 목숨은 포기해야 할 거야."

"기다려, 당신……"

전화가 끊겼다.

"역탐지됐나?" 다케우치가 사카이에게 물었다. 사카이는 서브 회선을 끊으며 고개를 저었다. 통화 시간이 너무 짧았던 것이다.

다케우치가 리시버를 떼며 실눈을 뜨고 내 얼굴을 봤다.

"오늘 안으로 육천만 엔을 준비할 수 있겠습니까?"

"어떻게든 될 겁니다." 나는 침착하게 가즈미에게 말했다. "K 은행에 정기예금으로 넣은 목돈을 담보로 하면 될 거야. 통장 좀 갖다줄래?"

가즈미가 고개를 끄덕이고 거실에서 나갔다. 나는 아내의 뒷모습을 지켜보며 다케우치에게 말했다.

"육천만 엔이면 오늘 중으로 융통할 수 있는 아슬아슬한 금액이군요."

"범인이 사전에 야마쿠라 씨의 자산 상태를 조사했을지도 모릅니다." 그는 끙 하고 신음을 토하더니 말을 이었다. "방금 목소리를 듣고 머릿속에 떠오른 인물이 혹시 있습니까?"

"아뇨."

"그럴 만도 하죠." 어깨를 으쓱거린다. "전화기에 뭔가 대고 말했을 겁니다."

가즈미가 통장을 가지고 왔다. 범인이 요구한 금액을 확보할 수 있는지 확인한 다음 곧바로 K은행 후지미가오카 지점으로 전화해 오늘 안으로 현금 육천만 엔을 대출해달라고 요청했다. 호의적인 대답이 돌아오지 않았다. 승강이가 한참 이어졌다. 억지를 부려 결국 내 뜻을 관철시켰다.

이십 분 후 은행에서 사람이 왔다. 그런데 은행 직원이란 남자가 수속은 제쳐놓고 돈의 사용처를 끈질기게 캐물었다. 나중에는 현금이 아니라 은행수표로 지불하겠다는 말까지 했다. 결론이 나지 않자 비밀 엄수를 약속받은 후 사정을 밝혔다. 남자는 얼굴이 새파래진 채 은행으로 황급히 돌아갔다.

"어쨌든 돈 문제는 해결됐습니다." 다케우치가 말했다. 참모 같은 말투였다. "당장은 다음 움직임이 있을 때까지 대기할 수밖에 없습니다. 그보다 야마쿠라 씨, 범인은 야마쿠라 씨 아드님을 인질로 데리고 있다고 믿고 있습니다. 그러니까 당연히 야마쿠라 씨를 압박할 겁니다. 아이 목숨은 야마쿠라 씨에게 달렸습니다. 각오는 되어 있습니까?"

"압니다."

"이럴 경우 무엇보다 끈기가 중요합니다. 마지막에는 기력으로 승부가 납니다." 그는 내 팔을 붙들었다. "저희도 최선을 다하겠습니다만 그 이상으로 야마쿠라 씨가 정신 똑바로 차리셔야 합니다."

그 말에는 대꾸하지 않고 미치코에게 시선을 옮겼다. 상체를 푹 숙인 그녀는 깍지 긴 양손을 이마에 대고 기도하는 듯한 자세로 소파에 앉아 있었다. 내 시선도 의식하지 못하는 것 같았다.

이제야 비로소 자신의 행위를 후회하는 게 아닐까 하는 생각이 들었다. 운명이라 하기에는 너무나 얄궂은 복수였다.

미치코가 자책하는 데는 말 못 할 이유가 있다. 두 아이는 자연스럽게 사이가 가까워진 것이 아니었다. 거기에는 미치코의 의지가 있었다. 미치코는 나를 압박하기 위해 다카시와 시게루를 친구 사이로 만들었다. 복수극의 1막이었다. 그런데 얄궂게도 그 공작이 오늘의 오인을 초래했다. 애당초 친구는커녕 서로 알 일조차 없던 아이들이었다. 어떤 의미에서는 미치코 본인이 아이를 궁지로 몰아넣은 셈이다. 이런 결과를 자초한 스스로를 지독히 원망하고 있으리라.

팔 년 전, 세타가야에 있는 산부인과 병원에서 미치코를 처음 알게 됐다. 가즈미는 임신한 상태였고, 미치코는 그 병원의 간호사였다.

미치코의 첫인상은 기억에 전혀 남아 있지 않다. 처음에는 많고 많은 간호사 중 하나일 뿐이었고, 내 안중에 없었다. 가즈미와 배 속에 있는 아기만으로 내 머리는 꽉 찼기 때문이다. 그 무렵 나는 소년처럼 순진했고 일탈은 생각해본 적도 없었으며 아내만으로 내 삶은 충분했다. 둘만의 세계. 그것을 지상에 이룩한 것 같은 시절이었다. 나보다는 가즈미가 먼저 미치코와 가까워졌다.

두 사람은 같은 중학교 선후배였다. 가즈미가 네 살 위라 같은 시기에 학교를 다닌 적은 없었지만, 미치코가 역시 같은 중학교에 다녔던 쓰구미를 알았다. 그걸 계기로 두 사람은 가까워졌다.

초산이었던 가즈미는 신경과민 증상을 보이며 사소한 일에도 곧바로 미치코에게 조언을 구했고, 미치코는 그때마다 친절하게 가즈미를 상대해줬다. 달이 거의 찼을 즈음에는 미치코에게 완전히 의지하는 듯했다. 아내와 그런 관계가 되다보니 나도 어느새 미치코에게 친근감을 느끼게 됐다. 하지만 그 이상의 감정은 결코 없었다.

그러나 그 직후에 불행한 사건이 일어나면서 아내의 정신건강이 위기에 처했다. 가즈미는 대화를 거부했고 얼굴에서 표정이 사라졌다. 나는 최선을 다해 정성껏 돌봤지만 회복의 기미가 보이지 않았다. 병세는 교착 상태에 이르렀다. 미치코와의 밀회는 그 무렵부터 시작됐다.

처음에는 임상심리와 관련한 전문가라 여기고 가즈미의 병세에 대해 상담한다는 명목이었지만 어느새 나는 미치코에게 위로를 구하기 시작했다. 사실은 아내에게서 도망치고 싶었던 것이다. 그때는 가즈미 곁에 있어도 고통스럽기만 했다. 사랑하니까더더욱 아내의 처참한 모습을 보고 싶지 않았다. 내게는 숨통을 틔울 곳이 필요했다. 그 선택의 결과가 우연히도 미치코였을 뿐, 사실 누구라도 상관없었다. 그러나 문제는 나한테만 있는 것이 아니었다.

미치코 역시 그때 이미 결혼한 몸이었는데 남편인 도미사와 고이치는 '센트럴 전자'라는 정밀기계업체에 근무하고 있었다. 공업용 시험측정기를 만드는 이 회사에서 그는 납품처의 소프트웨어 관리와 보수를 담당하는 엔지니어였다. 아직 아이가 없었던 미치코는 지방 출장으로 자주 집을 비우는 남편에게 불만을 갖고 있었다.

그날 미치코는 남편이 바람을 피운다며 내게 하소연했다. 사실은 미치코의 망상에 불과했지만 나는 그 말을 곧이곧대로 믿었다. 그리고 유혹에 넘어가 결국 그녀를 안고 말았다.

그때 나는 제정신이 아니었다. 마가 꼈다고밖에 달리 말할 수 없다. 시기도 좋지 않았다. 아내의 병세가 호전되지 않아서 초조감만 커지고 있었다. 하지만 결과적으로 나는 추레한 자기연민을 미치코에 대한 동정으로 착각한 것에 불과했다. 남편으로서 남자로서 저열하기 짝이 없는 짓을 저지르고 말았다.

그뒤로도 미치코와 몇 차례 관계를 가졌다. 이 개월도 채 이어지지 못한 만남이었지만 황폐되는 데는 충분한 시간이었다. 그러나 나는 이 배신을 통해 내가 아내를 얼마나 깊이 사랑하는지 깨달았다. 이기적인 사고라고 경멸해도 할 수 없다. 이미 때는 늦었지만 나는 정신을 차리고 미치코와의 관계를 청산했고, 가즈미의 회복에 전념했다.

그후 우여곡절이 있었지만 결국 가즈미는 건강을 회복했다. 물론 내 덕분이라고 말할 순 없다. 그러나 아이러니하게도 심각한 위기를 극복한 덕에 다카시를 포함한 우리 가족의 유대는 더욱 단단해졌다. 지금 우리 가족의 새로운 삶도 그때부터 시작됐다고 할 수 있다. 심기일전이라는 말에 걸맞게 가즈미는 다시 예전의 명랑함을 되찾았다.

나는 미치코와 있었던 일을 아내에게 고백하지 않았다. 이미 정리된 일이라고 생각했다. 새삼스럽게 말을 꺼내봐야 아내를 슬프게 할 뿐이라고 생각했다. 나는 미치코를 잊었다. 인연을 끊은 뒤로는 소식조차 듣지 않았다. 악몽과 같은 나날을 기억 저편으로 밀어보내는 데 성공했다고 생각했다.

아무 일 없이 육 년이란 시간이 흘렀다.

다카시의 초등학교 입학식 날, 느닷없이 악몽이 되살아났다. 칠 개월 전 일이다. 가즈미가 미치코의 이름을 입에 담은 순간, 나는 내 판단이 얼마나 안일한 것이었는지 깨달았다. 다카시와 같은 반에 도미사와 시게루라는 아이가 있다고 했다. 미치코의 아들이었다. 내 속에 불길한 암운이 드리운 건 말할 필요조차 없었다.

미치코의 가족은 3월에 인근의 도립 맨션으로 이사왔다. 우리 집에서 오십 미터도 떨어지지 않은 곳이다. 운명의 장난이 아니었다. 우리 아이와 같은 학교에 보내려고 미치코가 계획했다는 것을 나중에 알게 됐다. 게다가 행운의 여신이 미치코의 편을 드는 것처럼 아이들은 같은 반이 됐다.

두 여자 사이에 예전의 우정이 부활하는 광경을 공포어린 눈으로 지켜봤다. 미치코의 진의를 알게 된 것은 5월 중순이었다. 비밀리에 나를 불러낸 미치코가 폭탄발언을 했다.

"시게루는 당신 아이야."

나는 처음에 미치코의 말을 믿지 않았다. 그러나 시게루의 생년월일을 듣고 확신이 흔들렸다. 시게루는 다카시가 태어난 다음해 초에 태어났다. 거슬러올라가니 내가 기억하는 시기와 겹쳤다. 며칠 뒤 집에 놀러온 시게루의 얼굴을 가까이에서 관찰한 나는 미치코의 말이 맞을지도 모르겠다고 인정했다. 아이의 귀 생김새가 결정적이었다. 귓바퀴 안쪽이 튀어나온 모양이 내 귀와 똑같았다.

다행히 아내나 미치코의 남편은 눈치채지 못한 것 같았다. 여전히 둘만의 비밀이었지만, 그 사실은 비밀인 동시에 미치코가 내 운명을 거머쥐었음을 의미했다. 미치코의 안색을 살펴야 하는 나날이 시작됐다.

"칠 년 전에 난 진심이었어."

미치코는 그렇게 말했다. 그리고 일방적으로 버림받았다는 데 앙심을 품고 있었다. 나는 잠시의 일탈이었다고 설명했지만, 미치코는 이해해주지 않았다. 미치코는 과거의 관계를 다시 이어가든지, 아니면 가정을 깨뜨리든지 둘 중 하나를 택하라고 압박했다. 나로서는 두 가지 모두 똑같았다. 미치코는 서두르지 않고 조금씩 목을 조르듯 나를 궁지로 몰아넣었다.

열흘 전에도 만나 아무 소득 없는 지리멸렬한 실랑이를 벌였다. 관계를 갖진 않았지만, 가즈미를 배신한다는 점에서는 매한가지였다. 미치코는 점점 더 노골적으로 압박했고, 내 정신은 갈가리 찢겨 황폐되기 직전이었다. 그런 판국에 오늘 이런 사건이 난데없이 벌어진 것이다.

인질로 잡힌 시게루의 안부에 가슴을 졸이며 오후를 보냈다. 실마리를 찾아보려고 녹음된 전화 음성을 몇 번이고 다시 들어봤지만 아무 소득도 없었다.

다섯시 직전에 간신히 현금이 도착했다. 우리는 각자 나눠서 지폐 번호를 적었다. 시간과의 싸움이었는데 여섯시에 겨우 끝낼 수 있었다. 하지만 그때까지 범인에게서는 아무런 연락이 없었다.

연락 없이 일몰을 맞이했다.

거실에 모여 앉은 모두의 얼굴에 불안과 초조의 빛이 짙어지기 시작했다. 스기나미 서의 형사들이 쉴새없이 담배를 피워대 거실에는 담배연기가 자욱했고 가즈미가 몇 번이나 재떨이를 비웠다. 미치코는 병자처럼 처져서 침묵만 지켰다.

시곗바늘이 여덟시를 지나자 우리의 불안은 공포로 바뀌었다. 나도 모르게 거실을 왔다갔다하다가 다케우치에게 진정하라는 주의를 받았다. 하지만 다케우치도 나만큼이나 초조해하고 있었다.

"왜 연락이 없는 걸까요?" 나는 다케우치에게 물었다.

"범인은 밤에 다시 연락하겠다고 했습니다. 우리가 생각했던 것보다 늦은 시간에 하려는 걸지도 모릅니다."

"하지만 돈을 저녁까지 준비하라고 했잖습니까. 그러니까 밤이라고 해도 그렇게 늦은 시간일 리가 없을 것 같은데요."

다케우치는 고개를 저었다.

"액수가 커서 일부러 그렇게 지시했을 겁니다. 제가 판단하기에 몸값 거래는 자정을 넘길 공산이 높습니다. 한계점까지 시간을 끌어서 우리를 극도로 초조한 상태로 몰아가려는 겁니다."

납득이 되지 않았다. 작정하고 다케우치에게 따져 물었다.

"혹시 경찰을 부른 게 들통난 건 아닐까요?"

"그럴 리가 없습니다." 다케우치의 표정이 험악해졌다.

"지금 저희의 대응에 문제가 있었다고 하시는 겁니까?"

"다른 이유를 생각할 수가 없으니까요."

물러서지 않고 다케우치를 노려봤다. 다들 신경이 곤두서 있다. 험악한 분위기가 거실을 뒤덮었다.

그 순간 가즈미가 기막힌 타이밍으로 거실에 들어왔다. 손에 든 쟁반에 잔과 그릇이 보인다.

"시장하실 것 같아서 간단히 먹을 수 있는 것들로 준비해봤어요."

다케우치가 볼을 오므리며 고개를 젓는다.

"훌륭한 부인을 두셨네요." 내게서 떨어지며 가즈미에게 감사 인사를 한다. 가시 돋친 태도는 자취를 감췄다. 나도 동감이었다. 가즈미에게 눈으로 고맙다고 전했다.

모두에게 커피를 돌린 아내는 기운을 잃은 미치코 옆에 가서 앉았다. 축 처진 미치코의 팔을 양손으로 보듬더니 귓가에 위로의 말을 속삭인다. 미치코가 몇 차례 기계적으로 고개를 끄덕인다. 어미 새가 새끼를 보살피는 듯한 광경에 나는 강한 인상을 받았다. 가즈미가 천사 같아 보였다. 나는 문득 궁금해졌다. 미치코는 지금 무슨 생각을 하고 있을까.

그러는 사이에 아홉시가 지났다. 여전히 범인으로부터 연락은 없다.

아홉시 십오분. 돌연히 현관 벨이 울렸다. 아무 소리도 내지 못하고 서로를 쳐다보는데 모두의 얼굴에 경악의 빛이 스쳤다. 나는 벌떡 일어나 현관으로 달려갔다.

문을 열자 미치코의 남편이 서 있었다.

"제 아내와 아들이 혹시 여기 와 있습니까? 출장갔다 방금 돌아왔는데 아내의 메모가 있었습니다." 그는 내 표정을 보고 금세 뭔가 잘못됐다는 걸 알아차렸다. "……무슨 일 있습니까?"

"들어오세요." 소매를 붙들고 무작정 집안으로 끌고 들어왔다. 범인이 집을 감시하지 않기를 기도했다.

도미사와 고이치를 거실로 데리고 오자 다케우치가 간단히 상황을 설명했다. 겁 많은 개를 떠올리게 하는 도미사와 고이치의 얼굴이 눈 깜짝할 사이 잿빛이 됐다. 그러나 비탄에 잠긴 자기 아내의 모습을 본 순간 그의 어깨에는 자제와 책임의 기합이 들어갔다. 남편으로서 아버지로서 지켜야 할 역할을 상기했으리라.

"출장중이셨다고 들었습니다." 다케우치가 말했다.

"네. 캘리포니아에 있는 합병기업 공장을 시찰하러 일주일 동안 다녀왔습니다. 조금 전 다섯시에 나리타공항에 내렸습니다."

"그러시군요." 도미사와 고이치의 가슴주머니를 힐끗 쳐다보며 다케우치가 고개를 끄덕였다. 주머니에 플라스틱 명찰이 이름이 보이지 않는 방향으로 꽂혀 있고 그 한끝이 밖으로 삐져나와 있다.

도미사와 고이치가 거실 구석에 놓인 지폐 다발을 보고 물었다.

"저 돈은 야마쿠라 씨가……"

"네."

"이렇게 폐를 끼쳐서 정말 면목없습니다." 머리를 깊이 조아린다. "바로 돌려드리진 못하겠지만 꼭 갚겠습니다."

"도미사와 씨, 이러지 마세요. 그런 일은 시게루가 무사히 돌아오고 나서 의논해도 되잖아요. 지금은 시게루를 되찾는 게 무엇보다 먼저죠."

"정말 면목없습니다." 좀처럼 머리를 들지 않는다.

복잡한 심경으로 도미사와 고이치를 봤다. 나보다 다섯 살 아래지만 그의 풍채는 어른스러운 분위기를 풍긴다. 타고난 건지 결혼생활의 영향인지 나로서는 판단할 수 없다.

도미사와 고이치가 우수한 엔지니어이고 가정적인 애처가라는 건 익히 알고 있지만, 그와 친해지고 싶다는 생각은 해본 적이 없다. 대화를 나눈 횟수도 손가락으로 꼽을 수 있을 정도다. 가끔 역에서 마주쳤을 때 가볍게 인사를 나누는 정도의 지인에 불과했다. 도미사와 고이치를 경원하게 된 건 당연히 그의 책임이 아니다. 나는 그의 아내와 정을 통했다는 죄책감을 여전히 떨쳐버리지 못하고 있다. 도미사와 시게루가 내 핏줄이 확실하다면 더욱 그럴 것이다.

몇 갈래로 뒤엉킨 딜레마 속에 빠져 있다는 걸 느끼고 이 자리에서 도망쳐버리고 싶은 충동이 치밀었다. 지금부터의 시간은 이 충동과 싸우는 것만으로도 필사적이리라.

범인의 전화는 밤 열시가 조금 지나 걸려왔다.

3

전화벨이 울린 동시에 거실에 있던 모두의 몸이 굳었다. 곧이어 다들 길게 한숨을 내쉬었다. 다케우치는 리시버를 귀에 갖다대며 통화를 끌라는 신호를 거듭 보냈다. 고개를 끄덕이고 수화기를 들었다.

"야마쿠라입니다."

"나다." 그 목소리였다. "돈은 준비됐나?"

"준비됐어. 그보다 아이는 무사한가? 목소리를 들려줘."

"안됐지만 그럴 시간 없어. 거래 방법을 설명하겠다. 딱 한 번만 말할 거니까 잘 들어."

다케우치가 주의를 끌었다. 왼손바닥에 글을 쓰는 시늉을 한다. 시간을 벌 구실이다.

"잠깐 기다려. 메모할 걸 가져오겠어."

"아니, 메모는 필요 없다." 이의를 허용치 않는 목소리였다. "오늘밤 열시 반, 육천만 엔을 슈트케이스에 넣어서 도하치 도로변에 있는 스카이락 고가네이 지점으로 가져와. 당신 아우디를 타고 반드시 혼자 와야 돼. 슈트케이스는 꺼내기 쉽게 조수석에 뒤. 신호를 보낼 손전등도 준비하고."

"잠깐. 아직 퇴근길 정체가 풀리지 않았어. 삼십 분 안에 갈 수 없을 거야. 조금만 더 여유를……"

"아이 목숨에 여유 따윈 없어. 그럼 삼십 분 후."

수화기를 내려놓는 소리가 들렸다.

사카이가 말없이 리시버를 벗었다. 역탐지에 성공했는지 물을 필요도 없었다. 통화 시간이 이전보다 짧았다.

다케우치가 한숨을 내쉬며 나를 쳐다봤다.

"어떻게 하시겠습니까?"

"가겠습니다." 이미 마음은 굳혔다. "제가 갈 수밖에 없죠."

"이케베 형사가 야마쿠라 씨와 체격이 비슷합니다. 대신 가도 아마 범인은 눈치채지 못할 겁니다. 이케베를 대역으로 세우죠."

나는 고개를 저었다.

"아이 목숨이 걸려 있습니다. 지금은 범인의 말을 따라야 해요. 가즈미, 슈트케이스하고 점퍼 좀 꺼내줘."

아내의 얼굴이 창백해졌다.

"하지만 여보, 위험해."

"괜찮아." 나는 아내의 뺨을 쓰다듬었다. "한시가 급해. 서둘러줘."

아내는 내 성격을 안다. 더는 말리지 않았다. 입술을 깨물고 말없이 고개를 끄덕이고는 바로 거실에서 나갔다. 다케우치가 내게 시선을 돌리고 말했다.

"정말 고집불통이군요."

나는 어깨를 으쓱이고는 차갑게 식은 커피를 마셨다. 말은 괜찮다고 했지만 사실은 불안해서 견딜 수가 없었다.

"야마쿠라 씨." 돌아보자 도미사와 고이치가 바닥에 정수리가 닿을 듯이 고개를 숙였다. "아버지인 제가 가야 마땅하지만 공교롭게도 저는 운전을 하지 못합니다. 야마쿠라 씨에게 의지할 수밖에 없군요. 얼마나 이기적인 말인지 알고 있지만, 아무쪼록 우리 시게루를 잘 부탁드립니다."

"고개 들어요. 시게루가 우리 아이 대신 끌려갔는데 제가 가는 게 당연하잖습니까. 무슨 일이 있어도 무사히 데리고 오겠습니다."

"부탁드립니다." 그는 고개를 들지 않았다. 옆에서 미치코가 나를 뚫어져라 쳐다보고 있었다. 따끔할 정도로 그 시선이 느껴졌다.

"……꼭 구하겠습니다." 나는 미치코에게 말했다. 미치코의 입술이 움찔거렸지만 대답은 없었다.

아내가 방에서 슈트케이스와 가죽점퍼를 들고 돌아왔다. 몇 사람이 분담해서 지폐 다발을 슈트케이스에 옮겼다. 점퍼를 입고 육천만 엔의 무게를 실감하며 차고로 향했다. 다케우치가 따라와서 내게 말했다.

"일반 차량으로 미행하겠습니다."

"안 됩니다. 범인이 감시하고 있으면 어쩌려고요? 만약 미행하는 게 알려지면 시게루가 죽습니다."

"하지만 야마쿠라 씨 신변에 무슨 일이라도 생기면 어쩌시겠습니까?"

"걱정 마십시오. 위험을 자초하지는 않습니다. 어쨌든 아이의 목숨이 우선이죠. 범인을 자극하는 행동은 피하는 게 좋겠습니다. 미행은 없는 겁니다."

"알겠습니다." 다케우치는 떨떠름한 표정을 지으며 물러났다.

진짜 속내는 돈을 건네는 현장에서 범인의 꼬리를 잡고 싶은 것이리라. 하지만 내게 범인 체포 같은 건 나중 문제다. 아이의 목숨과 바꿀 수 있다면 육천만 엔은 날려도 상관없다.

차고 셔터를 올렸다. 슈트케이스를 아우디 조수석에 던져놓고 운전석에 앉았다. 글러브박스를 열어 비상용 손전등이 있는지 확인했다. 가즈미가 따라나와 걱정스러운 눈빛으로 쳐다봤다. 나는 걱정 말라고 눈으로 말하고 시동을 걸었다. 열시 사분. 다케우치가 물었다.

"길은 아십니까?"

"스카이락 고가네이 지점이라면 몇 번 간 적 있습니다." 문을 닫으려는데 다케우치가 다급히 머리를 들이밀었다.

"야마쿠라 씨, 이건 카폰인가요?"

"네. 왜요?"

다케우치의 표정이 밝아졌다.

"범인이 이 차를 지목한 건 카폰을 이용해 다음 지시를 내리려고 했기 때문일 겁니다. 이제라도 알게 돼서 다행이군요. 번호를 가르쳐주십시오. 감청하겠습니다."

"그게 가능합니까?"

"간단합니다. 비밀번호 등록을 했다면 그 번호도 가르쳐주십시오."

번호를 알려주자 그는 바로 메모했다.

"엉뚱한 행동은 금물입니다." 그가 주의를 줬다.

"압니다."

다케우치가 차문을 닫았다.

열시 오분. 더이상 우물쭈물할 시간이 없었다.

"여보, 조심해." 아내의 목소리를 들으며 액셀을 밟아 밤의 거리로 달려나갔다.

곧장 서쪽으로 향했다. 예상했던 대로 다마 방면으로 퇴근하는 차량의 줄이 길게 늘어서 있었다. 마음은 급한데 추월은커녕 좀처럼 앞으로 나가지도 못했다. 도내 도로에는 관장약이 필요했다.

미타카 시와 후추 시를 동서로 연결하는 도하치 도로에 들어선 후에도 정체는 풀릴 기미가 보이지 않았다. 신호 대기 시간이 평소보다 몇 배는 길게 느껴졌다. 익숙한 길가의 광경도 지금은 흉조를 드러내는 상징적 도형의 띠처럼 보였다. 만약 시간을 맞추지 못하면? 액셀을 힘껏 밟아 무작정 돌진하고 싶다는 충동과 싸우면서 자꾸만 불길한 쪽으로 쏠리는 상념을 떨쳐내며 간신히 운전에 전념했다. 불안과 긴장을 비웃듯 시곗바늘은 가차없이, 어김없이 시간을 파먹고 있었다.

스카이락 고가네이 지점 주차장에 들어섰을 때는 범인이 지정한 열시 반 직전이었다. 식은땀이 흘렀다. 차 안에서 밖을 내다보자 주차장의 육 할 정도 자리가 차 있었고, 별다른 인기척은 없었다. 어떤 식으로 접촉할 작정이지?

갑자기 카폰이 울렸다.

순간 망연해져서 카폰만 멀뚱히 바라봤다. 간신히 차고에서 다케우치가 한 말이 생각나서 수화기를 들었다.

"늦지 않은 모양이군." 범인의 목소리였다.

"어디서 걸고 있지? 내 차가 보이나? 이제 어떡하면 되지?"

"뭘 그렇게 서둘러? 거기는 첫번째 통과 지점이야."

"뭐? 그게 무슨 의미지?"

"그곳이 거래 장소가 아니라는 뜻이지. 그대로 도하치 도로를 서쪽으로 달려. 후추 가도 막다른 데 데니스 고쿠분지 지점이 있어. 십오 분 후 거기 주차장에서." 이렇게만 말하고 뚝 끊어버렸다.

여기가 첫번째 통과 지점이라면 두번째 세번째로 이어진다는 뜻이다. 범인은 나를 여기저기 끌고 다닐 속셈인 게 분명했다. 애써 화를 가라앉히고 스카이락을 뒤로했다. 실비아와 파젤로 차량 사이에 억지로 끼어들어서 다시 서쪽으로 향했다. 다마공원 묘지 옆을 지날 때는 마음이 무거워졌다.

데니스는 T자 교차로에서 한 블록 북쪽에 있었다. 주차장에 들어가자마자 다시 카폰이 울렸다.

"도착했나?"

"그래." 내뱉듯이 대답했다.

"좋아, 시간은 딱 맞췄군. 거기가 두번째 통과 지점이다. 이번에는 후추 가도를 북상해서 이즈미초 교차로에서 좌회전, JR 구니타치역 앞에서 대기해. 남문 로터리다. 지금쯤이면 러시아워는 지났을 거야. 오 분이면 충분하겠지."

내 예상이 맞았다. 이후 구니타치역에 도착한 뒤로도 이런 식으로 시내를 끌려다녔다. 전화 간격은 점점 짧아졌고 그는 복잡하게 코스를 만들더니 일일이 지시했다. 구니타치는 내 모교가 있는 동네다. 학창시절의 기억을 되살리면서 범인의 지시대로 한밤의 시가지를 우왕좌왕하며 달렸다. 대부분이 무의미한 쳇바퀴 돌기로 시간과 신경만 소모했다.

아마 경찰의 미행을 경계하기 위해서일 것이다. 내가 정말 지정된 장소에 시간 맞춰 도착하는지 그가 직접 눈으로 확인하고 있을 것 같지는 않았다. 만약 그렇다면 그가 제시한 시간 안에 꼭 도착할 필요가 없지 않을까, 그냥 제시간에 도착한 척하면 되지 않을까 하는 생각이 언뜻 들었지만 바로 지웠다. 다음 장소가 마지막이고 거기서 범인이 기다리지 않는다는 보장이 없었기 때문이다. 게다가 그가 어디서 이 차를 감시하고 있는지 알 길이 없었다.

단 하나 내게 유리한 점은 경찰이 범인의 전화를 감청하고 있다는 사실이었다. 자동차를 미행하지 않아도 내 현재 위치를 파악할 수 있다. 범인은 이 사실을 알 리 없다. 그렇지 않고서는 다음 목적지를 카폰으로 지시할 리 없다.

하지만 동시에 불안한 요소도 하나로 그치지 않았다. 가장 걱정되는 건 다케우치의 헛발질이다. 몸값을 건네는 장소에 형사를 잠복시켰다가 범인이 알아차리기라도 하면 아이에게 무슨 일이 일어날지 모른다. 나는 아이의 안전이 확인될 때까지 경찰이 어떤 행동도 벌이지 않기를 빌었다.

니시구니타치역 북쪽에서 난부선을 가로질러 다치카와 길에 합류했을 즈음에는 열한시를 지나고 있었다. 범인의 지시대로 나는 다치카와 길을 북상해서 추오 본선 밑을 지났다. JR 다치카와역 북문 방면에서 좌회전했다. 고층빌딩이 즐비한 중심가를 서쪽으로 달렸다. 오백 미터쯤 달리자 다시 카폰이 울렸다. 이제 몇번째인지 셀 수조차 없었다.

"왼편에 예식장 건물이 보일 거다." 범인이 말했다.

자세히 보자 '헤이안카쿠'라고 적힌 간판이 보였다.

"보여."

"다음 교차점에서 우회전." 그의 목소리에 지금까지 없던 긴박한 울림이 있었다. "백 미터 전방에 쇼와기념공원 다치카와 게이트가 있다. 앞으로 일 분 후, 게이트 안에 있는 공중전화로 전화를 걸겠다. 열 번 울릴 때까지 받지 못하면 그 시점에서 교섭은 끝이다. 서둘러."

질문할 겨를도 없이 범인은 전화를 끊었다.

일 분? 이제 남은 시간은 겨우 육십 초다. 전방의 신호등이 노란색으로 바뀐다. 액셀을 힘껏 밟아 빨간 신호를 무시하고 우회전했다. 클랙슨의 집중포화를 맞으며 달렸고 기념공원 게이트가 시야에 들어왔다. 주차장으로 갈 여유도 없었다. 보도로 올라가 철책 코앞에서 브레이크를 밟았다. 슈트케이스를 어떻게 해야 하나 잠깐 고민했지만 짐이 될 것 같아 조수석에 둔 채 문을 잠그고 게이트로 달렸다.

게이트는 폐쇄된 상태였지만 무시하고 타넘었다. 안쪽에 뛰어내렸는데 경비원은 보이지 않았다. 바로 왼쪽에 공중전화부스. 문을 열자 이미 벨이 울리고 있었다. 곧바로 수화기를 귀로 가져갔다.

"여덟번째 벨이었어. 고생했군."

"대체 왜 이런 짓을! 날 갖고 노나?"

"왜냐고? 약속을 어긴 주제에 그런 말이 잘도 나오는군."

"약속을 어겼다니?"

"경찰에 알리지 말라고 했잖아!"

놀란 나는 숨을 들이쉬는 것마저 필사적으로 참았다.

"말도 안 되는 소리 하지 마. 뭔가 착각했겠지. 경찰에 알리지 않았어."

"시치미떼도 소용없어. 야마쿠라, 당신 차에는 미행이 붙었어. 그걸 확인하려고 이리저리 끌고 다닌 거야."

거짓말은 더이상 먹히지 않을 듯했다.

이럴 거 같아서 그렇게나 미행하지 말라고 했는데.

"마지막 기회를 주지." 목소리가 한층 매서워졌다. "앞으로 이십 분 후, 히가시야마토 시 사야마공원 무라야마시타 입구로 와. 주차장에 공중전화부스가 있다. 열한시 반에 정확히 전화한다. 전화벨은 열 번, 더는 없어."

"사야마공원이라고? 어딘지 몰라."

"차에 지도책 하나쯤은 있겠지. 길은 간단해. 그리고 집으로 전화해서 미행을 멈추라고 해. 목적지도 알리지 마. 미리 말해두지만 당신 집 전화는 내가 도청하고 있어. 만약 약속 장소를 알리거나 엉뚱한 소리를 지껄이면 아이 목숨은 없어."

뒤통수를 맞았다는 걸 그제야 깨달았다. 지금까지 카폰을 쓴 건 우리를 방심시켰다가 이런 식으로 허를 찌르기 위해서였던 것이다. 처음부터 감청을 예상하고 있었던 것이다. 아무래도 범인이 우리보다 한 수 위인 것 같다. 시키는 대로 따르는 수밖에 없었다.

"아, 알았어."

"서둘러. 여유가 없어."

차로 돌아갔다. 정신이 없었다. 지도책을 꺼내 사야마공원 위치를 확인하는 동안 손이 덜덜 떨렸다. 일단 다치카와 길을 북상하면 된다. 보이지 않는 손으로부터 도망치듯 차를 출발시켰다.

한 손으로 핸들을 붙들고 카폰으로 집에 전화를 걸었다. 아내가 받자 나는 다케우치를 바꿔달라고 말했다.

"여보세요." 다케우치의 목소리가 들렸다. "범인이 뭐라고 한 겁니까?"

"미행 사실을 알아차렸습니다."

"설마." 당황한 기색이 그대로 전해졌다. "눈치챘을 리 없습니다."

"그럼 미행을 붙인 게 사실이었습니까? 그러지 말라고 그만큼이나 얘기했잖아요."

"하지만 범인이 알아차릴 만한 실수는 결코 하지 않았습니다. 카폰을 감청하고 있어서 바짝 따라붙을 필요는 없었으니까요. 혹시 범인이 공갈치는 게 아닐까요?"

"공갈이든 뭐든 범인이 미행을 멈추라고 요구했어요. 지금 당장 철수하라고 명령해줘요."

"좋아요, 알겠습니다." 잠깐의 침묵이 흘렀지만 결국 다케우치는 물러섰다. 분통한 기색이 역력했다. "그럼 야마쿠라 씨, 범인이 공중전화로 다음 지시를 내렸을 텐데, 약속 장소가 어딥니까?"

"말 못합니다."

"왜죠?"

"범인이 집 전화를 도청하고 있다고 했습니다. 약속 장소를 말하면 아이가 죽어요."

"그런 터무니없는 소리를 믿습니까?" 다케우치가 동요한다. "기술적으로 불가능합니다. 그 말이야말로 공갈이라고요. 야마쿠라 씨, 지금 범인의 거짓말에 농락당하면 안 됩니다."

"하지만 카폰을 도청하는 게 간단하다고 말한 건 당신이잖습니까. 지금 이 통화도 범인이 듣고 있을 겁니다. 난 말 못합니다."

"야마쿠라 씨, 당신은 범인의 계략에 빠진 겁니다. 이 전화를 믿지 못하겠다면 잠깐 차를 세우고 공중전화로 걸면……"

"다른 데 들를 시간이 없습니다!" 목소리가 사나워졌다. 나도 필사적이었다. "내 말 들었죠? 당장 미행을 멈춰요. 나 하나로 충분합니다. 만약 지시에 따르지 않았다가 아이가 죽기라도 하면 전부 당신 탓이야, 모두 경찰 책임이라고!"

스위치를 꺼 일방적으로 통화를 끝냈다.

나중에 생각해보면 역시 내 판단이 틀렸다. 다케우치의 말대로 나는 완전히 범인의 계략에 빠지고 말았다. 하지만 그 상황에서 나로서는 어쩔 수 없었다.

어둠이 짙게 내린 도로를 무작정 내달려 사야마공원으로 갔다.

4

꼬불꼬불한 오르막이 평탄해지나 싶더니 왼쪽으로 급커브가
이어졌다. 그 길을 벗어나자 사야마공원 주차장이 나왔다. 줄지
어 늘어선 콘크리트 말뚝이 도로와 주차장을 구분짓고 있었다.
말뚝이 끊긴 쪽으로 차를 몰았다. 다른 차는 보이지 않았다.

범인이 말한 공중전화부스는 주차장에 들어가자마자 있었다.
열한시 이십구분. 아슬아슬하게 세이프였다. 차를 세우고 밖으
로 나왔다. 그리고 아까처럼 슈트케이스를 조수석에 둔 채 문을
잠갔다.

주차장이라지만 모래땅에 자갈을 듬성듬성 뿌려놓은 조잡한
공간이었다. 셔터를 내린 추레한 노점과 묘하게 생긴 공중화장
실 외에는 아무것도 보이지 않았다. 어둠에 주의하며 공중전화
부스로 다가갔다. 주위에 인기척은 없었다.

문을 연 순간 전화벨이 울리기 시작했다. 마음의 준비는 하고
있었지만 결코 유쾌한 소리는 아니었다. 수화기를 들었다.

"야마쿠라다."

"늦지 않았군." 남자의 목소리가 나를 맞았다. "미행은?"

"떨쳐냈어, 아마 그럴 거야."

"거짓말이라면 아이 목숨은 없어."

"알아. 나 혼자 왔어. 어린애 술래잡기 같은 노릇은 이제 그만 해줘."

"믿어주지." 범인의 어조에서 불손한 우월감이 배어나왔다. "돈은 준비해 왔겠지?"

"차 안에 있어."

"좋아, 거래할 곳을 말한다. 정신 차리고 똑똑히 들어. 두 번 말 안 한다."

"빨리 말해."

"돈가방을 들고 공원 안으로 들어와. 오십 미터 직진하면 무라 야마저수지 제방이 시작된다. 그 앞에서 도로 오른쪽으로 빠져."

"제방 앞에서 오른쪽으로 말이지."

"제방 한쪽이 경사져 있으니까 헷갈리진 않을 거다. 도로에서 벗어나도 방향을 바꾸지 마. 제방을 따라 걸어. 그럼 곧 펜스가 보일 거고 거기서 돌계단을 내려가."

"펜스."

"파란색 칠이 돼 있다. 펜스에서 떨어지지 말고 경사면을 따라 제방 아래까지 내려가. 다 내려가면 제방과 평행하게 사백 미터 쯤 되는 직선 주로가 나온다. 그 길을 북쪽으로 달려. 최종 목적 지는 히카와신사 경내다. 도착하면 손전등을 깜빡여서 신호를 보내."

"신호를 보내면 어떻게 되는 거지?"

"그건 그 순간의 즐거움으로 남겨둬. 앞으로 십 분, 아니 오 분 안에 경내로 와."

"무리야. 최소한 칠 분은 필요해."

"쓸데없는 소리 지껄일 시간은 없을 텐데? 자, 아빠의 마지막 파이팅이야. 헤매지 말고."

범인이 전화를 끊었다. 제기랄. 나는 욕하며 수화기를 던졌다.

차로 달려갔다. 문을 열고 몸을 접다시피 쑤셔넣고 글러브박스에서 손전등을 꺼내 켰다. 슈트케이스는 왼손에 들었다. 문을 잠그고 차에서 멀어졌다.

차량 진입을 막는 무릎 높이의 철문을 허들 넘듯 뛰어넘었다. 착지와 동시에 발바닥의 감촉이 아스팔트로 바뀌었다. 오십 미터, 아니 더 달렸을까, 왼쪽에 철책이 보였다. 높이가 이 미터는 되는 철책이었다. 평소 운동이 부족해 금세 숨이 찼다. 속도를 낮추고 호흡을 고르면서 철책을 따라 손전등을 비춰봤다. '도쿄도 수도국 무라야마시타저수지'라는 표지판이 보였다. 그 너머에 돔 형태의 지붕이 씌워진 건물이 있었다. 저수탑 같았다. 손전등을 비춰보자 도로 끝은 미끄럼 방지를 위해 둥근 돌을 시멘트로 굳힌 경사면으로 되어 있었다. 이 길이 제방으로 이어지는 듯했다. 손전등을 오른쪽에 비추며 포장도로에서 벗어났다. 시계를 보지 않고 짐작으로 "일 분 경과"라고 중얼거렸다.

지면이 모래땅으로 돌아왔다. 자그마한 공터인데 동네 어린이 놀이터 정도의 넓이였다. 놀이기구 같은 건 없지만 나무 그림자가 주위를 빙 두르고 있다. 범인이 말한 대로 직진하자 왼편 포장도로의 가드레일이 금세 내 머리보다 높아졌다. 왼쪽 끝은 막다른 곳이고, 콘크리트 벤치 옆을 빠져나가자 손전등 불빛이 비스듬히 기운 파란 펜스를 비췄다. 평탄한 지면이 바로 앞에서 직 각으로 끊겨 있다. 거기서부터 산세는 급경사를 이루며 아래로 떨어졌다. 펜스 너머로는 수압을 지탱하는 제방의 경사면이 몇 백 미터나 이어져 있을 것이다.

일 분 이십 초 경과.

각석角石을 같은 간격으로 놓은 계단이 완만한 호를 그리며 경 사면을 따라내려간다. 나무줄기에 가려서 아래쪽은 보이지 않 았다. 조심조심 발을 디뎌봤다. 생각보다 급경사다. 발걸음을 옮 기는 사이 점점 가속이 붙어서 앞으로 고꾸라지려고 했다. 앞으 로 내민 발로 어떻게든 버텨보려고 했지만, 돌계단에 닿지 않았 다. 아니 닿지 않는 게 아니라 마침 거기서 돌계단이 끊기면서 질 척한 적토赤土가 노출돼 있었다. 소나무 낙엽을 밟은 구두 밑창이 미끄러지며 균형을 잃고 완전히 뒤로 자빠질 뻔했다. 슈트케이 스를 든 왼팔을 뻗어 집게손가락을 철망에 걸고 가까스로 체중 을 지탱했다.

무사했다.

무릎에 힘이 빠지며 털썩 주저앉았다. 한심하게도 바로 일어 나지 못했다. 심장이 격렬하게 뛰었다. 철망에 건 손가락이 찢어 질 것처럼 아팠다. 고개를 세게 저으며 스스로를 질타했다. 일어 나. 시간낭비하지 마. 가까스로 엉덩이를 들고 엉거주춤 자세를 잡았다. 심호흡하고 다시 걷기 시작했다.

무모한 위험을 감수할 수는 없었다. 몸을 낮추고 손전등과 슈 트케이스를 한 손에 들고 왼손으로 철망을 붙잡으며 미끄러지지 않도록 신중히 걸음을 내디뎠다. 적토로 된 경사면이 층계참처럼 볼록 튀어나와 있다. 관목이 앞을 가로막아서 펜스를 따라 곧장 나아갈 수 없다. 어쩔 수 없이 우회했다. 마땅히 붙들 것이 없었다. 발을 잘못 내디뎠다가 균형을 잃는 일이 없도록 온 신경을 발끝에 집중했다. 이대로라면 오 분 안에 아래까지 내려갈 가망이 없다. 여기까지 와서 시간을 맞추지 못하면 어쩐단 말인가. 그런 비관이 들기 시작할 때 발끝에 다시 하얀 계단이 나타났다.

이 분 경과.

안도의 한숨을 내쉬지 않았다고 하면 거짓말이다. 방금 전의 전철을 다시 밟지 않도록 조심하며 손전등을 비췄다. 다행히 이번 돌계단은 직선이라 아래까지 훤히 보였다. 여전히 급경사가 이십 미터쯤 이어졌지만 그 끝은 평탄한 풀밭이었다. 단숨에 뛰어내려가는 것도 불가능하지 않다고 판단했다. 지금까지 낭비한 시간을 만회하기 위해서라도 나는 그래야만 했다.

슈트케이스를 왼손에 바꿔 들었다. 망설임을 떨쳐버리고 돌계단을 힘껏 뛰어내려가기 시작했다. 하지만 네 걸음째 발에 뭔가가 걸리며 균형을 잃었다. 눈 깜짝할 사이에 벌어진 일이었다. 방심한 탓이다. 자세를 다시 잡을 틈도 없이 그대로 머리부터 굴러떨어졌다.

몸을 웅크려 어떻게든 충격을 덜어보려고 애쓰는 게 고작이었다. 몸이 튕겨날 때마다 어깨와 뒤통수, 허리, 등이 딱딱한 돌계단 모서리에 부딪혔다. 어느 순간부터는 몸이 구르는 속도와 떨어지는 속도가 분간이 가지 않았다. 통증도 느껴지지 않았다. 온

몸의 감각이 가속도의 노예처럼 사로잡혀서 정상적인 오감 같은 건 몸밖으로 내쳐졌다. 아무것도 보이지도 들리지도 않았고 방향감각조차 잃고 말았다. 몇 번이나 머리를 강타한 충격에 나는 결국 정신을 잃고 말았다.

3장 ———————————— **목격**

부상한 남자

1

물 흐르는 소리가 났다. 귀뚜라미 울음소리도 들렸다. 눈을 떴지만 캄캄해서 아무것도 보이지 않았다. 뺨은 기이하리만치 차가웠고, 질척한 흙과 풀 냄새가 코를 찔렀다. 나는 엎드린 자세로 바닥에 쓰러져 있었다.

손을 짚고 몸을 일으키려 했다. 몇 종류의 통증이 정수리부터 발끝까지 감전된 것처럼 타고 흘렀다. 상반신은 어떻게든 일으켜세웠지만 마치 고주망태처럼 허리부터 그 아래가 일으켜지지 않았다. 땅바닥에 정좌를 하고 머리를 세게 흔들었다. 조금씩 정신이 돌아오기 시작했다. 온몸이 진흙투성이였다. 전신에 입은 상처가 동시에 비명을 지르며 고통을 합창하기 시작했고 손발이 갈가리 찢긴 느낌이 들었다. 손에 묻은 진흙을 털고 이마에 흥건한 땀을 닦았다.

싸늘한 밤기운이 피부에 스며들었다. 주위를 둘러보자 등뒤쪽에 손전등이 켜진 채 있었다. 아픈 부위를 조심하며 몸을 틀어 기어가서 손전등을 주웠다. 내 손가락이 붉게 물들어 있었다. 다시 한번 이마를 닦아 확인해보니 흥건했던 것은 땀이 아니라 피였다.

갑자기 속이 울렁거려서 바닥에 대고 토했다.

조금 진정되자 내 위치를 확인했다. 쓰러져 있던 곳은 경사면과 풀밭 사이에 있는 배수로 근처였다. 물소리는 거기서 들려왔다. 이마의 상처는 콘크리트 배수로 모서리에 부딪힌 모양이었다. 죽을 정도의 상처는 아니었다.

피와 오물이 묻은 손을 풀잎에 비벼 닦고, 손전등을 내 왼쪽 손목에 비췄다. 시계는 열두시 이십분을 가리키고 있었다.

열두시 이십분!

내가 여기에 온 이유를 떠올리고는 전율했다. 그 순간부터 한 시간 가까이 정신을 잃은 셈이었다. 범인은 오 분 안에 신사 경내로 오라고 했고, 그 시간 안에 오지 못하면 아이의 목숨은 없다고 했다. 하지만 나는 그 열 배도 넘는 시간을 휴짓조각으로 만들고 말았다.

통증을 호소할 때가 아니었다. 나는 일어나서 신사 쪽으로 걸음을 내디디려고 했다.

아니, 잠깐. 발을 멈추고 스스로에게 물었다. 슈트케이스는 어디로 갔지? 주위를 둘러봤다. 어디에도 보이지 않았다. 다급히 돌계단 위로 거슬러 가봤다.

돌계단에 걸려 있는 슈트케이스가 보였다. 다행히 슈트케이스는 닫혀 있었다.

천천히 슈트케이스를 열어봤다. 돈은 무사히 있었다.

무사히? 이런 생각을 한 자신이 저주스러웠다. 돈이 무사하다는 게 무슨 의미가 있단 말인가. 오히려 범인에게 건네는 편이 나았다. 돈이 내 수중에 있는 한 시게루의 안전은 보장할 수 없다. 아이의 목숨은 지금까지보다 훨씬 심각한 위험에 노출돼버렸다.

슈트케이스를 닫고 왼손에 들었다. 때늦었다는 말을 머릿속에서 지웠다. 손전등을 비추며 내 위치를 다시 확인했다. 왼쪽 전방은 제방의 널찍한 경사면. 정면을 보자, 어둠 저편에 평평한 풀밭이 있었다. 크게 심호흡한 뒤 자리를 박차고 달렸다.

짐승처럼 헐떡이며 어둠 속을 질주했다. 근육의 급격한 움직임은 모든 고통을 증폭시켰다. 오감을 찢어발기는 격통의 채찍질에 온 신경이 지르는 비명을 무시하고 사백 미터쯤 되는 직선 주로를 멈추지 않고 전속력으로 달렸다.

소나무로 둘러싸인 히카와신사 경내는 쥐죽은듯이 고요했다. 내 거친 숨소리가 정적을 깼다. 눈에 잘 띨 만한 장소를 골라 기도하는 심정으로 오른손을 높이 들고 손전등을 깜빡거렸다. 스무 번, 서른 번, 몇 번이나 방향을 바꿔가며 엄지손가락으로 쉼없이 스위치를 눌러댔다. 칠십 번, 팔십 번. 그러다 경내를 뛰기 시작했다. 백 번, 백오십 번, 팔이 경련을 일으키기 시작했고 나는 손을 바꿔가며 집요하게 손전등을 깜빡거렸다. 삼백 번이 넘어가자 더이상 세지도 않았다.

돌아오는 반응이 없었다.

그래도 나는 계속 손전등 스위치를 눌렀다. 그것 말고는 해야할 일을 알지 못했다. 유괴범, 제발, 나를 버리지 말아줘.

이윽고 불빛이 어두워지더니 어느 순간 뚝 하고 꺼지고 말았다. 형용할 수 없는 분노감에 사로잡혀 손전등을 바닥으로 내던졌다. 유리 깨지는 소리가 났고, 나는 어둠 속에 홀로 남겨졌다.

더는 방법이 없었다. 범인은 나와의 접촉을 포기한 것이다.

슈트케이스 속 육천만 엔은 아무 의미도 없는 종이 더미가 되고 말았다. 모든 것이 내 부주의 때문이다. 발밑을 제대로 살피지 않았기 때문이다. 나는 돌이킬 수 없는 실수를 저지르고 말았다.

나, 야마쿠라 시로는 세상에 둘도 없는 쓰레기 머저리다.

이제 어떻게 해야 한단 말인가. 자문해봐야 소용없었다. 회오리바람이 머릿속을 죄다 쓸어갔는지 정상적인 사고가 완전히 멈춰버렸다. 우스꽝스럽게도 온몸을 관통하는 고통의 감각만이 마지막 남은 의식의 거푸집이었다.

나는 슈트케이스를 들고 비틀거리며 걷기 시작했다. 마땅히 갈 곳도 없었다. 밤을 헤매는 부나방처럼 아무 생각 없이 불빛을 향해 빨려들듯 걸어갔다.

어느새 포장도로로 나와 있었다.

세이부선 세이부유엔치역이 눈앞에 보였다. 길가에 공중전화 부스가 있었다. 그걸 보자 가까스로 사고가 돌아왔다. 안에 들어가서 집으로 전화를 걸었다.

"여보세요." 아내가 받았다. "당신이야?"

"으응." 내 목소리 같지 않은 지쳐빠진 신음이 흘러나왔다.

"연락이 없어서 걱정했어. 그래도 당신이 무사해서 다행이야. 잘 끝났어?"

쓰디쓴 뭔가가 목구멍으로 치올랐다.

"미안하지만 다케우치 형사 좀 바꿔줘."

"바꿨습니다." 화난 목소리였다. 그럴 만했다. "지금 어딥니까?"

"사야마공원 외곽입니다. 세이부유엔치역 앞 공중전화부스요."

"사야마공원이면 아아, 다마호수 근처 말이군요. 그런데 왜 지금까지 연락을 끊은 겁니까?"

"죄송합니다."

"어쨌든 사정을 설명해주시죠. 돈은 무사히 건넸습니까?"

"……아니, 그게 사실."

"그게 사실, 뭡니까?"

"죄송합니다. 범인과 접촉하지 못했습니다."

"우라질." 다케우치가 대놓고 욕을 했다. 수화기로 뭔가를 두드리는 듯한 소리도 났다. "대체 뭔 일이 있었던 겁니까?"

나는 간략하게 설명했다.

"그런 말도 안 되는." 다케우치는 잠시 말을 잃었다가 터져나오는 분노를 내게 쏟아냈다. "미끄러져서 머리를 부딪히고 정신을 잃었다고요? 애들 심부름도 아닌데 그걸 변명이라고 합니까? 범인한테 그런 말을 하면 믿어줄 것 같습니까? 이런 일이 생길지도 모르니까 어디로 가는지 그렇게 말해달라고 한 거 아닙니까. 벌써 한 시간이 지났어요. 만약 인질에게 무슨 일이 생기면 전부 당신 때문이에요. 이런 젠장."

한 시간 반 전에 내가 했던 말이었다. 굳이 다케우치에게 그런 소리를 듣지 않아도 나도 잘 알고 있었다.

"이제 어떡하면 좋을까요?"

"이렇게 된 이상 범인의 연락을 기다리는 수밖에 없습니다. 야마쿠라 씨, 당신도 거기 있어봐야 소용없으니 바로 돌아오세요. 아니, 모시러 가야 합니까?"

"아닙니다."

"그럼 얼른 서둘러요. 자세한 얘기는 돌아오면 듣겠습니다. 그때까지 뭔가 변동사항이 있으면 이쪽에서 전화하죠." 마지막에는 싸늘한 어조였다.

암담한 심정으로 수화기를 내려놓았다.

손전등도 없이 암흑을 뚫고 주차장으로 돌아왔다. 통증이 심해서 쉬며 걷다보니 이십 분 넘게 걸렸다. 돌계단을 오를 때는 거의 기다시피 했다. 육천만 엔이 든 슈트케이스는 거추장스러운 짐일 뿐이었다. 만약 누군가 나타나서 달라고 했다면 기꺼이 내줬을 것이다.

주차장에 세워둔 아우디는 아무 일 없는 듯 주인이 돌아오기를 다소곳이 기다리고 있었다. 문을 열고 슈트케이스를 내던진 뒤 시동을 걸고 출발했다. 룸미러에 비친 남자는 길바닥에 쓰러져 죽은 유령 같은 끔찍한 얼굴을 하고 있었다.

돌아가는 길은 모두 텅 비어 있어서 한껏 속도를 올렸지만 기분은 한없이 바닥으로 침몰했다. 집에 도착해서 어떤 얼굴로 도미사와 부부와 대면해야 할까. 그 생각뿐이었다.

구가야마에 도착했을 때는 새벽 두시를 지나고 있었다. 차고에 차를 넣고 아무짝에도 쓸모없었던 슈트케이스를 들고 현관으로 갔다.

차소리를 듣고 가즈미가 마중나왔다. 아내는 내 모습을 보고 눈이 휘둥그레졌다. 옥외등에 비친 얼굴이 새파랬다.

"아아." 떨리는 목소리로 말했다. "여보, 어디서 이렇게 다쳤어."

"별것 아냐." 인질이 된 시게루의 처지를 생각하면.

가즈미의 부축을 받으며 집안으로 들어갔다.

다케우치는 내 모습을 보고도 동정의 기색이라곤 없었다. 자업자득이라고 쏘아붙이는 듯한 표정을 지었고 위로의 말 한마디 없었다. 오히려 그 편이 나았다.

"아직 범인에게서 연락은 없습니까?"

"없습니다." 다케우치가 대답했다. 그리고 거실 쪽을 힐끗 보더니 목소리를 낮췄다.

"마지막 접촉 후 시간이 너무 많이 지났습니다. 최악의 사태가 일어났을 수도 있어요."

"……제 잘못입니다."

다케우치는 아무 말도 않고 등을 돌렸다. 최악의 순간까지 질책의 말을 아껴두겠다는 것처럼.

"당장 상처부터 치료해야겠어." 가즈미가 말했다. 아내만 내 편이었다.

욕실에서 더러워진 옷을 벗었다. 속옷까지 벗자 곳곳이 파랗게 멍들고 부은 몸이 보였다.

"세상에." 가즈미는 손으로 입을 가렸지만, 눈을 피하지는 않았다. 아내는 미지근한 물을 적신 수건으로 내 몸을 부드럽게 닦아줬다. 타박상이 심한 여기저기에 약을 바르고 거즈를 붙이자, 몸뚱이에 헝겊으로 덕지덕지 기운 누더기를 걸친 것 같았다. 이마에 흐르던 피는 이미 응고됐지만 소독약을 바르자 상처 부위가 다시 아렸다.

옷을 갈아입고 거실로 나왔다.

"거짓말쟁이!"

문이 열리기 기다렸다는 듯이 미치코의 욕설이 날아들었다. 미치코는 소파에 등을 꼿꼿이 세우고 앉아 핏발 선 매서운 눈으로 나를 노려봤다. 나는 그녀의 서슬에 겁을 먹고 우뚝 멈췄다. 나와 미치코 사이에 다른 사람 눈에는 보이지 않는 감정의 불꽃이 일었다.

"왜 혼자 돌아왔어!" 두 팔을 마구 내저으며 미치코가 말했다.

"이러지 마, 여보." 도미사와 고이치가 미치코의 팔을 붙잡고 억지로 소파에 앉혔다. "야마쿠라 씨, 너무 괘념하지 마세요. 아내가 이제 막 소식을 듣고 흥분했나봅니다."

"저 인간이 시게루를 데리고 돌아온다고 했잖아!"

"여보!"

나는 무릎을 꿇고 바닥에 머리를 조아렸다. 집에서 나오기 전에 도미사와 고이치가 내게 그랬던 것처럼.

"정말 잘못했습니다. 모두 제 불찰입니다."

"이러지 마세요. 야마쿠라 씨가 사과할 일이 아니에요."

"하지만……"

"아직 시게루에게 무슨 일이 생긴 건 아니잖습니까. 저희는 야마쿠라 씨에게 매달릴 수밖에 없는 처지예요. 이러시면 저희가 오히려 죄송합니다. 제발 머리를 드세요."

나는 머리를 들었다. 바로 앞에 도미사와 고이치의 눈이 보였다. 우리에게는 마지막 순간까지 희망의 끈을 놓지 말아야 할 의무가 있다. 그의 눈이 그렇게 말하고 있었다.

몸을 일으키는데 다케우치가 끼어들었다.

"다치카와에서 연락이 끊긴 뒤로 무슨 일이 있었는지 자세한 정황을 들어야겠습니다. 부인께 옆방을 쓰겠다고 말씀드렸습니다."

"알겠습니다."

도미사와 고이치가 힘내라는 듯 내 손을 잡고 도닥였다. 낙관할 수 있는 상황이 아니었다. 그런 만큼 더더욱 이 남자의 마음이 진심이라는 걸 알 수 있었다.

다케우치의 질문에 답하며 나는 여기가 스기나미 서 취조실이 아닌 내 집이라는 사실에 감사했다. 그는 내게 분 단위의 상세한 진술을 요구했는데, 나는 말하면서 마치 내가 유괴범과 한패라도 된 듯한 기분이 들었다. 아니, 다케우치의 생각도 거기서 그리 동떨어지지 않아 보였다.

사야마공원에서 일어난 일의 전말을 애기하자 다케우치는 고개를 저으며 긴 한숨을 내쉬었다.

"미행이 붙었다면 오십 분이나 기절한 채 방치되는 일은 없었겠죠. 당신 말을 무시하고 계속 따라붙었어야 했습니다."

"하지만 그때는 범인의 말을 들을 수밖에 없었어요. 당신의 말은 결과론이에요."

"아무리 그래도 약속 장소만이라도 알려줬어야 했습니다."

다시 되풀이됐다.

"그러니까 아까도 말했지만 범인이 우리집 전화를 도청하고 있을 가능성이 있었으니까 그랬던 겁니다. 내게는 그걸 부정할 만한 근거가 없었다고요."

다케우치가 이를 악물고 숨을 내쉬었다.

"정말 그랬을까요? 잘 생각해보시죠. 만약 범인이 이 집 전화를 도청했다면 유괴한 아이가 당신 아이가 아니라는 걸 진즉 알았을 겁니다. 그런데 범인은 아이를 잘못 데려갔다는 걸 모르고 있었습니다. 즉 도청 운운은 새빨간 거짓말, 우리를 교란하려는 공갈에 불과했다는 뜻입니다. 당신은 범인 계략에 빠지고 만 겁니다."

다케우치의 말이 옳았다. 내 판단은 완전히 틀렸다. 변명의 여지조차 없었다.

머뭇거리며 다케우치에게 물었다.

"그럼 이제 어떡하면 되겠습니까?"

"아침까지 범인의 연락이 없다면 최악의 사태가 일어났다고 판단하고 공개수사에 들어가는 수밖에 없습니다."

벽시계를 봤다. 두시 반을 가리키고 있었다. 사야마공원 주차장 공중전화부스에서 마지막으로 범인과 통화한 후로 벌써 두 시간이 지났다.

그 순간 장지문 너머 옆방에서 전화벨이 울리기 시작했다. 나와 다케우치는 반사적으로 서로의 얼굴을 쳐다봤다가 누가 먼저랄 것 없이 곧바로 밖으로 달려갔다.

거실에 멀뚱히 서 있는 사람들을 헤치고 내가 수화기를 잡았다.

"야마쿠라다. 당신인가?"

"나다." 그였다. "왜 오지 않았지?"

"사정이 있었어. 당신이 시킨 대로 뛰어서 신사로 가고 있었어. 그런데 돌계단에서 발을 헛디뎌 구르다 기절하고 말았어. 정신 차리고 급히 달려갔지만 당신은 없었어. 용서해줘. 불가항력이었어."

"그 말을 믿으라는 건가? 그런 말도 안 되는 변명이 통할 것 같아?"

"거짓말이 아냐."

"어쨌든 당신은 약속을 어겼어. 난 두 번이나 속았어. 당신은 경찰에 알리고, 약속 장소에도 나타나지 않았어."

"잘못했어. 뭐든 할게. 돈을 더 요구해도 좋아. 일억 엔을 준비할게. 이번엔 정말 시키는 대로 할게. 한 번만 더 기회를 줘."

"기회? 기회 같은 건 이제 없어."

"뭐?"

"난 성질이 급하다고 했지. 이제 협상은 끝났어. 아이는 죽었다."

"……죽었다고?"

"처음부터 그런다고 말했잖아. 시체는 오우메 시 외곽에 있는 오우메요양원 옆 공사장에 있어. 야마쿠라, 잘 들어. 이건 내 책임이 아냐. 당신 때문이야. 당신이 저지른 짓이야."

정신이 들었을 때는 뚝뚝 하는 발신음만 수화기에서 흘러나오고 있었다. 유괴범은 이 전화를 마지막으로 두번 다시 연락하지 않았다.

2

한 주의 시작인 월요일, 나는 평소와 똑같이 출근했다. 하루 더 쉬라는 가즈미의 권유를 듣지 않은 건 시답잖은 오기가 발동했기 때문이다. 사건 후유증으로 기가 죽은 사람으로 보이고 싶지 않았다.

사실은 스스로에게 그것을 증명하고 싶었으리라. 주말에는 경찰과 매스컴에 시달리느라 노이로제에 걸릴 지경이었다. 면전에서 비난을 퍼붓지는 않았지만, 사람들의 얼굴에 몸값 전달에 실패해 아이를 죽게 만든 남자에 대한 경멸의 빛이 노골적으로 드러났다. 물론 내게는 그 사실을 반박할 권리 따윈 없었다.

위로해주는 사람은 아내뿐이었지만, 미치코와 얽힌 암울한 기억이 내 정신을 가혹하게 후벼파서 괜히 아내에게까지 불똥이 튀었다. 아내는 아무 잘못이 없었지만, 토요일 이후로 나는 자책 감에 사로잡혀 거의 질식상태였다. 그래서 사실은 회사를 도피 처 삼아 도망쳤는지도 모른다. 최소한 회사 사람들만큼은 내 죄 를 꾸짖지 않을 거라 생각했다.

"안녕하세요."

사무실에 들어서자 직원들이 빠짐없이 인사를 건넸다. 질문 공세를 당할 각오를 하고 왔는데, 예상 외로 차분한 분위기였다.

"벌써 나오시다니 괜찮으세요?"

"괜찮아. 신경쓰게 해서 미안하군."

"아뇨. 저는 국장님의 심정이 어떠실지 이해합니다."

"고마워."

"……그나저나 P사 직송 캠페인 건으로 보고드릴 게 있습니 다."

이런 페이스였다.

열시부터 시작된 정례회의에서도 사건은 화제에 오르지 않았 다. 나를 라이벌로 여기는 미디어국 차장이 여느 때와 달리 부드 러웠다는 점만 빼면 평소처럼 회의가 진행됐다. 장인이 사전에 입단속을 시켜놨을지도 모른다고 생각했다. 업무와 사생활의 엄격한 구분이 장인의 모토 중 하나니까. 괜한 호기심이나 자의 적인 동정 세례에서 벗어날 수 있어서 다행이었다.

점심식사 자리로까지 이어진 회의가 겨우 끝나고 내 방으로 돌아가려는데 장인이 불러세웠다.

"경찰이 왔다는군."

"지금, 회사에 말입니까?"

장인이 고개를 끄덕였다.

"스기나미 서 형사면 자리에 없다고 해주시면 안 될까요. 그 양반들은 영 불편해서요."

"아니, 경시청 수사 1과라고 했네."

"경시청이라고요?"

"구태여 여기까지 찾아온 걸 보면 뭔가 새로운 진전이 있다는 뜻 아니겠나? 만나는 게 나을 것 같네."

"알겠습니다. 어디로 안내하셨죠?"

"단골손님 방이네." 장인이 미소지었다. 7층 VIP룸을 말한다.

고개를 끄덕이고 엘리베이터로 향하는데 장인이 한마디 덧붙였다.

"끝나고 내 방에 들르게."

VIP룸은 이름 그대로 중요 인물을 접대하는 방으로 특히 클라이언트에게 호의적인 인상을 주기 위해 인테리어에 엄청난 비용을 들였다. 바꿔 말하자면 이런 주식회사의 경영 전략에 익숙하지 않은 보통 사람이 보면 주눅들 만하게 공간을 꾸몄다는 뜻이다. 장인은 일부러 형사를 그 방으로 안내한 것이다.

공권력 앞에서 기죽지 마라. 이것도 장인의 모토 중 하나다.

노크하고 안으로 들어갔다. 사십대 초반으로 보이는 어깨 넓은 남자가 소파 옆에 서서 뒷짐을 지고 벽에 걸린 유화를 열심히 보는 척하고 있었다.

"기다리게 해서 죄송합니다. 야마쿠라 시로라고 합니다."

남자가 돌아서서 가볍게 인사했다. 화려한 방에 주눅든 모습은 아니었다.

"경시청 수사 1과 경부 구노입니다. 이번 아동 유괴 살인사건 수사 때문에 찾아왔습니다."

"앉으시죠."

"바쁘실 텐데 실례하겠습니다." 구노가 소파에 앉으며 말했다. 경찰 특유의 고압적인 말투는 아니었다. "시게루의 장례식에는 참석하지 않으셨군요."

"네." 도미사와 시게루의 장례식은 오늘 오전 열시부터 도내의 장례식장에서 있을 예정이었다. "저 대신 아내와 아들이 참석했습니다. 저도 가려고 했지만 도미사와 부부를 뵐 면목이 없어서……"

"그러셨군요. 하지만 야마쿠라 씨가 그렇게까지 책임감을 느끼실 필요는 없습니다."

구노의 태도가 너무 솔직하고 담백해서 오히려 경계심이 높아졌다.

"그렇게 말씀해주셔서 감사하기는 합니다만, 현실적인 문제로 들어가면……"

"아닙니다. 사실 오늘은 그 일로 야마쿠라 씨에게 사과하려고 왔습니다. 스기나미 서 형사가 사건 당일 밤 야마쿠라 씨의 행동을 질책했던 모양입니다만, 그건 근거 없는 비난이었습니다."

"근거 없는 비난?"

"부검 결과가 나와서 알려드리려고 왔습니다. 사망 시각을 추정한 결과, 피해자는 금요일 밤 여덟시에서 아홉시 사이에 살해됐던 것으로 밝혀졌습니다."

"여덟시에서 아홉시 사이라고요?"

"네. 댁으로 인질금을 요구하는 전화를 걸기 전이라는 뜻입니다. 인질은 그 시점에 이미 살해됐습니다. 사인은 교살이고요."

"정말인가요?" 내 목소리가 살짝 달뜨는 것이 느껴졌다.

"그렇습니다. 법의학적으로 틀림없는 사실입니다."

"그렇다면 제가 사야마공원에 육천만 엔을 들고 갔을 때는……"

"시게루는 그 몇 시간 전에 이미 싸늘해져 있었죠. 설령 야마쿠라 씨가 돌계단에서 굴러떨어지는 사고를 당하지 않고 약속 장소로 제시간에 갔다 하더라도 아이는 무사히 돌아올 수 없었습니다. 그러니 야마쿠라 씨가 시게루의 죽음에 책임을 느끼실 필요는 없습니다. 먼저 약속을 깨뜨린 건 범인입니다."

내 마음속에 죄책감을 가리키는 미터기가 달려 있다면, 이 순간 바늘이 크게 왼쪽으로 꺾이며 일단 제로를 가리켰을 것이다. 하지만 바늘은 금세 오른쪽으로 돌아가 임계점에서 오락가락하고 있었다. 구노의 이야기를 듣고도 죄의식은 사라지지 않았다. 아니 오히려 더 깊어졌고, 마치 그가 내게 책임을 묻고 있는 것만

같았다.

분명 논리적으로는 구노의 말이 옳았다. 내가 계단에서 발을 헛디디지 않았더라도 아이는 살아돌아올 수 없었다. 그러나 그건 어디까지나 제삼자의 눈으로 본 결과론이자 객관론이었다.

금요일 밤 사야마공원 돌계단에서 뛰어내려가던 나는 아이의 생존을 믿고 있었다. 그 시점에서 인질의 생사는 오로지 내 행동 여하에 달려 있었다. 그럼에도 나는 실패했고 아이는 죽었다. 즉 내 주관에서는 인과관계가 거꾸로인 것이다.

책임이란 결국 주관적인 것이다. 객관론이란 책임 회피의 한 편법에 불과하다.

암흑 속에서 의식을 되찾았을 때 그 소스라칠 것 같았던 초조감. 히카와신사에서 애타게 손전등을 깜빡이다가 거기에 응답하는 목소리가 없다는 걸 깨달은 순간의 바닥없는 무력감. 구가야마의 집으로 돌아가는 차 안에서 맛본 절망적인 고독의 한 시간. 빗속에서 수풀에 얼굴을 파묻은 도미사와 고이치의 등. 그리고 무엇보다 미치코의 눈물과 나를 저주하는 절규가 뇌리에서 떠나지 않았다.

"당신이 시게루를 죽였어!"

이 모든 경험이 나의 내면에서 뒤엉키고 응집해서 시게루의 죽음에 대한 책임의식을 만들어냈다. 그렇기에 설령 표면적으로 인과관계가 부정되었다고 해도 내 책임은 남는다. 결단코 사라지지 않는다. 내가 나인 한, 내 과거를 물에 흘려보낼 수가 없다. 누가 뭐라든 내 과실이 시간을 거슬러올라가서 아이의 죽음을 초래한 것이다. 바로 내가, 야마쿠라 시로가, 도미사와 시게루를 죽였다.

그뿐만이 아니다. 나는 자조적인 심정으로 생각했다. 스기나미 서의 다케우치라면 다른 이유를 들어 내 책임을 추궁하려고 할 것이다. 미행을 중단시켜서 범인을 코앞에서 놓치게 만든 나를 규탄할 것이다. 돈을 건네기 전에 인질이 죽었을 경우, 차선의 목표는 범인 체포일 수밖에 없다. 그럼에도 나는 그 유일한 기회를 눈앞에서 날려버렸다. 다케우치 같은 남자는 그것만으로도 충분히 나를 비난할 만하다고 생각할 것이다.

그런 생각을 넌지시 비치자 구노가 세차게 고개를 저었다.

"안심하세요. 다케우치는 그럴 말을 할 입장이 절대 못 됩니다. 사실 야마쿠라 씨에게는 행동의 선택지가 제한되어 있었습니다. 범인에게 제어당한 겁니다."

"그게 무슨 말이죠?"

"유괴범은 상당한 지능범입니다. 카폰을 이용해서 수사진을 방심시켜 미행 반경을 넓힌 점. 중요한 지시를 내릴 때는 반드시 공중전화를 이용했다는 점. 경찰의 뒤통수를 치는 대단히 지능적인 수법입니다.

게다가 러시아워에 다치카와까지 유도한 데는 야마쿠라 씨를 심리학에서 말하는 트랜스상태에 빠뜨리려는 계략이 있었습니다. 극도의 긴장감 속에 혼자서 꽉 막힌 저녁의 도로를 달리는 사이에 야마쿠라 씨는 범인이 걸어놓은 최면상태에 빠진 겁니다. 말하자면 야마쿠라 씨는 최면술 피험자와 동일한 입장에 놓였던 거예요. 그는 최후의 순간에 야마쿠라 씨가 자신의 지시대로 행동하도록 조건을 만들어나간 겁니다."

구노가 지적한 대로였다. 나는 다치카와에서부터는 스스로의 판단 따위는 거의 내팽개친 채 범인의 지시대로 행동했다. 고객 심리 전문가가 범인의 의도 하나 간파하지 못했다니 한심하기 짝이 없다.

"하지만 경찰이 미행을 철수할 것인지는 범인으로서도 예상하기 힘들었을 텐데요."

"정확한 지적입니다. 그래서 범인은 사야마공원을 약속 장소로 지정한 겁니다."

"그게 무슨 뜻입니까?"

"지도를 보면 확연히 드러납니다만, 최종 장소로 지정한 히카와신사는 히가시무라야마 시와 도코로자와 시 경계, 바꿔 말하면 도쿄와 사이타마 현의 경계 바로 앞입니다. 혹시 1984년에 일어난 구리코 모리나가 사건*을 기억하십니까?"

"네."

"11월에 범인들은 '모리나가 제과회사'를 협박하며 일억 엔을 요구했죠. 그때 범인들은 차량으로 이동하던 중 메이신 고속도로 연결 지정지 부근에서 순찰중인 시가 현 경찰차의 불심검문에 걸려 추적을 당했습니다. 하지만 결국 경찰의 실수로 놓치고 말았습니다. 오사카, 교토, 효고의 합동수사본부와 사가 현경縣警

---

* 식품회사를 표적으로 한 일련의 협박 사건으로 미제로 남았다.

사이의 정보교환이 원활하게 이루어지지 않은 게 원인이었죠.

또 1989년 도요하시에서 발생한 여아 유괴 살인사건도 몸값을 전달하는 현장 부근에서 아이치 현경의 수사 차량이 범인의 차를 발견하고 추적하다가 시즈오카와 현 경계에서 양 현경의 포위망이 뚫려 범인을 놓치는 바람에 아이가 살해된 최악의 사건이었습니다. 이때도 현 경계에서의 제휴, 지휘 체제의 미비, 그리고 무선망의 결락이 지적됐죠.

범인은 이런 사례를 사전에 연구해서 도부 현에서 지역간 연결 고리가 약한 곳을 알아뒀을 겁니다. 만약 계획대로 포위망이 뚫리지 않을 경우를 대비해 거래 지점을 현 경계로 설정하고 현금을 입수한 후 사이타마 현으로 넘어가서 추적을 따돌릴 심산이었던 겁니다."

내 차를 이리저리 돌린 것도 그런 꿍꿍이속이 있었기 때문인지도 모른다. 그때 나는 스기나미 구에서 미타카, 초후, 후추, 고가네이, 고쿠분지, 구니타치, 다치카와, 히가시야마토 등 수많은 시를 거쳤다. 포위망은커녕 각 관할서에 지원을 요청할 틈조차 없었을 것이다.

"다치카와에서 쇼와기념공원을 체크포인트로 선택한 데도 뭔가 이유가 있었던 걸까요?"

"있었습니다." 구노가 유려한 말투로 이어갔다. "한밤에 다녀보면 아시겠습니다만, 도심의 공중전화는 밤에도 이용하는 사람이 많죠."

"젊은 친구들이 길게 통화하곤 하죠."

"쉽게 눈에 띄는 곳에 있는 공중전화부스라면 그 시간에 다른 사람이 이용하고 있을 가능성이 높습니다. 반대로 인적이 드문 곳에 있는 공중전화부스라면 아마도 위치를 설명하기 위해 쓸데없는 시간만 걸렸을 겁니다.

가장 좋은 방법은 야간 출입이 금지된 공공시설의 공중전화를 이용하는 거예요. 쇼와기념공원은 야간에는 입장할 수 없는 곳이기 때문에 그 시간대에는 부스가 비어 있을 수밖에 없습니다. 게다가 게이트 바로 앞에 있으니 처음 방문한 사람이라도 쉽게 발견할 수 있고요."

구노의 설명을 듣고서야 이해가 갔다. 금요일 밤에 나도 무단으로 게이트를 넘어들어갔었다. 급박한 입장에 처하지 않은 이상 그런 짓을 할 사람은 없을 것이다.

"하나부터 열까지 모두 계산된 거였군요."

"그렇습니다. 하지만 범인은 딱 한 가지 치명적인 실수를 저질렀습니다."

"치명적인 실수라고요?"

"오늘 찾아뵌 또하나의 이유가 그겁니다. 열한시 반에 사야마 공원 주차장 공중전화부스에서 전화를 받았을 때, 범인은 어디 있었을 것 같습니까?"

"당연히 히카와신사 주변에 있었겠죠."

"그렇습니다. 그렇다면 그때 범인은 어디서 전화를 걸었을까요?"

나는 조금 고민하다 대답했다.

"······저처럼 카폰을 이용했을 가능성은 없을까요?"

"그건 불가능했을 겁니다. 만일 수사의 손길이 범인의 신변에까지 미쳤을 경우, 카폰을 썼다면 통화 기록이 범행 증거로 남으니까요. 그런 위험을 무릅쓸 바에는 공중전화를 쓰는 게 낫겠죠."

"그렇다면······" 기억이 났다. 의식을 되찾고 히카와신사에 아무 보람 없이 달려간 뒤 집에 연락하기 위해 공중전화부스에 들어갔었다. "범인이 그날 밤 제가 이용한 그 공중전화로 주차장에 전화를 걸었다는 뜻인가요?"

"그럴 가능성이 높다고 봅니다. 그래서 세이부유엔치역 주변을 거듭 탐문한 결과, 금요일 심야에 역 근처에서 낯선 골프 차량이 정차돼 있었다는 사실을 알아냈습니다. 여러 사람의 증언이 일치하니 틀림없다고 생각합니다."

"골프라고요? 무슨 색이었나요?"

"밤이라서 확실하진 않지만 아마도 파란색 계열 같습니다. 연식이나 번호까지 기억하는 사람은 없었습니다만." 순간 침묵이 흘렀다. 구노가 나를 지그시 바라봤다. "차종을 듣고 혹 떠오르시는 거라도?"

"아닙니다." 나는 대답했다.

"그런가요." 구노는 조금 낙담한 표정을 지었다. "야마쿠라 씨 지인 중에 파란색 골프를 타는 인물이 있을지도 모른다고 기대했습니다. 유괴사건의 경우 피해자 가족 주변에 범인이 있을 가능성이 크니까요."

"설마요. 그렇다면 아이를 오인할 리가 없죠."

"업무상의 적일 경우도 있지 않겠습니까. 혹시 야마쿠라 씨에게 원한을 품을 만한 인물이 떠오르면 알려주십시오. 골프 차량에 대한 수사와 더불어서 그 방면으로도 수사할 생각입니다."

구노는 이렇게 말하고 소파에서 일어났다. 나도 따라 일어났다.

"시간을 너무 오래 뺏어서 죄송합니다. 오늘은 이걸로 충분합니다. 감사합니다."

구노가 방에서 나갔다.

3

장인은 내 이야기를 다 듣더니 팔짱을 끼고 의자 등받이에 몸을 기댔다.

"파란색 골프라. 요새 부쩍 많아지지 않았나? 단서치고는 미약하군."

"그렇지도 않습니다."

장인은 이마의 주름을 깊게 만들며 나를 노려봤다.

"짚이는 거라도 있단 말인가?"

고개를 끄덕였다. 장인이 오른쪽 손가락으로 책상을 툭툭 두드렸다.

"형사에게 거짓말을 했단 말인가? 왜 그런 짓을 했지?"

"이건 제 문제니까요."

장인은 미간을 찡그렸고 안색이 어두워졌다.

"이상한 생각을 하는 건 아니겠지? 아이 복수라면 자네가 나설 자리가 아니야. 사건은 경찰에게 맡기고 자네는 생활에 전념해야지."

장인의 지적은 정곡을 찔렀다. 그러나 나는 돌려서 말했다.

"그게 가족 문제라면 어떻겠습니까?"

"가족 문제?"

"미우라 야스시의 주소를 가르쳐주십시오." 다짜고짜 말했다. "아버님이 흥신소를 통해 미우라의 동정을 알아보고 계신다는 걸 알고 있습니다."

장인은 동요한 표정을 무방비하게 드러냈다. 노련한 장인으로서는 보기 드문 일이었다. 미우라라는 이름이 그에게 그만큼 강렬한 충격을 주는 것이다.

"……설마 그 녀석이." 장인이 가까스로 입을 열었다. 천천히 고개를 젓는다. "타고 다니는 차까지는 깜박 잊었네."

"저는 듣자마자 바로 생각났습니다. 미우라와 마지막으로 만났을 때 파란색 골프를 타고 왔었죠. 이제 와서 떠올려보니 전화 목소리도 귀에 익었던 것 같습니다."

장인이 숨죽이며 탄식했다. 자제력을 잃지 않기 위해 무척이나 애쓰는 듯했다.

"그런가. 아니, 불가능한 얘기도 아니지. 그래, 그 녀석이라면 그런 짓을 할 만도 해."

"최근 여기로 돌아왔다는 소문을 들었습니다."

"맞네. 올여름부터 도내에 살고 있어. 주소는, 그러니까……"

장인이 책상 가장 아래 서랍을 열어서 부스럭부스럭 안을 헤집었다. 그러다 내가 지켜보고 있는 걸 의식했는지 갑자기 탐탁지 않은 듯한 표정을 지었다. 나는 시선을 돌렸다. 보이고 싶지 않은 물건이 그 안에 함께 들어 있을 거라 생각했다. 어쩌면 나와 관련된 것일지도 모른다.

"여기 있군." 장인은 신상 보고서 같은 서류철을 꺼내더니 바로 서랍을 잠갔다. "나카노에 있는 아파트에 살고 있네. 자네 말대로 아직도 골프를 타고 다니는 모양이야."

"보여주십시오."

장인은 주소 외에는 다른 내용을 볼 수 없도록 서류를 접어서 손으로 꾹 누른 채 내 쪽으로 돌렸다. 그의 손목 밑으로 종이에 인쇄된 녹색 활자가 눈에 들어왔다. '쇼와종합리서치'. 나는 메모지에 주소를 옮겨 적었다.

"만나러 갈 작정인가?"

"당장 가겠습니다."

"제발 부탁이니 신중하게 처신하게." 장인이 입술에 침을 바르며 말했다. "아직 녀석의 소행이라고 밝혀진 것도 아니잖나. 차도 단순한 우연일지도 모르고."

"저는 그렇게 생각하지 않습니다."

"어쨌든 성급한 행동만은 참아. 그쪽 이야기를 들어보고 틀림없다는 확신이 들면 나한테도 알려주게. 경찰에는 내가 전하겠네. 자네는 그 이상 참견해서는 안 돼."

장인답지 않게 소심한 태도다. 아직도 미우라에게 마음의 부담을 느끼고 있는 걸까. 그런 마음을 굳이 거스를 생각은 없었다.

"알겠습니다."

"부탁하네." 뭔가 더 할말이 있는 것 같았지만 말이 되어 나오지는 않았다. 장인은 한숨을 내쉬고는 가보라고 손짓했다.

나는 인사하고 방에서 나왔다.

전철과 JR을 갈아타고 히가시나카노역에서 내렸다. 오후 두시가 다 되어가고 있었다. 서쪽 출구로 나와 선로 옆으로 난 길을 걸었다. 아침에는 싸늘했지만 낮이 되자 햇살이 따사로운 가을 날씨였다. 이상기후 탓인지 11월인데도 목덜미에 땀이 날 정도로 따뜻했다.

목적지인 맨션은 메이다이 나카노 고등학교에서 오십 미터쯤 서쪽에 있는 너저분한 골목 모퉁이에 있었다. 당연히 초행이었지만 사전에 만 분의 일 지도로 확인하고 와서 헤매지 않고 도착했다.

'나카노 뉴하임'은 갈색의 외벽이 빛바랜 볼품없는 3층짜리 맨션이었다. 콘크리트 계단을 오르는데 머리 위에 아이 손가락만 한 고드름 같은 것이 달려 있었다. 조야한 시멘트가 녹아내린 것이다. 산성비 같은 게 원인이겠지.

3층 한가운데 문에서 미우라 야스시의 문패를 확인하고 벨을 눌렀다.

"누구세요?"

문을 연 사람은 예상과 달리 화장품냄새가 강하게 풍기는 젊은 여자였다. 스물을 갓 넘겼을 것 같다. 하얗고 동그란 얼굴에 도톰한 눈썹, 세실커트라고 하던가, 아무튼 보이시한 짧은 머리다. 검정 보트네크 스웨터에 헐렁한 청바지를 입고 있다. 여자가 내 얼굴에 구멍이라도 낼 기세로 뚫어져라 쳐다봤다.

"미우라를 만나러 왔는데."

"야스시 씨요? 미안, 지금 자요."

한심하다. 밤낮이 바뀌어 있다.

"상관없으니까 깨워줘."

"어머, 지금 나보고 깨우라고? 잠 깨우면 얼마나 싫어하는데."

어른을 대하는 태도가 영 글러먹었다. 프리터*나부랭이일 것 같았다.

"아가씨는 누구지? 미우라하고는 어떤 관계야?"

"나? 난 비오는 밤에 야스시 씨가 주워온 아기 고양이. 야옹야옹." 눈을 반짝이며 고양이 시늉을 낸다. 아무래도 머리가 이상한 여자인 모양이다.

상대하고 있는 것이 한심해서 무턱대고 현관으로 몸을 밀어넣었다.

"좀 비켜봐. 내가 깨울 테니까."

여자의 낯빛이 바뀐다.

"이봐, 아저씨. 지금 뭐하는 거예요?"

---

*프리와 아르바이터를 합성한 말.

"신경쓰지 마. 난 친척이고, 볼일이 있어서 그래."

"아저씨 멋대로 왜 이래, 나가라고요!"

나는 우격다짐으로 여자를 밀치고 구두를 아무렇게나 벗어던
지고 집안으로 성큼성큼 들어갔다.

"경찰 부를 거야." 여자가 밖으로 뛰어나가며 말했다. 마음대
로 하시지. 나는 거짓말은 한마디도 안 했다.

예상했던 대로 안은 쓰레기장이 되기 직전이었다. 개수대에
는 먹다 남은 피자와 맥주캔들이 쌓여 있고, 이런 계절인데도 시
큼한 냄새가 감돌았다. 마룻바닥에는 꽁초로 가득 찬 재떨이와
벗어던져놓은 옷가지들, 잡지들, 편의점 비닐봉지들로 발 디딜
곳이 없었다. 칸막이가 없는 다락방 스타일의 공간도 이 정도면
애처롭다고밖에 달리 말할 수 없었다.

면 티셔츠를 입고 침대 위에 곯아떨어져 있는 남자를 후려갈
기듯 두들겨 깨웠다.

"일어나. 할 얘기가 있어."

미우라 야스시는 수염이 덥수룩하게 자란 얼굴로 그제야 눈을
떴다. 눈곱이 잔뜩 끼어 있다. 그가 초점이 맞지 않는 눈으로 나
를 보며 말했다.

"뭐야, 느닷없이 남의 집에 쳐들어와서……" 그러나 벌어진
입이 그대로 얼어붙었다. 그러더니 눈도 깜빡이지 않고 나를 빤
히 쳐다봤다.

얼굴을 보는 것은 오랜만이었다. 한때 문단의 야생아라 불리
기까지 했던 외모는 뺨과 턱살이 축 처진 탓에 야비한 인상을 풍

졌다.

내 내면에서 뭔가 팍 터졌다. 저수지 제방 밑 풀밭에서 정신을 차린 뒤 어둠 속을 질주하며 포효하던 순간, 마치 짐승과도 같았던 기억이 되살아났다. 미우라의 목덜미를 거머쥐고 내 얼굴 앞으로 홱 끌어당겼다.

"오랜만이군. 내 얼굴을 잊었다고는 말 못하겠지. 꽤 오래 얌전히 지낸다 싶더니 드디어 본성을 드러냈더군. 당장 자백해. 금요일에 아이를 유괴하고 죽인 건 네놈이라고!"

미우라의 얼굴에서 점점 핏기가 사라졌다.

"형님, 왜 이러십니까. 무슨 말을 하는지 알아들을 수가 없어요."

"모를 리가 없을 텐데." 팔에서 힘을 빼지 않고 목덜미를 뒤로 비틀었다. 마룻바닥 위에 어제 조간이 펼쳐져 있다. 신문에 도미사와 시게루의 사진이 있었다.

"이 신문은 뭐야? 시치미떼도 소용없어."

"아, 이거 때문이었구나." 미우라가 목멘 소리로 답했다. "형님, 형님이 이 일로 화가 났다는 건 알아요, 안다고요. 하지만 난 유괴하고 관계없어요."

"형님 소리 집어치워." 힘껏 옷깃을 조르자 미우라는 괴로워하며 입술을 바르르 떨었다. "유괴하고 관계없다는 인간이 왜 이 기사를 읽었지?"

"아니, 전 다카시 아버지잖습니까." 미우라가 필사적으로 항변했다. "친부에게 아들의 안부를 걱정할 권리 정도는 있는 것 아닙니까."

"닥쳐. 다카시는 내 아들이야." 나는 미우라의 몸을 끌어내리고는 그대로 바닥에 머리를 찍었다.

미우라는 거의 아무런 저항도 못하고 머리를 부딪히자 처량한 신음을 토했다. 나는 미우라의 귀를 잡고 머리를 바닥에서 들어올렸다.

"자백해!" 귓가에 대고 버럭 소리를 질렀다. "아이를 죽였다고 인정하라고!"

"전 관계없다고요."

"말하는 게 네 신상을 위해서도 나을걸." 다시 한번 옷깃을 잡고 따귀를 쳤다. "네놈이 아이를 죽였어. 목격자도 있어. 사야마 공원에서 네 차를 봤다는 사람이 한둘이 아냐."

눈 깜짝할 사이 미우라의 뺨이 부어올랐다. 코피도 흘렀다. 하지만 일말의 동정도 느끼지 않았다. 이 정도로는 아직 턱없다고 생각했다. 나는 미우라의 양쪽 뺨을 교대로 후려쳤다.

"똑바로 들어. 네가 털어놓을 마음이 없다면 내가 대신 말해주지. 넌 우리 부부에게서 강제로 다카시를 뺏으려 했어. 다카시를 되찾는 게 네 유일한 목적이었고, 돈을 요구한 건 목적을 감추려는 수작에 불과했지. 육천만 엔을 수중에 넣었어도 아이를 돌려줄 마음 따위는 처음부터 없었어. 넌 그저 다시 한번 다카시의 아버지가 되고 싶었을 뿐이야. 웃기지 마. 이미 늦었어. 다카시는 이제 네 자식이 아냐. 나와 가즈미의 자식이야. 핏줄? 그딴 게 다 뭐야. 넌 아버지로서 실격이야. 그 증거로 넌 자기 자식조차 알아보지 못했어. 넌 다카시인 줄 알고 다른 아이를 데려갔어. 세상에 자기 자식도 못 알아보는 아비가 있나? 너 같은 놈밖에 없겠지. 넌 뒤늦게야 그 사실을 알아차리고 당황했어. 그래서 어쩔 수 없이 아이를 죽인 거야. 그게 인간으로서 할 짓이냐? 죽은 아이의 부모에게 무슨 말로 사죄할 거야? 게다가 죄를 나한테 뒤집어씌우려고 해? 넌 쓰레기야. 최악의 쓰레기야. 이제 네가 한 짓에 걸맞은 대가를 치르게 해주지. 마음 단단히 먹어."

"야마쿠라 씨, 그만하십시오."

느닷없이 뒤에서 남자 목소리가 들렸다. 돌아보자 구노가 현관에 서 있었다. 구노의 어깨 너머로 아까 그 여자의 얼굴도 보였다.

그 순간 정신이 들었다. 고개를 돌리자, 미우라가 끔찍한 얼굴로 축 늘어져 있었다. 나는 당황하며 미우라를 붙잡았던 손을 놓았다.

미우라가 남은 힘을 쥐어짜 내게서 몸을 떼냈다. 두 뺨이 화상자국처럼 새빨갛다. 셔츠 소매로 코피를 훔쳤다. 붓기와 통증 때문에 입을 열 수 없는 듯했다. 그 대신 증오로 점철된 표정으로 그는 나를 노려봤다.

나는 일어나서 구노를 향해 걸어갔다. 교대하듯 여자가 미우라를 살펴보러 허둥지둥 내 앞을 가로질러 달려갔다.

"형사님이 여기 어떻게?"

겸연쩍은 마음을 감추기 위해 묻자 구노는 어깨를 으쓱였다.

"회사에서 나온 뒤 우연히 야마쿠라 씨 모습을 봤습니다. 무척 서두르는 모습이 왠지 석연찮아 따라왔어요. 미행한 건 아닙니다. 말을 걸 타이밍을 놓쳤을 뿐입니다. 이 집까지 왔을 때 감이 오더군요. 주차장을 살펴봤더니 아니나 다를까, 있더군요, 파란색 골프가 말이죠. 야마쿠라 씨, 이 우연을 어떻게 설명하시겠습니까?"

우연이나 감 같은 게 아니다. 장인의 방에 머물렀던 시간을 고려하면 그는 회사 밖에서 계속 감시하고 있었던 게 분명하다. 골프에 대해 거짓말을 한 걸 눈치챈 것 같다. 온화한 말투와는 어울리지 않게 결코 얕잡아봐서는 안 될 형사다.

"우연입니다. 형사님이 돌아가시고 갑자기 생각이 났어요."

"저희에게 먼저 연락해주셨으면 좋았을 텐데요."

"만약을 위해 직접 확인해야겠다고 생각했어요."

"하지만 이런 방식에는 차마 박수 칠 수가 없겠군요." 미우라 쪽을 곁눈질한다. 내가 휘두른 폭력을 질타하는 것이다.

"죄송합니다."

"미우라 씨라고 하셨나요?" 형사가 집주인에게 물었다. "경시청 수사 1과 구노 경부입니다. 금요일 사건과 관련해서 묻고 싶습니다만, 서까지 동행해주시겠습니까?"

미우라는 잠자코 수긍했다. 부어오른 얼굴 때문에 속내가 읽히지 않았다. 그렇다고 체포를 각오한 얼굴로도 보이지 않았다. 뻔뻔한 걸까 무신경한 걸까. 하지만 사건과 아무 관련 없다는 말은 믿을 수 없었다.

구노가 내게로 시선을 옮겼다.

"야마쿠라 씨에게도 다시 묻고 싶은 것이 있습니다. 함께 가주시겠습니까?"

고개를 끄덕였다. 구노가 방안을 둘러봤다.

"미우라 씨, 전화 좀 써도 될까요?"

미우라가 눈짓으로 전화기 쪽을 가리켰다. 구노는 경시청에 전화를 걸어 차를 불렀다.

십오 분 후 경찰차가 도착했다. 나와 미우라는 뒷좌석에 나란히 앉았다. 경시청 현관에서 헤어질 때까지 우리는 서로를 완전히 외면했다.

구노는 미우라와 함께 어딘가로 모습을 감췄다. 경찰차를 운전했던 형사가 나를 1층 응접실로 데려갔다. 응접실이라지만 넓은 복도에 칸막이를 치고 낡아빠진 소파를 갖다놓은 데 불과한 공간이었다. 거기서 오 분쯤 기다리자 구노가 돌아왔다.

"이런 허름한 곳에서 기다리게 해서 미안합니다." 구노가 말했다. "제대로 된 응접실도 있습니다만, 지금 다른 사람이 쓰고 있어서요."

"그 사람은 어떻게 됐습니까?"

"미우라 씨 말입니까? 다른 방에서 이야기를 듣고 있습니다. 야마쿠라 씨를 고소할 의사는 없는 것 같더군요."

"고소요?"

"미우라 씨를 폭행하셨잖습니까. 고소하겠다면 충분히 입건할 수 있는 경우입니다."

"피가 거꾸로 솟구쳐서 이성을 잃고 말았습니다."

"마음은 이해가 됩니다. 이번만은 그냥 넘어가기로 하죠." 구노가 실눈을 뜨고 나를 응시했다. "그보다 야마쿠라 씨, 왜 미우라 씨에게 그런 말씀을 하신 거죠? 자기 자식도 알아보지 못했다니, 아버지로서 실격이라니 말입니다. 그게 무슨 뜻입니까?"

"말 그대로입니다." 나는 말했다. "다카시는 양자이고, 친부가 미우라입니다."

4

미우라 야스시는 내 동서다. 즉 아내의 여동생인 쓰구미의 남편이었다.

그는 원래 작가를 꿈꾸던 청년이었다. 조숙한 재능을 타고나 W대학 재학중 어느 문예지 소설 공모전에서 당당히 일등을 차지하며 세상의 이목을 모았다. 1979년 5월의 일이었다.

다음해에 첫 작품집을 내놓으며 소설가로서 위치를 굳힌 그는 자기 작품의 영상화로 관심을 돌렸다. 8밀리 독립영화를 계획했는데 당연히 본인이 감독 겸 주연이었다. 제작비는 책 인세로 충당할 생각이었지만 여주인공 섭외가 만만치 않았다.

그의 소설 속 여주인공인 '도비코'는 레이먼드 챈들러의 소설 『빅 슬립』에 등장하는 린다 로링이 환생한 존재였다. 독립잡지를 통해 '도비코' 오디션을 보았지만 결과는 참담했다. 천편일률적인 미인이거나 무식을 감출 길 없는 배우 지망생, '개성파'라 자처하지만 상투적인 이미지뿐인 배우만 가득했던 것이다. 그는 오디션을 포기하고 여주인공을 직접 찾아보기로 결심했다.

'도비코'에 어울리는 배우를 찾아 라이브하우스와 소극장을 돌며 몇 개월이나 헤맸다. 그 무렵 그는 뭔가에 홀려 있었고, 아마 '숙명의 여자'와의 해후를 예감했을 것이다. 그해 가을 그는 메구로에 있는 공민관에서 가도와키 쓰구미를 보았다.

쓰구미는 학창시절부터 친구들의 추천이나 부탁으로 아마추어 극단 무대에 오르곤 했다. 그런데 한 연극에서 우연히 선보인 애드리브가 반응을 얻고 인기몰이를 하자 그녀를 보기 위해 극장을 찾는 팬까지 생기게 됐다.

그런 쓰구미를 눈여겨본 연출가가 한 번만 출연해달라고 설득해서 그녀를 주인공으로 한 코미디를 올렸는데 그 작품이 극단 창립 이래 최고의 히트를 기록했다. 세상일이란 것이 다 그렇듯 일단 그렇게 되자 쓰구미도 두 번 세 번 출연을 거듭하게 됐고, 결국 정규 단원으로 입단한 적이 없는데도 어느새 극단의 간판 배우가 되었다.

당시 쓰구미는 학교를 졸업하고 모델에이전시에 적을 둔 상태였다. 하지만 거의 취미 수준으로 마음에 드는 일만 골라서 했고 나머지 시간은 유유자적하며 보냈다. 신토 애드에서는 비장의 카드처럼 이따금 그녀에게 포스터 모델 일을 맡기곤 했다.

나도 회사 행사 때 그녀에게 몇 차례 도움을 받은 적이 있다. 전무의 가족으로서 가깝게 지내게 된 게 이 무렵부터다. 쓰구미는 클라이언트들 사이에서도 평판이 좋아서 맞선 얘기가 끊이지 않았다. 물론 전무인 아버지가 알아서 다 잘랐던 모양이지만.

그런 쓰구미가 남자 문제에는 의외로 결벽에 가까운 구석이 있었다. 내가 아는 한 미우라를 만나기 전까지 깊은 관계였던 상대는 없었다. 요새 유행하는 페미니즘과는 다른 자기만의 쿨한 남성관으로 스스로를 지켜왔던 것이다. 쓰구미가 그렇게 된 데는 주변의 남자들이 그녀를 특별 취급하며 손에 닿을 수 없는 존재로 떠받든 것도 한몫했다고 본다.

그런 배경이 있었기에 미우라의 꾸밈없고 도발적인 스카우트가 오히려 효과적이었는지도 모른다. 그녀는 기꺼이 출연을 승낙했다.

쓰구미 앞에 나타난 청년은 재능과 야심이 넘쳐서 누구보다 찬란하게 보였을 것이다. 게다가 다른 사람들처럼 그녀를 저 높은 곳에 두고 올려다보지 않고 대등한 인격으로 대했다. 두 사람이 열렬한 사랑에 빠진 것은 자연스러운 결과였다.

미우라는 쓰구미보다 세 살 아래였지만 나이는 아무 문제도 되지 않았다. 사귀기 시작했을 때 둘은 걸핏하면 말다툼을 벌였다고 한다. 쓰구미를 알던 사람들은 이 모습에 적잖이 놀랐다. 그녀가 남자와 진짜로 다투는 것을 아무도 본 적이 없었기 때문이다. 그만큼 둘 다 진심이었을 것이다.

미우라는 영화에 온 힘을 쏟았다. 그러나 본인의 의욕과 주위의 기대를 저버리고 일 년이 지나도 영화는 완성되지 않았다. 찍어놓은 필름과 청구서만 남기고 결국 영화는 무산됐다. 감독의 열정이 식어서가 아니었다. 이유는 훨씬 간단했고, 무엇보다 결정적이었다. 미우라는 쓰구미를 찍은 장면을 단 한 컷도 자르지 못했다. 그래서는 영화가 될 수 없었다. 그래도 그 일 년이 두 사람에게 완전히 무의미한 시간만은 아니었다.

아니, 오히려 충실한 시간이었다고 할 수 있을 것이다. 이 시기를 거치면서 두 사람의 애정이 성숙했기 때문이다. 파산과 동시에 둘은 결혼했다. 사람들은 동경과 선망의 눈빛을 보내며 이 커플을 축복했다. 절대 반기지 않을 것 같았던 단 한 사람, 신부의 아버지도 의외로 담담하게 이 결혼을 받아들였다.

"자네한테 가즈미를 보낼 때가 더 가슴 아팠어." 피로연 후 가도와키 료이치 전무는 내게 털어놓듯 말했다. 나는 이미 칠 개월 전에 그의 사위가 되어 있었다. "쓰구미가 당연히 언니보다 먼저 시집갈 거라고 생각하고 있어서 그랬는지도 모르지. 하지만 쓰구미는 야무진 아이야. 그 아이 눈에 찰 남자가 어디 흔하겠나."

"그렇겠죠."

"만약 쓰구미가 얼토당토않은 남자를 잘못 고른 거라고 해도 그때 가서 얼른 정리하고 돌아오면 그만이야. 언니와 달리 보통 고집이 센 게 아니니까 그 정도 고생은 해야 아비 말을 듣겠지." 농담인지 진담인지 종잡을 수 없었지만 의외로 진심이 담긴 말이었는지도 모르겠다.

물론 당시에는 신랑이 그렇게 형편없는 남자가 아니었고, 장인도 자기 딸이 고생하기를 부러 바라지는 않았을 것이다. 미우라는 새로운 삶을 시작한다며 텔레비전 프로그램을 제작하는 프로덕션에 들어갔다. 여기에도 장인의 입김이 크게 작용했다. 구년 전의 일이다.

솔직히 말하자면, 나는 당시 좌절을 모르는 동서의 감춰진 취약함에 일말의 불안을 느끼고 있었다. 하지만 쓰구미라는 반려자가 있는 한 그게 문제가 되지는 않을 거라 생각했다. 사실은 그의 젊음과 타고난 재능에 대한 질투에 불과했지만, 아이러니하게도 내 생각은 나쁜 쪽으로만 적중하고 말았다.

하지만 모든 일에는 순서가 있다. 처음에는 만사가 순조로웠다. 두 사람의 신혼생활은 순탄한 시작을 끊었다. 미우라의 재능은 텔레비전 분야에서도 유감없이 발휘되어 금세 업계의 주목을 받았다. 다음해 가즈미와 쓰구미가 연이어 임신했다. 지금 생각하면 그때가 행복의 정점이었다. 두 사람뿐만 아니라 나와 가즈미에게도.

호사다마라는 말이 있다. 불행은 예기치 않은 형태로 가도와키 가의 자매에게 닥쳤다. 불행은 가즈미에게 먼저 왔다. 출산 예정일을 보름 앞둔 4월에 건강상태가 갑자기 악화됐다. 응급수술도 허사로 돌아가고 건강하게 태어나야 했을 아들은 싸늘한 몸으로 세상에 나왔다. 급성임신중독이었다.

집안의 불행은 이걸로 끝나지 않았다. 의사는 수술 후유증으로 아내가 다시는 임신할 수 없는 몸이 되었다고 알렸다. 실수가아니라 산모를 구하기 위해서는 어쩔 수 없는 조치였다고 했다. 가즈미는 정신의 균형을 잃고 몇 개월 동안 약에 의지하며 불안정한 상태로 살았다. 나와 미치코의 불륜도 근원을 따져보면 이일 때문에 벌어졌던 것이다.

그럼에도 가즈미는 그나마 운이 좋았다고 말할 수 있을지도 모른다. 쓰구미에게 닥친 불행은 훨씬 비참했다. 가즈미가 사산하고 삼 개월 후, 쓰구미는 난산 끝에 건강한 사내아이를 낳았지만 과다출혈 쇼크로 아이와 자신의 생명을 바꾸듯 세상을 떠나고 말았다.

겨우 석 달 사이에 자매는 출산을 하면서 한쪽은 아이를 잃고 한쪽은 목숨을 잃었다. 나중에 장인이 말하길 자매의 어머니도 출산할 때마다 죽을 고비를 넘겼다고 했다. 딸들도 난산의 핏줄을 물려받은 것이다. 사실 훨씬 이전에 그런 이야기를 들었어야 했다.

운명의 장난이라고 해야 할까, 쓰구미의 죽음은 우리에게 큰 충격과 슬픔을 주었지만 결과적으로는 아내를 정신적인 침체의 수렁에서 벗어나게 해줬다. 가즈미의 불안은 모성의 빈혈상태, 즉 자신이 영원히 어머니가 될 수 없다는 데서 생긴 병증이었다. 나는 장인과 의논해서 일석이조의 해결책을 짜냈다. 미우라와 쓰구미의 아들(우리에게는 조카인)을 야마쿠라 가의 양자로 맞아들이기로 한 것이다.

아내를 잃은 남자가 혼자 어린아이를 키우는 건 너무 어려운 일이다. 그 역할은 가즈미에게 적합했다. 가즈미는 우리의 제안을 흔쾌히 받아들였다. 양자를 들이더라도 생면부지의 아이보다는 세상을 떠난 동생의 아이가 훨씬 살갑기 때문이다.

우리는 다카시를 친자식처럼 길렀다. 가즈미에게 육아는 절대적이었다. 정신의 불균형은 거짓말처럼 사라졌고 우리는 웃음을 되찾았다. 모두 다카시 덕분이었다.

물론 미우라에 대한 배려를 잊지 않았다. 그는 아내의 돌연한 죽음에 충격을 받아 인간 자체가 바뀌고 말았다. 생활이 흐트러지고 경제관념도 사라졌다. 일을 내팽개치고 며칠이나 종적을 감추곤 했다. 나와 장인은 그에게 힘이 되어주려고 애썼다. 특히 장인은 딸을 잃은 슬픔을 미우라에 대한 동정으로 메우려는 듯했다. 공적인 문제든 사적인 문제든 간에 뒷수습부터 경제적인 원조에 이르기까지 그를 일으켜세우기 위해 음양으로 모든 노력을 기울였다 해도 과언이 아니다. 그러나 그런 노력은 모두 허사로 끝났다.

미우라의 인격은 그 무렵 완전히 파탄이 났다고 나는 생각한다. 쓰구미의 죽음은 그의 성격 가운데 가장 취약한 부분을 일격에 분쇄하고 말았다. 그 결과 한 인격의 완전한 붕괴를 피할 수 없었다. 쓰구미는 말 그대로 그의 인생을 좌우하는 '숙명의 여자'였던 것이다.

다카시가 두 살이 되기 얼마 전인 어느 날, 미우라가 느닷없이 우리집에 와서 입양취소를 요구했다.

"아이 입양에 동의한 건 절대 내 진심이 아니었어. 당신들이 내 약점을 들먹이며 강제로 다카시를 뺏은 거야. 이제 나도 당하고 있지만은 않아. 내 아이니까 내 손으로 키우겠어."

우리 앞에서 미우라는 그렇게 선언했다.

물론 우리 부부는 그의 요구를 받아들이지 않았다. 다카시는 우리 집안에서 절대 없어서는 안 될 존재가 되어 있었다.

"아이를 잘 봐." 나는 말했다. 다카시는 미우라의 큰 소리에 겁을 먹고 울먹이고 있었다. "봐, 자넬 무서워하고 있어. 다카시는 이제 자네 자식이 아냐."

미우라는 단호하게 고개를 저었다.

"그럴 리 없어. 당신들이 다카시를 세뇌한 거야. 진짜 아버지는 나야. 부자가 함께 지내면 금세 익숙해질 거야."

"불가능해. 지금의 자넨 다카시를 키울 수 없어. 아버지 자격이 없어! 당장 나가지 않으면 경찰을 부르겠어."

그날은 돌아갔지만 그렇게 물러설 사람이 아니었다. 다시 찾아와 똑같은 실랑이를 반복했다. 논의는 처음부터 평행선을 달렸고 냉정한 대화는 이루어지지 않았다. 서로의 자아가 충돌하며 이성을 잃을 때까지 격앙하는 것이 매번의 패턴이었다. 다카시를 둘러싼 다툼은 이전투구의 양태를 드러낼 뿐이었다.

나는 미우라가 위험한 수단을 동원할지도 모른다고 생각했고 다카시의 신변이 걱정돼 잠 못 이루는 날들이 이어졌다. 다카시에게 한시도 눈을 떼지 못하는 가즈미에게 다시 불안증이 도질 것 같았다. 나는 어쩔 수 없이 미우라를 우리 가족으로부터 떨어뜨려달라고 장인에게 부탁했다. 장인은 마지못해 그 부탁을 들어줬고 결코 칭찬할 수는 없는 방법으로 그를 간사이 쪽으로 쫓아냈다. 한동안은 악질적인 전화가 끊이지 않았지만 어느 순간 멎었다. 나는 가족을 지켰다.

우리는 미우라를 잊으려고 노력했다. 미우라에 대한 죄책감이 그의 이름에 무거운 추를 달았다. 그와 관련된 기억은 망각의 바다 밑으로 깊이 가라앉았고, 일상의 수면으로 다시 떠오르지 않았다. 오늘, 구노가 회사로 찾아와서 파란색 골프 자동차를 언급하기 전까지는.

구노는 아무 말도 하지 않고 가만히 내 이야기에 귀를 기울였다. 무표정하다고 말할 수는 없었지만 눈에 띄는 반응도 보이지 않았다. 하지만 나를 향한 집중은 단 일 초도 흐트러지지 않았다. 물을 가득 따른 그릇을 흔들리지 않게 단단히 잡고 그 수면에 대고 말하는 기분이었다.

이야기를 마치자 구노가 몇 가지 질문을 던졌다. 미우라가 일했던 프로덕션, 쓰구미가 세상을 떠난 병원, 입양취소와 관련한 법적 진행을 맡았던 변호사의 이름 등을 말하자 구노는 꼼꼼히 수첩에 받아 적었다.

"여기서 잠깐 기다려주시죠." 구노가 말하고 자리에서 일어났다.

혼자 남겨지자 괜히 더 불안했다. 자연스레 방금 전에 일으킨 감정의 폭발이 생생하게 떠올랐다. 만약 구노가 말리지 않았다면 나는 미우라를 죽을 때까지 계속 구타했을지도 모른다. 내가 그렇게까지 흉포해질 수 있는 인간이라는 걸 오늘에야 알게 됐다. 내 행동에 대해 양심의 가책을 느꼈다.

대체 왜?

그렇게 자문하고는 스스로에게 놀랐다. 미우라에게 폭력을 휘둘렀다고 죄책감을 느낄 이유는 없었다. 오히려 부족하다 싶을 정도였다. 그러나 토요일 새벽, 도미사와 고이치의 등을 보며 했던 맹세를 곱씹어봐도 양심의 가책은 사라지지 않았다. 낭패감 비슷한 당혹감이 찾아들었다.

뭔가 잘못됐다. 나는 내 생각과는 다른 장소에 서 있었다. 시게루의 죽음에 대한 책임의식이 형용할 수 없는 뭔가에 의해 흐려져 있었다.

나도 모르게 내 손바닥을 물끄러미 내려다봤다. 미우라를 쉬지 않고 가격한 오른손이다. 설명하기 힘든 불쾌감이 들었지만 이유는 알 수 없었다. 폭력 그 자체에 대한 혐오가 아니었다. 오히려 폭발의 방아쇠가 된, 내면에 존재하는 스스로에 대한 위화감이었다.

내 속에서 혹시 때려야 할 상대를 오인한 게 아닐까 하는 의심이 서서히 떠올랐다. 미우라가 유괴범이라는 사실을 의심하는 것이 아니었다. 문제는 내가 휘두른 폭력의 성질이었다.

나는 시게루를 죽인 남자에게 정의의 철권을 가했다고 말할 수 있을까? 대답은 아니요였다. 그랬다면 이제 와서 양심의 가책을 느낄 필요가 없다. 뭔가 다른 감정에 휩쓸린 기분이 들었다. 예컨대 나도 모르는 내 안의 다른 존재가 내 육체를 빌려서 그 부패한 정신을 저당잡고 내게 들이민 것 같은 심정이었다. 무엇보다 두려운 건 내가 모르는 다른 존재라 해도, 그 역시 내 일부일 수밖에 없다는 사실이었다.

어쩌면 나는 스스로를 질책한 게 아닐까? 내 안에 존재하는 아버지로서의 내가 저지른 죄를 미우라라는 속죄양에게 뒤집어씌운 데 불과하지 않을까? 핏줄 같은 건 아무런 의미도 없다. 나는 미치코를 향해 그렇게 말할 수 있을까. 시게루의 시신을 향해 그런 말을 내뱉을 수 있을까. 대답은 아니요였다. 사실 나는 나 자신인 야마쿠라 시로라는 남자를 질타하고 숨통이 끊어질 때까지 두들겨 팼어야 하는 게 아니었을까.

그러나 스스로에 대한 추궁을 더는 이어갈 수 없었다. 심리적 안전장치가 멋대로 작동해서 내 마음을 진공상태로 몰아갔기 때문이다. 방심한 나머지 말을 걸기 전까지 구노가 돌아왔다는 것조차 눈치채지 못했다.

"야마쿠라 씨, 왜 그러십니까?"

"아, 아뇨. 아무것도 아닙니다." 마음의 동요를 알아차리지 못하게 내가 먼저 물었다. "미우라는 자백했습니까?"

구노가 어깨를 으쓱했다.

"완전히 부정하고 있습니다. 금요일에는 하루종일 알리바이가 있다고 하는군요."

"새빨간 거짓말입니다." 다행히 목소리가 갈라지지는 않았다. "그 자리에서 날조한 거짓말입니다."

"그랬으면 좋겠습니다만." 구노가 뭐라 종잡을 수 없는 표정을 지었다. "증언이 앞뒤가 맞아서 즉석에서 지어낸 거짓말은 아닌 것 같습니다. 물론 사실관계를 확인해봐야 알겠습니다만."

구노의 말투를 봐서는 뭔가 더 있었다. 아직 털어놓지 않은 뭔가가 있었다. 내 문제까지 포함해서 순조롭게 진행되지 않으리라는 예감이 들었다.

4장 ——————— 증인

호출된 탐정

1

회사에 돌아왔을 때는 다섯시를 지나고 있었다.

"국장님." 부하직원이 나를 보자마자 말했다. "전무님 호출입니다. 돌아오면 바로 방으로 들어오라고 하셨습니다."

"알았어."

진정할 틈도 없이 7층으로 올라갔다. 문을 열자, 장인은 언짢은 얼굴을 하고 있었다. 나를 보자마자 그는 불문곡직하고 말을 꺼냈다.

"미우라와 같이 끌려갈 뻔했다면서?"

"벌써 아셨습니까?"

"당연하지. 그렇게 당부했는데 왜 나한테 연락하지 않았나?"

"그럴 틈이 없었습니다." 전후 사정을 보고했다. 단 미우라를 구타한 사실은 생략했다.

"다카시 얘기까지 한 건가?" 장인이 물었다.

"네."

"그랬군." 장인은 코를 집었다가 그 손가락들을 비벼댔다. "그래, 자네가 받은 인상은 어땠나, 미우라 짓인 것 같던가?"

"그런 것 같습니다." 나는 단호하게 말했다.

장인의 눈이 바늘처럼 가늘어졌다.

"무슨 증거라도 찾아낸 건가?"

"아닙니다. 하지만 그놈의 얼굴을 보자마자 틀림없다는 확신이 들었습니다. 유괴는 미우라의 짓입니다."

"쓰구미가 살아 있었다면 이런 일은 일어나지 않았을 텐데." 장인이 책상 위로 손을 깍지 끼며 탄식했다. "가족의 수치가 밖으로 공개돼서는 안 되네."

"장인어른이 책임을 느끼실 필요는 없습니다."

"아네. 하지만 그때 좀더 미우라의 마음을 헤아려줬어야 하지 않았나 하는 생각을 지울 수가 없군."

"이미 칠 년이나 지난 일입니다. 게다가 이유가 뭐든 간에 아이를 유괴해서 죽이고 유기한 인간에게는 동정의 여지가 없습니다."

"그렇지." 장인이 뜬금없이 콧방귀를 뀌었다. "경찰은 어떻게 생각하지?"

"아직은 참고인으로 생각하겠죠. 금요일 알리바이를 확인하고 있을 겁니다."

"알리바이가 있다던가?"

"자세한 얘기는 듣지 못했습니다만 구노 경부가 사실관계를 확인한다고 했습니다. 거짓말이란 사실이 금세 밝혀질 겁니다. 그런 뒤에 본격적으로 추궁하겠죠."

"그러려나. 미우라를 생각하면 안타깝지만 자네나 죽은 아이의 부모를 생각하면 한시라도 빨리 해결되어야 하는 게 맞겠지. 가즈미가 이번 일로 또 마음의 병에 걸리지 않으면 좋으련만."

"걱정 마십시오. 제가 옆에 있겠습니다."

장인이 내 팔에 손을 얹었다.

"부탁하네. 자네도 힘들겠지만 아무쪼록 잘 극복해주게."

"알겠습니다." 나는 인사하고 방에서 나가려고 했다.

"아 참." 장인이 나를 불러세웠다. "진작부터 자네한테 물으려고 했는데, 그 도미사와 가족하고는 예전부터 아는 사이였나?"

나는 침을 꿀꺽 삼키고 아무렇지 않은 척 돌아섰다.

"잊으셨습니까? 도미사와 미치코 씨는 가즈미가 임신했을 때 신세졌던 간호사입니다."

"아아, 그래서 낯이 익었나보군. 그랬군, 그 병원에서……" 칠 년 전의 쓰라린 기억이 장인의 얼굴에 그림자를 드리웠다.

"이제 나가봐도 되겠습니까?"

"그래." 장인이 고개를 끄덕였다. "아, 회사 일은 직원들에게 맡기고 자네는 오늘 이만 들어가게. 피곤에 찌든 얼굴이야."

"하지만."

"아니, 이건 명령이네. 취조실에 다녀온 사람에게 일을 시킬 정도로 신토 애드가 박정한 회사는 아냐."

"취조실에 끌려가지는 않았습니다. 버젓이 응접세트가 있는 방이었죠."

"그게 그거지. 얼른 돌아가서 가즈미를 안심시켜주게."

어깨를 으쓱했다. 이럴 때는 마다해봐야 헛수고다.

"미우라 일은 제가 말해놓겠습니다." 나는 장인의 방에서 나왔다.

집에 들어가자 가즈미가 놀란 표정을 지었다.

"어머, 일찍 돌아왔네. 무슨 일 있어, 여보?"

"아니, 오늘 이런저런 일이 있었어. 나중에 천천히 말할게." 양복을 벗고 거실 소파에 털썩 몸을 기댔다. 다카시가 다가와 응석을 부렸다.

"아빠, 왔어?"

"응, 아빠 왔다."

텔레비전을 켜고 일곱시 뉴스로 채널을 돌렸다. 미우라에 대한 뉴스는 없는 듯했다.

"시게루 장례식은 어땠어?" 나는 가즈미에게 물었다.

"어휴, 끔찍했어."

"끔찍했다니?"

"미치코 씨와 말다툼이 벌어졌거든. 그래서 중간에 그냥 돌아와버렸어. 향도 올리지 못하고 말이야."

그냥 넘어갈 수 없는 말이었다.

"대체 왜?"

"미치코 씨가 잘못한 거야." 평소 남의 험담을 좀처럼 하지 않는 가즈미답지 않게 발끈한 기색이었다. "물론 시게루가 그런 일을 당했고 그것도 다카시 대신 그렇게 됐으니까 충격을 받은 건 이해가 돼. 하지만 어떻게 당신한테 그런 말까지 하지? 당신은 위험을 무릅쓰고 시게루를 위해 사야마공원까지 간 거잖아. 돈까지 우리가 준비했고. 그런 일을 다 제쳐놓고 일방적으로 당신을 비난하는 건 잘못이라고 생각해. 그래서 조금 말다툼을 했어. 아니, 말다툼이라고 할 수도 없어, 미치코 씨가 우리 모자를 무작정 거기서 쫓아냈으니까."

"잠깐만." 나는 봇물 터지듯 나오는 가즈미의 말을 가로막았다. "그 부인이 나에 대해 뭐라고 말했는지부터 말해줘."

"당신이 일부러 돌계단에서 굴러떨어져서 돈을 주지 않으려고 했다고 하더라니까."

"내가? 일부러?"

"응. 너무 심한 말 아냐? 당신이 왜 그런 행동을 했겠어? 만약 돈을 주기 싫었다면 처음부터 범인 지시를 따르지 않았을 텐데. 안 그래?"

아내의 말이 간신히 귀에 들어왔다. 머릿속은 '일부러'라는 부사로 가득 차 있었다.

"그 여자가, 미치코 씨가 내가 그런 짓을 할 만한 이유가 있다고 했어?"

"아니. 그냥 당신한테 물어보면 알 거라고 하던데."

"나한테?"

"트집잡는 거야." 아내는 그제야 내 동요를 알아차린 모양이었다. "여보, 안색이 안 좋아. 왜 그래?"

"아니, 아무 일도 아냐." 얼굴을 문질렀다. "오늘 이런저런 일이 좀 많았어."

"미치코 씨 말이 마음에 걸려? 신경쓰지 마. 당신은 잘못한 거하나도 없으니까."

"응, 알아." 나는 내 동요를 가즈미가 수상하게 여기지 않도록 화제를 바꿨다. "오늘 미우라를 만났어. 지금 나카노에 살고 있더군."

미우라라는 이름은 가즈미의 주의를 강하게 끌었지만 사건과의 관련성까지는 미처 떠오르지 않는 눈치였다. 그럼에도 다카시를 2층 아이 방으로 보내는 분별력은 있었다. 그러고는 내게 물었다.

"그 사람을? 아니 왜?"

"낮에 회사로 형사가 왔었어. 금요일 밤 사야마공원 근처에서 수상한 차량을 목격한 사람들이 있다고. 그 차가 파란색 골프라는데, 미우라의 차가 골프야."

"어머." 손으로 입을 가린 채 화석이라도 된 듯 아내는 꼼짝도하지 않고 이야기에 몰입했다.

"형사가 돌아간 뒤에 미우라의 집으로 찾아가서 네놈 짓이 아니냐고 캐물었어. 아니라고 잡아떼더군."

"설마." 가즈미는 바르르 떨었다. "그 사람이, 시게루를?"

"다카시를 되찾고 싶어서 그랬을 거야. 하지만 친아버지라는 작자가 멍청하게 자기 아들도 분간하지 못했어. 그래서 나중에 실수했단 걸 깨닫고 죽여버린 게 아닐까싶어."

"그런 이야기도 경찰에게 했어?"

"물론이지. 미우라와 함께 경시청으로 가서 따로따로 사정청취를 받았어. 나는 금방 돌아왔지만 미우라는 아마 오늘밤 유치장 신세를 지겠지. 범행을 자백하는 건 시간문제야."

그날 밤 침대에 누운 나는 섬뜩한 자책감에 휩싸였다.

경시청 응접실에 있을 때 내 내면에서 일어난 의심의 정체를 마침내 포착하고 말았기 때문이다. 가즈미에게 들은 미치코의 말이 계기가 됐다.

"일부러 돌계단에서 굴러떨어져서 돈을 주지 않으려고 했다."

그 말뿐이었다면 일방적인 트집으로밖에 들리지 않았을 것이다. 실제로 가즈미는 그렇게 생각하고 있다.

하지만 내게는 그렇지 않았다. 오우메히가시병원에서 미치코가 한 말과 포개면 진의를 깨닫게 된다.

"당신이 시게루를 죽였어."

그렇다. 오늘 미우라 야스시에게 내가 왜 그토록 폭력을 휘둘렀는지 이제야 이유를 깨달았다. 스스로 어렴풋이 느끼고 있었다. 나는 미우라에게 투영해서 다름 아닌 나를 질책했던 것이다. 아버지로서 실격이라는 말은 시게루의 아버지인 나 자신에게 한 말이었다.

나는 시게루라는 존재를 불편하게 여겨왔다. 시게루가 내 피를 이어받은 자식이라는 말을 들었을 때, 거짓말이기를 간절히 바랐다. 미치코의 말이 사실이라는 걸 알았을 때, 나는 시게루가 사라지면 좋겠다고 생각했다. 시게루가, 내 아이가, 내 가정의 평화를 위협하는 존재가 된 시게루가 이 세상에 태어나지 않았으면 좋았을 거라고 생각한 적이 단 한 번도 없었다고 하면 거짓말이다.

어떻게 이렇게 지독하게 이기적인 생각을 했을까. 바꿔 말하면 시게루가 죽기를 바랐다는 것이 아닌가.

시게루에게는 아무 죄도 책임도 없다. 시게루는 자신이 바라서 태어난 것이 아니다. 나와 미치코의 도리에 어긋난 관계가 시게루라는 존재를 탄생시켰을 뿐이다.

그럼에도 내 증오는 미치코가 아니라 그 결과로 탄생한 시게루에게 향해 있었다. 미치코를 증오할 수는 없었다. 미치코를 증오한다는 것은 나 자신을 증오하는 것과 같았다. 나는 그때 일을 우발적인 사건으로 인식했다. 나와 미치코는 불우한 길동무였을 뿐이다. 시게루만 없었으면 그 일은 과거의 신기루처럼 지나갔을 것이다. 죄는 모두 시게루라는 존재에 응축되어 있었다. 그렇기에 시게루가 다카시와 같은 반이 되어 함께 성장하는 모습을 보는 것이 견디기 힘든 공포감을 줬다.

생각해봐라. 자식인 다카시는 사실상 나와 가즈미 어느 한쪽의 피도 이어받지 않았다. 아들이라고는 하지만 법률상의 허구에 불과하다. 반면 바로 옆에 있는 시게루는 내 피를 온전히 이어받은 존재다.

말하자면 일종의 시한폭탄이었다. 유전적인 특징이 언제 시게루에게서 발현될지 모른다. 그런 날에 가즈미는, 사랑하는 내 아내는, 시게루에게 나타난 자기 남편과 닮은 면모를 못 보고 지나칠까? 아니, 그럴 리 없다. 다카시가 있기 때문이다.

가즈미는 다카시를 보면서 나와 닮은 특징을 찾아내려고 안달한다. 논리적으로는 불가능하지만, 그걸 바라는 것이 양부모의 마음이다. 어떤 의미에서 가즈미는 그렇기 때문에 더욱 입양을 찬성했다. 핏줄 같은 건 아무 의미 없다. 그건 나 이상으로 아내가 붙잡고 매달리는 끈이었다.

이웃에 시게루가 살지 않으면 가즈미의 기대는 충족됐을 것이다. 유전적 요소가 전무하더라도 자식으로 함께 지내다보면 자연스레 부모를 닮기 마련이다. 사소한 버릇이라든가 음식 취향, 눈짓이나 제스처 같은 것들. 인간은 그런 유사성에 민감하다.

그러나 가까운 장래에 시게루라는 존재가 그걸 불가능하게 만들었을 것이다. 시게루는 나를 닮아갔을 것이다. 실제로 그런 징후가 나타나고 있었다. 게다가 미치코가 나에 대한 반발로 아이를 내 판박이로 키웠을지도 모른다. 그랬다면 시게루는 다카시 이상으로 나와 닮은 모습으로 자랐을 것이다.

다카시는 출발선에서부터 시게루에게 밀리는 경쟁을 하고 있었던 것이다. 유전자라고 하는 인간 존재의 기반 단계에서부터. 유전적인 면에서 다카시는 절대 시게루를 이길 수 없다. 다카시에게서 아빠와 닮은 점을 찾아내려고 안달하는 가즈미가 어느 날 그 사실을 알아차린다면 우리 가족은 어떻게 될까?

그런 생각을 하면 시게루의 죽음으로 유일하게 득을 본 자는 바로 나, 야마쿠라 시로밖에 없다. 이 시점까지 한 번도 생각해보지 못한 사실에 나는 죄의식으로 물든 전율을 느꼈다.

금요일 밤 사야마공원 돌계단에서 발을 헛디뎠을 때, 이런 무의식적인 생각이 나를 지배했던 건 아닐까.

아니, 그럴 리 없다. 나는 필사적으로 그런 생각을 부정하려고 했다. 아내도 말했다시피 나는 돈을 건네는 역할을 자진해서 받아들이지 않았던가. 내 신변의 안전이 결코 보장되지 않았음에도 말이다.

하지만 그게 표면적인 포즈에 불과했다면? 아이의 목숨을 최우선하는 척하다가 결정적인 순간에 불운한 실수를 저지를 계산이 작동하고 있었다면?

범인의 전화가 걸려오기 몇 시간 전에 이미 아이가 살해되었다는 말을 구노에게 들었을 때 왜 나는 순순히 안도하지 못했던가. 책임이니 주관적인 인과관계니 하는 말들은 본심을 은폐하기 위한 고식적인 핑계였을지도 모른다.

비참하게도 나는 스스로를 믿을 수가 없었다. 나는 표면적인 언동과는 다르게 내 진짜 아들 시게루가 죽기를 남몰래 바랐던 게 아닐까? 그렇게 되기를 바랐기 때문에 일부러 돌계단에서 발을 헛디뎠던 게 아닐까? 바로 그 순간에 유괴범에게 시게루를 죽이라고 청부했던 게 아닐. 만약 그렇다면 시게루의 사망 시각이 언제든, 실제로 살해한 게 누구든, 나야말로 시게루를 죽인 진범이 되는 게 아닐까?

나는 죄의식에 젖어 침대 속에서 이리저리 뒤척였다. 부정할수록 자책감은 커져갔다. 내 옆에서 숨소리를 내며 자고 있는 아내가 까마득히 멀게만 느껴졌다.

2

지독한 기분으로 아침을 맞이했다. 눈이 충혈되고 뺨이 핼쑥해진 얼굴이 세면실 거울 속에서 나를 쳐다봤다. 입안은 사포처럼 까슬까슬해서 가즈미가 차려준 아침을 먹으면서 아무 맛도 느끼지 못했다.

무거운 몸을 이끌고 출근했지만 책상 앞에 앉아도 일이 손에 잡히지 않았다. 어젯밤의 번민이 뇌리에서 떨어지지 않았다. 이게 악몽이라면 눈을 뜨자마자 사라지며 평화로운 일상이 되돌아오리라. 하지만 내 비열한 행위를 잊으려면 경우에 따라서는 다른 인생이 필요할지도 모른다.

일에 집중할 수 없는 이유는 그것 말고도 있었다. 열한시가 돼서도 미우라가 체포됐다는 뉴스가 나오지 않았다. 기다리다 지쳐서 미결 서류함을 치우고 부하직원들을 내보낸 뒤 책상 위 수화기를 들었다. 경시청으로 걸어서 수사 1과 구노 경부를 바꿔달라고 했다.

"안 그래도 연락하려던 참이었습니다." 구노가 말했다. 처음부터 변명조로 얼버무리는 느낌이 들었다.

나는 단도직입적으로 물었다.

"미우라의 알리바이는 깨졌습니까?"

"그 일 때문입니다만, 안타까운 소식을 전해야겠군요. 어제 야마쿠라 씨가 돌아간 뒤에 미우라 야스시가 진술한 알리바이의 사실관계를 확인했습니다. 결론은 무혐의입니다. 범행 당일 오전 여덟시부터 오후 아홉시까지 세타가야의 지인 집에 있었다는 사실이 증명되었습니다."

"뭐라고요?"

"미우라의 알리바이는 확실합니다. 구가야마에서 시게루를 유괴하는 것은 물론 죽이는 것도 불가능했습니다."

구노의 입에서 나온 말을 듣고 놀랐다기보다 위화감을 느꼈다. 자책하는 마음은 제쳐두더라도 미우라의 범행 자체를 의심한 적은 한 번도 없었기 때문이다.

"그렇다면 미우라는 체포되지 않는 건가요?"

"당연하죠. 구류할 이유가 없어서 어젯밤 늦게 돌려보냈습니다."

납득이 가지 않았다. 짜증을 감추지 않고 물었다.

"세타가야의 지인? 혹시 미우라의 집에 있었던 그 이상한 여자 말인가요?"

"아닙니다. 그 여자는 혼마 마호라는 여대생으로 미우라 씨의 여자친구 중 하나입니다. 어제는 우연히 집에 놀러왔을 뿐이고 9일 사건과는 아무 관계가 없다는 것이 확인됐습니다."

"그 여자가 아니면 누굽니까? 믿을 만한 인물입니까? 미우라의 부탁으로 거짓 증언을 했을 가능성은 없나요?"

"그럴 가능성은 희박합니다. 증인은 신뢰할 만한 인물입니다." 매몰찬 어조였다.

"대체 어디 사는 누굽니까?"

"대답할 의무는 없습니다만 특별히 말씀드리죠. 노리즈키 린타로라는 작가입니다."

"노리즈키 린타로?"

"모르세요? 우연이지만 저도 잘 아는 인물이고, 이 업계에서 나름 유명하죠." 무시할 마음은 없지만 경찰에도 업계가 있다는 말은 처음 들어보았다.

"하지만 도저히 납득할 수가 없군요. 어제 태도만 봐도 미우라는 이 사건과 틀림없이 얽혀 있어요. 그럼 골프 자동차는 뭡니까?"

"심정은 이해가 됩니다만 알리바이가 분명한 인물을 용의자로 취급할 수는 없습니다. 자동차 건은 불행히도 우연의 일치겠죠. 수사본부에서도 무혐의라는 결론을 내렸습니다."

"하지만."

"실망한 건 저희도 마찬가지입니다." 목소리만으로는 진심이라 느껴졌다. "그래도 미우라 야스시가 범인이 아니라고 판명된 것도 하나의 진전입니다. 수사를 하다보면 천 개의 정보 중 구백구십구 개는 허탕만 치는 쓸모없는 정보입니다. 그걸 하나하나 추려나가는 게 저희 일이죠. 끈덕지게 달라붙어서 그물망을 좁혀가는 수밖에 없습니다. 급히 해결하려고 지름길을 택하면 결과를 얻지 못합니다. 그러니까 포기하지 마시고 뭔가 생각나면 아무 때나 전화 주세요. 새로운 사실이 밝혀지는 대로 저도 연락드리겠습니다. 가능한 한 서로 연락이 끊기지 않도록 노력하죠."

내가 아무 대꾸도 하지 않자, 그럼 이만 하고 구노가 먼저 전화를 끊었다. 수화기를 내려놓았지만 영 석연치 않았다.

나름대로 성실하고 유능한 경찰일지 모르지만 구노도 눈앞에 드러난 사실에 시야가 흐려진 것 같다. 결국 그게 경찰의 한계인 것이다. 그러나 내게는 미우라가 범인이라는 절대적인 확신이 있었다. 어제 그의 얼굴을 본 순간 확실히 알았다. 순간이었지만 눈동자의 흔들림이 자신의 죄를 여실히 폭로하고 있었다. 그런데도 미우라는 풀려나 활개치며 돌아다니고 있다. 그 광경을 떠올리자 격렬한 분노가 치밀었다.

경찰은 기만당했다. 알리바이는 위증이 확실하다. 되도록 빨리 오류를 수정하지 않으면 사건은 미궁에 빠지고 말 것이다. 나는 가만있을 수 없었다. 토요일 새벽 오우메 교외 공사장에서 한 맹세가 새로운 의미를 띠고 내 안에서 되살아났다. 내 손으로 증오해마지않는 미우라의 죄를 밝혀서 심판의 장으로 끌고 가리라.

그것은 또한 다른 의미로 시게루에 대한 속죄이기도 하다. 내가 초래한 죄의 중압을 없앨 수는 없겠지만 한줌일지라도 마음의 위안은 될 것이다. 지금의 나로서는 그 정도밖에 할 수 없다.

방침을 정하는 데 그리 긴 시간이 필요하지는 않았다. 어쨌든 경찰의 수사를 재검토해야 한다. 미우라의 알리바이 증인부터 알아보는 게 첫걸음이다.

노리즈키 린타로라는 해괴한 이름을 어디선가 들어본 것 같지만, 아무리 머리를 굴려도 생각나지 않는다. 아마 관계없는 이름과 혼동했을 것이다. 구노는 그가 작가라고 했다. 책을 쓴 인물이라면 마케팅과의 데이터뱅크에 자료가 있을지도 모른다.

내선번호를 눌러서 4층 마케팅과의 직원에게 노리즈키 아무개와 관련된 자료를 모아달라고 부탁했다. 십오 분쯤 걸린다는 답이 돌아왔다. 기다리는 동안 장인에게 전화를 걸어 구노의 말을 보고했다. 장인의 대답에는 실망감과 식구 중에 중범죄자가 나오지 않았다는 안도감이 반씩 섞여 있었다. 이후로 별말 없이 사무적으로 통화를 마쳤다.

오 분 더 걸려서 전화를 건 지 이십 분 만에 마케팅과에서 대답이 돌아왔다. 구로다라는 조사부원이었다. 마케팅과의 인간들은 기질적으로 보아 학자형과 속물형으로 나눌 수 있는데, 구로다는 명백히 후자였다.

"알아냈습니다. 노리즈키 린타로, 이름이 특이하지만 본명입니다. 직업은 추리작가."

"그랬군." 그래서 경찰과 아는 사이겠지. "잘 팔리는 작가인가?"

"책을 몇 권 냈지만 베스트셀러라 할 정도는 아닙니다. 아직 상과도 인연이 없고요. 서평도 그리 긍정적이지 않군요. 꽤 통렬한 서평 하나가 눈에 띄었습니다. '노리즈키는 순전한 백치거나, 번드르르한 모방자거나, 혹은 둘 다.'" 구로다가 인용하며 폭소를 터뜨린다.

"대단한 작가는 아닌 모양이군. 아직 젊은가?"

"예, 서른이 안 됐습니다. 아직 미혼이고, 홀아비인 아버지와 함께 사는 이른바 부자 가정입니다. 그런데 그 아버지가 다름 아닌 경시청 수사 1과 경시네요."

"그렇군." 구노가 언뜻 비친 말의 의미를 그제야 알았다. 직속 상사거나 윗선의 자식인 것이다. 말 그대로 한식구인 셈이다. 당연히 증언을 곧이곧대로 받아들일 만하다.

하지만 지나치게 잘 만들어진 알리바이다. 나는 거기서 작위성을 느꼈다.

"그런 사정이 있어서 활자상에서만이 아니라 현실의 범죄 사건에도 손을 대는 모양입니다. 물론 비공식적인 조언이란 방식이지만요. 그 방면으로는 제법 권위가 있는 모양이에요. 경시청 기자클럽에 있는 지인에게 들은 이야기인데요, 작년에 일어났던 신흥종교 교주의 목 없는 사체 살인사건을 기억하십니까? 그 사건을 해결한 게 노리즈키 린타로라더군요."

놀랐다. 그 사건이라면 기억난다. 추리소설이 무색할 정도로 복잡하고 기괴한 사건이었다. 그러고보니 당시 뉴스에서 노리즈키라는 이름을 들었던 것도 같다.

"그 외에도 큰 사건을 몇 건 해결했다고 합니다. 책에 실린 저자 소개를 보면 엘러리 퀸 이후 최고의 명탐정이라고 선전하더군요. 요컨대 일종의 앤티크라고 할까요, 무형문화재 같은 존재라는 뜻이겠죠."

구로다가 무슨 말을 하는 건지 알아들을 수 없었지만, 명탐정이라니 아무래도 정상적인 인간은 아닌 듯하다. 소설 속에서라면 몰라도 현실에서까지 명탐정이라 자칭한다니 과대망상증 환자거나 성격파탄자일지도 모른다. 지금 같은 시대에 그런 인종이 서식한다는 것 자체가 믿기 힘들었다.

"유명한가?"

"음, 마니아 무리는 있지만 도쓰가와 형사* 수준의 명성이 없는 건 확실하죠."

"그건 또 누구지?"

"모르세요 국장님? 트래블 미스터리** 같은 거 안 읽으세요?"

"난 추리소설 읽을 만큼 한가하지 않아. 어쨌든 그 남자 연락처를 알 수 있나?"

"집 전화번호라도 괜찮습니까?"

"불러줘."

세타가야 국번으로 시작되는 번호를 메모하자 구로다가 덧붙였다.

"책에 저자 사진이 있는데 확대해서 팩스로 보내드릴까요?"

"부탁해." 고맙다고 인사하고 전화를 끊었다.

전송된 사진을 보며 메모한 번호를 돌렸다. 묘하게 약삭빨라 보이는 눈매가 상스러웠다. 명탐정이라 자처하지만 범죄자와 종이 한 장 차이일 뿐인 수상쩍은 인물이 틀림없다. 유괴범과 한

---

* 니시무라 교타로의 미스터리에 등장하는 주인공.

** 열차나 유명 관광지를 배경으로 한 미스터리 시리즈물.

패가 되어도 전혀 양심의 가책을 느끼지 않을 것 같은, 무책임한 허무주의자 같아 보였다.

아무리 벨을 울려도 받지 않았다. 집에 없나 하고 전화를 끊으려는 순간 누군가 받았다.

"여보세요, 노리즈키입니다." 잠에서 막 깼는지 갈라진 목소리였다. 미우라와 똑같이 야행성 인간인 것이다.

"야마쿠라 시로라고 합니다. 갑작스레 전화를 드려 죄송합니다. 혹시 추리작가 노리즈키 린타로 씨인가요?"

"예, 접니다만."

"다짜고짜 실례인 줄은 알고 있습니다만 미우라 야스시라는 남자를 아시는지요?"

"압니다." 노리즈키의 목소리가 불현듯 멀게 들렸다.

"그와 관련해서 몇 가지 여쭙고 싶은데 혹시 만날 수 있을까요?"

"야마쿠라 시로 씨라고 하셨죠?" 드디어 잠이 깼는지 이번에는 뚜렷한 목소리가 들려왔다. "금요일에 아이를 유괴당한, 그 야마쿠라 시로 씨인가요?"

"유괴당한 건 제 아이가 아니었습니다."

"그랬죠." 헛기침 소리가 들렸다. "알겠습니다. 도움이 될지 자신은 없습니다만 어쨌든 만나서 말씀하시죠."

일곱시에 신주쿠에서 만나기로 약속하고 전화를 끊었다.

목소리만 들어서는 당황한 기색이 느껴지지 않았지만 잠깐의 통화로 뭘 알겠는가. 다시 한번 노리즈키 린타로의 사진을 노려봤다. 이 남자가 미우라와 뒤에서 입을 맞춰 거짓 증언을 했다면 나도 나름의 마음의 준비를 할 필요가 있다.

"무슨 사진입니까?"

부하직원의 질문에 순간 정신이 들었다. 내가 어디에 있는지 까맣게 잊고 있었다. 지금은 근무시간이었다.

"아니, 아무것도 아냐." 팩스 사진을 상의 주머니에 넣었다.

"아까 J사의 모리시타 씨에게 전화가 왔었습니다. 국장님이 바쁘신 듯해 나중에 연락드리겠다고 했습니다."

"아, 고마워." 다급히 전화기를 끌어당겨 수화기를 들었다. "J 사의 모리시타 씨라고 했지?"

마음을 다잡고 저녁까지 업무에 전념했다. 내 개인적인 사정으로 SP국의 업무에 지장을 주면 안 된다. 어제도 반나절 내내 자리를 비웠다. 그리고 이후로도 언제 다시 일을 방치하게 될 만큼 급한 일이 닥칠지 알 수 없다. 자리에 있는 동안 업무를 마무리해두는 게 현명하다.

여섯시가 되어 퇴근 준비를 했다. 물론 나를 뺀 다른 직원들은 모두 남아 있다. 사실 이제부터가 진짜 바쁜 시간이다. 조금 면목이 없었지만 내색하지 않고 방에서 나가려고 했다.

그때였다. 스미다 나루미라는 직원이 내 등을 향해 말했다.

"국장님, 전화입니다."

"누군가?"

"사모님입니다."

"그래? 내 자리로 돌려줘."

이 시간에 무슨 일일까. 내 자리로 돌아가서 별생각 없이 수화기를 들었다.

"나야." 귓가에 미치코의 목소리가 울려퍼졌다. "할 얘기가 있어. 지금 만날 수 있어?"

아무 말도 하지 않고 수화기를 내리쳤다. 쾅 하는 소리에 모두가 놀라 시선이 집중됐다.

"아무 일 아냐." 나는 평정을 가장하고 가방을 다시 들었다. "유치한 장난 전화로군."

괜한 의심을 사기 전에 방에서 나왔다. 바깥으로 나왔을 즈음 심장 고동이 빨라졌다.

3

긴자로 나와 마루노우치선으로 갈아타고 여섯시 반쯤 신주쿠에 도착했다. 서쪽 개찰구에서 지하도를 따라 스미토모산카쿠 빌딩까지 걸어갔다. 49층에 자주 이용하는 회원제 클럽이 있다. 거기서 노리즈키와 만나기로 약속했다.

일곱시 조금 전에 가게에 도착했다. 이른 시간인지 손님은 거의 없었다. 웨이터가 나를 알아보고 기민하게 다가왔다.

"야마쿠라 님, 손님께서 기다리고 계십니다." 안쪽 테이블로 시선을 주었다.

연갈색 상의를 입은 청년이 의자에 앉아 있었다. 금세 알아봤는지 일어나서 나를 향해 인사했다.

"처음 뵙겠습니다. 노리즈키 린타로입니다."

"야마쿠라 시로입니다." 명함을 건네고 맞은편 자리에 앉았다. "멀리까지 오시게 해서 죄송합니다."

"아뇨, 신경쓰지 않으셔도 됩니다." 노리즈키도 자리에 앉았다. 테이블 위에는 페리에 병이 놓여 있었다. 나는 두 사람 분의 음료와 간단히 먹을 것을 주문한 뒤 가만히 상대의 풍채를 음미했다.

일어섰을 때 보니 상당히 키가 크고 마른 체형이었다. 하지만 약골 느낌은 아니다. 넥타이를 매지 않고 캐주얼하게 입었지만 회사에 출입하는 제작 관련 인력들과는 달리 예의를 모르는 차림새는 아니었다. 넓은 이마와 명상가 같은 분위기가 감도는 눈매가 온화한 생김새에 악센트를 주고 있다. 제임스 스튜어트*의 젊은 시절을 연상케 하는 자유분방한 소년과 같은 외모였다.

예상했던 인상과 달라서 맥이 빠졌다. 아무튼 과대망상증 환자나 성격파탄자로는 보이지 않는 청년이었다.

"제 얼굴에 뭐라도 묻었나요?" 내 당혹감을 꿰뚫어본 것처럼 노리즈키가 물었다.

"사진과 너무 달라서 조금."

"사진요?"

말하고 나서 아차 했지만 이미 늦었다.

---

*미국의 배우.

"이겁니다." 마케팅과에서 보내준 팩스 사진을 본인 앞에 펼쳐 보였다.

"아, 그랬군요." 그는 쑥스럽다는 듯이 어깨를 으쓱했다. "원래 사진발이 별로입니다."

"확대 복사를 해놔서 그렇겠죠. 너무 진하게 복사돼서 그림자 진 곳이 까맣게 뭉쳤어요. 말은 복사지만 곧이곧대로 받아들이면 안 되겠군요."

노리즈키가 내게 사진을 돌려줬다.

"얼굴 사진도 그렇고, 제 신원조사도 미리 하셨습니까?"

"실은 그렇습니다." 첫 대면에 서로의 카드를 살펴보는 분위기가 됐다. "경시청 구노 형사에게 당신 이름을 듣고 회사 마케팅과를 통해 예비지식을 조금 입수했습니다. 그렇다고 해도 쓰키지 CIA 정도의 정보망은 없어서 간단한 프로필 수준이지만요."

"쓰키지 CIA요?"

"하쿠쓰를 말합니다. 쓰키지에 본사가 있는데 정부와 관청에 깊은 유착을 맺고 있어서 부러워서 그렇게들 부르죠. 혹시 노리즈키 씨에 대해 조사한 게 언짢았다면 사과드립니다."

"괜찮습니다. 오히려 자기소개 하는 수고를 생략할 수 있어서 고마울 따름입니다. 아마추어 범죄연구자라고 말해도 아무도 믿어주지 않거든요. 그리고 사실대로 말하자면 저도 야마쿠라 씨와 같은 행동을 했습니다."

"같은 행동이라면?"

"여기 오기 전에 경시청에 잠깐 들렀습니다. 조사 결과에는 당연히 제 아버지에 대한 정보도 포함되어 있겠죠?"

"수사 1과 노리즈키 경시님 말인가요?"

"네. 저는 방금 말씀하신 구노 형사와는 예전부터 가깝게 지냈습니다. 그래서 유괴사건의 경과는 물론 야마쿠라 씨와 미우라 씨의 관계에 대해서도 상세히 들었습니다. 아드님이 미우라 씨의 아이라는 것도 알고 있습니다. 그러니 프라이버시 침해로 사과할 사람은 오히려 저일지도 모릅니다."

이 남자는 어쩌면 내 생각과는 달리 후안무치한 거짓말쟁이가 아닐지도 모르겠다. 이야기하는 사이 문득 그런 미혹이 생겼다. 유괴범을 비호하고도 양심의 가책을 받지 않는 인간으로는 보이지 않았다. 어쩌면 노리즈키의 증언은 신뢰할 만한 가치가 있는 게 아닐까.

아니, 잠깐. 나는 스스로를 제지했다. 속단은 금물이다. 이 만남의 목적은 미우라의 알리바이를 무너뜨리는 것이다. 솔직한 척하는 말투에 혹하지 마라. 상대의 페이스에 휩쓸리지 않도록 정신을 단단히 차려야 한다.

"피차일반이니 그 일은 불문에 부치죠." 나는 말했다. "그렇다면 사건에 대해 다시 설명할 필요도 없겠군요. 그럼 순서대로 여쭙겠습니다. 당신과 미우라 야스시는 대체 어떤 관계입니까?"

"처음에는 일 때문에 알게 됐습니다." 노리즈키가 대답했다. "딱 일 년 전, 미우라 씨가 아직 간사이의 프로덕션에 있을 때 출판사 편집자를 통해 연락이 왔습니다. 범인 찾기 드라마 원작을 쓰지 않겠느냐고 제안하더군요. 그게 계기였어요."

"범인 찾기 드라마?"

"간사이 지역 방송국의 〈밤을 포옹하자〉라는 심야 버라이어
티 프로그램이었습니다. 추리극을 문제편과 해답편으로 나눠
이 주 동안 방영하는 형식인데 첫 편 방영 후에 누가 범인인지 시
청자로부터 추리를 공모한 뒤 정답자를 뽑아 해외여행을 보내주
는 기획이었죠. 비와호수에 치쿠부시마라는 작은 섬이 있습니
다. 그 섬을 무대로 연쇄살인이 일어난다는 설정이었는데, 제가
원안을 쓰고 미우라 씨가 대본으로 각색했어요. 드라마이긴 하
나 고정 출연자 몇 명에 스태프들뿐이었고 내용도 거의 자기들
끼리 웃고 떠드는 만담에 가까웠죠. 저도 비와호수 로케에 동행
에서 엑스트라로 특별 출연한 적이 있습니다. 꽤 흥미로운 경험
이었어요. 그게 아니더라도 미우라 씨와는 원안 집중 토의 때부
터 의기투합해서 그후로 가까워졌죠. 서로 취미가 비슷해서 마
음이 맞았을 겁니다. 미우라 씨는 저보다 나이도 위고 발도 넓어
서 그때는 제가 신세만 졌지만요."

"그 일이 끝난 뒤에도 미우라와 자주 만났나요?"

"아뇨. 미우라 씨는 오사카에 살고 저는 도쿄에 사니 전화나
편지를 주고받는 정도였지 만날 기회는 거의 없었죠. 그런데 올
6월에 이 프로그램이 폐지돼버렸습니다. 오 년 동안 한 프로그
램이고 시청률도 나쁘지 않았는데 더 나올 게 없다고 판단한 거
겠죠. 미우라 씨는 처음부터 이 프로그램 제작에 참여해서 애착
이 컸던 모양입니다. 본인이 키운 프로그램이라는 자부심도 있

었겠죠. 그런 프로그램이 끝나자 순간 정신이 들었다고 할까요, 아무튼 심기일전해서 앞으로의 삶을 새롭게 고민해야겠다며 프로덕션을 그만두었습니다. 그러면서 프리랜서에 가까운 상태로 옛 보금자리인 도쿄로 돌아온 것이 올 8월이었습니다. 미우라 씨와 다시 만난 건 그때부터였어요."

"8월부터 지금까지 그동안 미우라가 도쿄에서 뭘 하고 다녔는지 아십니까?"

노리즈키는 망설이지 않고 바로 대답했다.

"소설을 쓰려고 했습니다."

"소설?"

"의외는 아니지 않나요?" 노리즈키가 확인하듯 말했다. "미우라 씨는 S지 신인상을 받은 사람이니까요. 실은 전 그 사실을 미우라 씨가 도쿄에 돌아와서 두번째 만났을 때 본인에게 듣고서야 처음 알았습니다. 술자리에서 하소연하더군요. 텔레비전 일을 하도 오래해서 소설 쓰는 법을 잊어버렸다, 어떡하면 되느냐, 가르쳐달라고 하면서요. 하지만 나이로 보나 경력으로 보나 미우라 씨가 저보다 선배라서 뭐라 할 말이 없었습니다. 그뒤에 미우라 씨의 예전 작품을 읽어보고 깜짝 놀랐습니다. 저 같은 건 발끝에도 미치지 못할 정도로 뜨거운 재능이 끓어넘치는 소설이었습니다. 솔직히 말해서 지금의 미우라 씨가 다른 사람이 아닌가 의심할 정도였죠."

나도 그 점에는 동감이다. 하지만 미우라를 망친 건 방송일이 아닐 것이다. 아내 쓰구미가 세상을 떠난 것이 그가 더이상 글을 쓸수 없게 된 유일한 원인이리라.

그 이야기를 하자 노리즈키는 당시의 경위를 듣고 싶다고 했다. 미우라가 죽은 아내에 대해 말하기를 꺼려해서 이름밖에 듣지 못했다고 했다. 나는 두 사람의 만남에서부터 사별에 이르기까지의 이야기를 내 관점에서 들려줬다. 노리즈키는 진지한 얼굴로 몇 번이나 맞장구를 치며 들었다.

본론에서 너무 벗어났다 싶었을 때쯤 회고를 마무리짓고 나는 다음 질문으로 옮겨갔다.

"지난주 금요일에 대해 말씀해주시죠."

노리즈키의 표정에 긴장감이 깃들었다.

"지난 화요일에 미우라 씨가 연락해왔습니다. 금요일에 별다른 일이 없으면 아침부터 방문해도 되느냐고 묻더군요. 상관없다고 대답하자 그는 제게 하루종일 밀실 강의를 해달라고 부탁했습니다."

"밀실 강의? 그게 뭐죠?"

"야마쿠라 씨는 추리소설에 별로 관심이 없는 모양이군요."

시인했다. 노리즈키는 정색한 말투로 말했다.

"밀실이란 추리소설에서 쓰는 기법의 하나로, 닫힌 공간에 타살된 시체가 있지만 범인이 없고 심지어 침입이나 탈출 흔적도 없는 상황을 가리킵니다. 단단한 벽과 문과 창이 있는 상자 같은 방에서 모든 잠금장치가 안으로 잠겨 있는데 범인이 없다는 게 전형적인 도식이죠. 물론 범인이 연기처럼 사라질 수는 없기 때문에 거기에는 속임수, 트릭이라 불리는 게 존재합니다. 추리작가라는 사람들은 무슨 영문인지 이 밀실 트릭이라는 걸 무척이나 좋아해서 동서고금에 걸쳐 밀실 테마를 다룬 추리소설을 엄청나게 많이 썼죠. 그 셀 수 없으리만치 무수한 트릭을 분류하고 정리해서 이 잣듯 샅샅이 항목을 정리해가는 작업을 추리소설 팬들은 밀실 강의라고 관용적으로 부르곤 합니다."

"실과 바늘을 이용해서 문밖에서 자물쇠를 거는, 그런 상황을 말하는 건가요?"

"뭐, 그런 셈이죠."

"그런 일을 하느라 열두 시간 이상 걸렸단 말인가요?" 나는 조금 기가 막혔다.

"구노 형사 말로는 아침 여덟시부터 밤 아홉시까지 계속 그 집에 머물렀다고 하던데요."

"말은 강의지만 선생 하나에 학생 하나라서 설렁설렁 했습니다. 하다 말다 하다보니 휴식 시간까지 포함하면 실제로 강의한 시간은 그 삼분의 일이나 됐을까요. 미우라 씨는 분류보다 구체적인 실례에 흥미가 많아서 이건 어떠냐 저건 어떠냐 하나하나 예를 만드느라 생각보다 시간이 많이 걸렸습니다. 사실 중간에 점심 먹으러 외출했기 때문에 집에서 한 번도 나가지 않은 건 아닙니다. 하지만 미우라 씨와 하루종일 함께 있었던 건 틀림없습니다."

"실례지만 댁이 세타가야 어느 부근이죠?"

"도도로키입니다."

"식사하러 나간 건 몇시였고, 어디로 갔죠?"

"집 근처입니다. 한시쯤 소바를 먹으러 나갔어요. 그뒤에 가까운 커피숍에서 세시경까지 커피를 마시고 돌아왔습니다. '소바한'과 '패커드 구스', 둘 다 메구로 길에 있는 가게입니다." 같은 질문을 전에도 받았기 때문에 곧바로 가게 이름을 댈 수 있을 것이다.

"저녁은요?"

"커피숍에서 돌아오는 길에 장을 봐서 집에서 해먹었습니다. 미우라 씨가 작정하고 요리하면 솜씨가 보통이 아니거든요. 영계 요리와 이탈리안 샐러드, 우엉 무침, 바지락 된장국, 그것 말고도 더 있었습니다. 마침 아버지가 일찍 퇴근해서 셋이 함께 먹었습니다."

나는 불안감을 느꼈다. 이 말이 사실이라면 알리바이 증인이 한 명 더 느는 셈이다.

"노리즈키 경시님은 몇시에 돌아오셨죠?"

"일곱시 반이 지나서 오셨습니다. 요리가 입에 맞았는지 다음에도 저녁때 맞춰서 놀러오라고 하시더라고요. 미우라 씨는 볼일이 있다면서 밤 아홉시쯤 돌아갔습니다."

"볼일이 뭔지 물어보셨나요?"

"아뇨."

"미우라는 어떻게 돌아갔죠? 아침에는 차로 왔나요?"

"아뇨, 도도로키 역까지 걸어가서 도쿄오이마치선 전철을 타고 돌아갔습니다. 아침에도 전철로 왔고요."

"배웅하셨나요?"

"네."

"아침에 온 시간이 여덟시인 건 확실합니까?"

"틀림없습니다. 아버지가 출근하고 얼마 지나지 않아 들어왔으니까요."

"미우라는 지난주에 댁에 처음 온 건가요?"

"두번째입니다. 전에 한 번 저희 집에서 자고 간 적이 있죠."

노리즈키는 어떤 질문에도 망설이는 기색이 없었는데 나는 점점 숨이 막혀왔다. 그의 이야기를 들을수록 미우라의 알리바이가 견고해지는 느낌이 들었기 때문이다.

아침 여덟시에 도도로키에 있던 인물이 같은 시각에 구가야마에서 도미사와 시게루를 유괴했을 리가 없다. 또한 오후 여덟시에서 아홉시 사이에 노리즈키 부자와 함께 있던 인간이 시게루를 죽인다는 건 불가능하다.

눈앞의 남자가 거짓말을 하는 게 아니라면 미우라의 알리바이는 의심할 여지가 없었다. 게다가 나는 처음부터 의혹의 눈길로 노리즈키를 봤지만, 그의 태도에서는 거짓의 미세한 징후조차 찾아내지 못했다. 나는 초조감을 느끼기 시작했다.

"그런데 미우라는 왜 밀실 같은 걸 궁금해했을까요?"

"아까 말씀드렸다시피 예전 같은 소설은 더이상 쓸 수 없게 됐다고 느끼고 새로이 추리소설에 도전하려고 마음먹은 것 같아요. 새로운 밀실 트릭이 떠올랐다며 그걸 써서 추리소설 신인상에 도전하겠다고 했습니다."

"미우라가 추리소설을 쓴다고요?"

"저는 좋은 생각이라고 말했습니다. 추리소설은 형식적인 장르라 소설 쓰는 법을 잊은 작가의 재활치료로는 최적이라는 생각이 들었거든요. 그리고 기왕 엔터테인먼트로 나서기로 작정했다면 프로그램 제작 경험도 마이너스가 되지는 않을 테고요. 요새 같은 세상에 새로운 밀실 트릭 하나 생각났다고 그것만으로 좋은 작품이 될 리 없습니다만, 미우라 씨처럼 잠재력을 지닌 사람이 작심하고 작품에 매달리면 전문 추리작가가 쓸 수 없는 걸작이 탄생할 가능성도 있다고 생각했습니다."

"그렇다면 미우라는 소설 창작에 참고하기 위해 기성 작가의 트릭을 모아놓은 카탈로그를 공부했다는 건가요?"

"네. 게다가 미우라 씨는 자신이 생각한 트릭이 과거에 사용된 예가 없는 오리지널한 아이디어인지 꽤 집착했습니다. 밀실 강의를 듣고 싶어했던 것도 그 사실을 검토하는 게 목적인 것 같았어요."

"미우라의 트릭이 그렇게 참신했습니까?"

노리즈키는 고개를 가로저었다.

"저도 알 수 없습니다. 미우라 씨는 자신이 생각한 트릭을 끝까지 밝히지 않았으니까요. 빗장을 이용한 트릭이라는 것만 밝혔죠."

"빗장이라." 이렇게 중얼거린 나는 그의 말에서 드디어 돌파구를 찾아냈다.

"일반적인 자물쇠가 아니라 가로질러 잠그는 단단한 빗장이 필요조건이라고 하더군요. 하지만 그 말뿐이었습니다. 트릭을 말했다가 제가 도작할까봐 걱정했을지도 모르죠."

"어쩌면 트릭 같은 건 처음부터 생각하지 않았을지도 모릅니다."

이 말에 노리즈키는 허를 찔린 듯이 눈을 가늘게 뜨며 나를 응시했다.

"그게 무슨 뜻이죠?"

"노리즈키 씨, 전 당신의 말을 무조건적으로 신뢰하지는 않습니다. 당신이 미우라와 입을 맞추고 있지도 않은 이야기를 지어낼 가능성도 있으니까요. 전 처음부터 그런 생각으로 이 자리에 왔습니다."

노리즈키는 대꾸하지 않고 어깨만 약간 들썩였다.

"하지만 얘기를 듣는 동안 다른 가능성이 생각났습니다. 당신이 인식하지 못하는 사이에 미우라가 당신을 이용했을 수도 있다는 생각이 말이죠. 아닌가요? 즉 밀실 트릭 운운은 당신을 농락하고 알리바이를 증명하기 위한 구실에 불과했다 그겁니다."

"미우라 씨가 절 이용했다고요?"

"노리즈키 씨, 당신은 경시청 수사 1과 노리즈키 경시님의 아들로 경찰의 신뢰를 받는 사람이죠. 미우라 야스시는 유괴가 벌어진 당일 당신과 하루종일 함께 있었다고 주장했고, 당신도 그렇다고 했습니다. 경찰에게는 신뢰도가 높은 알리바이일지 모르지만 제게는 오히려 작위적이라고 느껴집니다. 너무 완벽하니까요. 알리바이의 견고함이 반대로 미우라의 불안함을 드러낸다는 생각마저 드는군요. 미우라는 처음부터 당신이라는 인물, 당신의 신뢰성을 이용하려 했던 게 아닐까요?"

노리즈키는 내 주장을 찬찬히 음미했다. 팔짱을 끼고 고개를 숙인 채 생각에 잠겼다. 사리분별을 하는 남자이니 동의하리라 믿어 의심치 않았다. 한참 후 드디어 그가 고개를 들었다. 깊은 우물 수면에 비치는 어슴푸레한 그림자처럼 그의 눈이 반짝이고 있었다.

"야마쿠라 씨의 생각도 일리가 있습니다. 그렇다고 해도 금요일 미우라 씨의 알리바이를 완전히 뒤집기는 힘들어요. 그건 분명하지만, 저도 걸리는 점이 하나 있습니다. 그 점을 확인할 때까지 이 건에 관한 제 입장은 보류로 해둘 수 없을까요."

그의 태도가 이 자리를 모면하려는 수작으로 보이지는 않았다. 나는 노리즈키에게 시간을 주기로 했다.

"알겠습니다."

"결과를 알아내는 대로 연락드리겠습니다. 만약 그 생각이 맞다면 야마쿠라 씨를 돕겠습니다."

"부디 그렇게 되기를 기원합니다."

대화가 끝났다. 가게에서 나와 엘리베이터를 타고 내려가는데 노리즈키가 불쑥 말문을 열었다.

"그닥 상관없는 문제입니다만."

"뭐죠?"

"린다 로링은 『빅 슬립』이 아니라 『기나긴 이별』에 나오는 인물입니다."

엘리베이터가 멈추고 문이 열렸을 때, 현관 로비에 도미사와 미치코의 모습이 보였다.

4

　미치코는 검은색 일색의 정장을 갖춰 입고 있었다. 블라우스
는 기분마저 가라앉혀버릴 것 같은 회색이었고, 스타킹도 구두
도 검은색이었다. 미치코는 내가 놀라는 모습을 보았고, 움푹 팬
두 눈은 음산한 빛으로 반짝였다. 완연하게 수척해진 뺨이 로비
의 불빛 아래서 묘하게 창백해 보였다.
　예전에는, 그렇다, 훨씬 아름다운 여자였다. 그러나 과거의 잔
영은 이제 어디에도 없었다. 지금 그녀는 나에 대한 증오로 응어
리진 귀신 같은 모습으로 변해 있었다.
　"어떻게 여기에……"라고 말문을 열었다가 퇴근 직전에 받은
전화가 생각났다. 회사 근처에서 전화를 걸었다가 나를 보고 여
기까지 따라왔을 것이다. 미행을 눈치채지 못한 내가 어리석다.
　미치코가 시선을 떼지 않은 채 나를 향해 걸어왔다. 사냥감을
포착하고 하늘에서 급강하하는 맹금의 눈이다. 감정보다 더 깊
은 곳에 자리한 뭔가에 의해 움직이고 있다.
　나는 패닉에 빠졌다. 지금까지 억눌러왔던 스스로에 대한 의
심이 온몸의 털구멍에서 일제히 분출해 형용할 수 없는 공포가
되어 나를 휘감았다. 다가오는 미치코의 발소리에 영안실에서
울부짖던 여자의 목소리가 겹쳤다.

"당신이 시게루를 죽였어!"

그렇다. 이 여자는 내가 친자식인 시게루를 죽게 내버려뒀다는 걸 알고 있다. 간통의 공모자이자 불륜으로 낳은 아이의 어머니로서 내가 인정하기 전부터 직감적으로 간파하고 있었던 것이다.

그런 생각이 들자 미치코의 얼굴을 똑바로 바라볼 수 없었다. 그러나 아무리 눈을 피한다고 해도 미치코의 몸에서 뿜어나오는 파멸의 냄새는 내게 들러붙어 떨어지지 않는다.

"야마쿠라 씨." 귓가에 미치코의 목소리가 들렸다. "할말이 있다고 했잖아."

내 반응은 거의 동물적이었다.

"당신하고 할 얘기 없어." 얼굴도 보지 않고 몸을 돌려 출구 쪽으로 발걸음을 서둘렀다.

"도망가지 마!"

균열이 일듯 갈라지는 목소리가 로비에 울려퍼졌지만 나는 돌아보지 않고 빌딩 밖 인파 속으로 섞여들어가는 데만 온 정신을 집중했다.

지하통로로 나가 게이오선 전철역 쪽으로 걸어가다가 문득 내가 생각 없는 행동을 했다는 걸 깨달았다. 함께 로비로 내려온 노리즈키 린타로라는 존재를 완전히 망각해버린 것이다.

노리즈키는 방금 전 실랑이를 보고 틀림없이 의심을 품었을 것이다. 뉴스에 나온 미치코의 얼굴을 기억하고 있을 수도 있고, 그렇지 않더라도 이름을 듣고 시게루의 엄마라는 사실을 알았을 수도 있다. 그가 우리 사이에 무슨 일이 있었는지 알아보려 한다 해도 이상할 것이 없다. 이미 감정적이 되어버린 미치코가 우리의 과거사를 노리즈키에게 털어놓지 않으리라는 보장이 있을까? 등줄기의 땀이 순식간에 식으며 소름이 끼쳤다.

인파를 거꾸로 헤치며 방금 온 길을 다급히 뛰어돌아갔다. 다시 스미토모 빌딩 1층 로비에 도착했을 때는 누구의 모습도 보이지 않았다. 이미 늦었다. 가쁜 숨을 몰아쉬며 그 자리에 멍하니 서 있었다. 미치코와 단둘이 이야기할 기회를 바랐건만 내 손으로 놓아버리고 말았다. 나라는 인간이 이다지도 멍청하다니 기가 막혀서 말도 나오지 않았다. 스스로를 파멸시키기 위해 투신한 것과 마찬가지였다.

사무치는 고독감을 안고 로비를 뒤로했다. 평화로운 가정이라는 환영이 모래성처럼 무너지는 소리를 들으면서 그 붕괴를 멈출 방법이 없다는 사실에 한탄했다. 나는 광란에 휩싸인 신주쿠의 불야성 속에 서서 자포자기의 심정으로 나 자신을 지우고 싶다고 생각했다.

그뒤의 일은 뚜렷하게 기억나지 않지만 곧바로 집에 돌아가지 않은 건 확실하다. 내 죄가 파헤쳐진 직후에 가즈미의 얼굴을 보는 일을 양심상 도저히 할 수 없었다. 이제 돌아갈 집마저 잃고 어디에도 안식할 곳이 없는 고독한 남자가 바로 나였다.

불안을 지우기 위해 알코올의 힘에 기대려고 한 기억이 난다. 사교를 위해서라면 몰라도 그저 울적한 마음을 달래려고 술을 먹는 인간들을 경멸해왔지만, 오늘밤만은 그들과 한패가 되겠다고 각오했다. 한심한 전개였다. 고주망태가 될 때까지 옮겨 다닌 가게도 두세 군데 이상이었을 것이다.

눈을 떴을 때는 잠옷을 입고 우리집 침대에 누워 있었다. 어떻게 돌아왔는지 기억이 나지 않지만 집까지 올 분별력은 남아 있었던 모양이다. 머리가 깨질듯이 지끈거렸다. 기억이 끊어질 때까지 마신 게 몇 년 만인지 모르겠다. 침대에서 빠져나와 커튼을 젖혔는데 해가 높이 떠 있어서 깜짝 놀랐다. 열시가 지나 있었다.

침실에서 나오자 쿵쾅쿵쾅하는 소리가 복도에서 울렸다. 숙취 때문이 아니라 가즈미가 세탁기를 돌리는 중이었다.

나를 보자 가즈미의 얼굴에 안도와 탄식이 섞인 표정이 떠올랐다.

"그렇게 취했는데 용케 택시를 잡았네."

"몇시쯤에 돌아왔어?"

"새벽 네시 다 돼서. 서 있는 게 용하다 싶을 정도였다니까. 그렇게 취하다니 당신답지 않아. 대체 누구랑 그렇게 마신 거야?"

"혼자 마셨어. 어디서 마셨는지 기억도 안 나."

가즈미가 한숨을 내쉬었다. 꼴사나운 취태를 꾸짖지 않고 동정어린 눈으로 나를 바라봤다.

"마음은 이해되지만 시게루 일로 당신이 끙끙 앓아봐야 소용없어, 여보. 잊으라고는 말할 수 없지만 그렇게까지 자책할 필요는 없잖아."

"으응." 대답을 흐리고는 화제를 바꿨다. "왜 안 깨웠어? 벌써 열 시가 넘었잖아."

"회사에 결근한다고 전화해뒀어. 당신 요새 너무 무리했잖아. 아직 사건의 상처에서 회복되지도 않았고. 당신도 피해자라는 거 몰라? 그젯밤에도 당신 잠 못 잤지? 알고 있었어. 당신 계속 이러다가는 몸이 견디지 못할 거야."

"알았어."

가즈미가 세탁기에서 뭉친 세탁물을 끄집어 올렸다.

"제대로 먹지도 않았을 거 아냐. 이거 넣고 주스 만들어줄 테니까 식탁에서 기다려."

가즈미가 시키는 대로 식탁 의자에 앉았다. 식탁도 부엌 개수대도 깔끔했다. 가즈미는 평소와 똑같다. 아내는 아직 내 배신을 모르는 것이다.

처음에는 반신반의했지만 냉정히 생각해보면 놀랄 일도 아니었다. 노리즈키가 나와 미치코의 관계를 알았다고 해서 곧바로 그 사실이 가즈미의 귀로 들어갔을 리 없다. 미치코의 행동은 예상할 수 없지만 노리즈키라면 내게 확인할 만큼의 분별력은 있을 것이다.

생각이 거기까지 미치자 잠깐이나마 가슴을 쓸어내릴 수 있었다.

가즈미가 부엌에서 채소와 오렌지와 벌꿀을 믹서에 넣고 주스가 완성되길 기다리면서 말했다.

"미우라에게는 알리바이가 있었다면서?"

"당신이 그걸 어떻게 알았어?"

"어제 아버지가 전화로 알려주셨어. 미우라가 아니면 대체 누가 범인이란 거지? 경찰이 제대로 찾아낼 수 있을까?"

"경찰은 못 믿어." 나는 말했다.

"왜?"

"범인은 미우라야. 확실해."

"하지만 알리바이가 증명됐다잖아."

"알리바이 같은 건 내가 무너뜨릴 거야. 당신 혹시 노리즈키 린타로라는 이름 들어본 적 있어?"

"응. 추리작가잖아. 책은 읽어본 적 없지만 이름은 들어봤어."

"어제 그 남자를 만났어. 미우라의 알리바이 공작에 그 남자가 이용당한 것 같아. 어쩌면 그 남자에게 협력을 구해야 할지도 모르겠어."

"정말? 다행이다. 사실 내내 마음에 걸렸거든. 유괴 살인이면 무기징역감이잖아. 미우라가 형무소에 들어가면 이번에야말로 다카시도 안심이야." 가즈미가 믹서를 멈추고 잔에 주스를 따라 내게 가져다주었다. "그러고보니 어제 도미사와 씨한테도 전화가 왔었어."

미치코가 전화를 했다! 방심한 탓에 충격이 컸다. 하마터면 주스 잔을 넘어뜨릴 뻔했다. 하지만 아내는 내 동요를 눈치챈 것 같지 않았다.

"아내가 무례했다고, 그저께 장례식장에서 있었던 일을 사과하더라고. 목소리를 들어보니 엄청 지쳤나봐. 미치코 씨가 제정신이 아닌 모양이야. 그날 당신에 대해 험한 소리를 하긴 했지만 좀 진정되면 당신이 한번 더 사과하러 가는 게 좋을지도 모르겠어."

"그런가." 가까스로 맞장구를 쳤다. 전화는 도미사와 고이치에게 온 것이었다. 켕기는 마음에 미치코가 했을 거라고 지레짐작하고 말았다.

가즈미가 커피를 끓이기 시작했다. 나는 천천히 주스를 마셨다. 완성된 커피를 찻잔에 따른 가즈미가 내 맞은편 자리에 앉았다.

"당신하고 둘이서 이렇게 느긋한 시간을 보내는 것도 오랜만이네." 가즈미가 불쑥 이런 말을 꺼냈다.

"그런가." 아까와 똑같은 대사를 읊조리고 계속 주스를 마셨다. 가즈미의 찻잔에서 흐트러지지 않고 피어오른 김이 집안 공기에 고즈넉이 녹아들었다.

그림만 보면 평화로웠다. 예전과 다름없이 신뢰와 행복으로 충만한 우리집 풍경이었다.

하지만 나는 이 풍경이 믿기지 않았다. 지독한 위화감마저 들었다. 이게 현실이라면 어젯밤의 그 공황은 뭐란 말인가. 악몽? 아니, 그런 염치없는 결말을 바랄 정도로 내가 주제 모르는 인간은 아니다.

현실의 문제로서 가정 붕괴의 위기가 사라진 건 아니다. 위험은 여전히 눈앞에 있고, 잠시 미뤄진 것에 지나지 않는다. 미치코가 마음만 먹으면 어린아이 손목 비틀듯이 행복은 뒤집히고 말 것이다.

안 된다. 그렇게 되게 둘 순 없다. 나는 이 평화를 반드시 지켜내겠다. 가즈미를, 다카시를, 내 가족을 반드시 지켜내겠다.

나는 자문했다. 그러기 위해 지금 무얼 해야 하는가라고.

답은 하나밖에 없다.

시게루를 죽인 범인을 직접 밝혀내야 한다. 그럼으로써 미치코의 마음속에 쌓인 나를 향한 증오의 에너지를 모두 살인범에게 돌려야 한다.

비겁자, 책임전가, 이기주의자라 비난해도 어쩔 수 없다. 내게는 지켜야 할 아내와 아들이 있다. 희생양을 세우면 미치코의 막무가내에 가까운 분노도 진정될 것이다. 그후에 그녀를 만나 원만하게 과거를 멀리 떠나보내면 된다. 그러는 편이 서로를 위해 좋다.

희생양은 이미 준비됐다. 미우라 야스시다. 그를 희생양으로 바치는 데는 아무런 망설임도 없었다. 그의 손은 이미 피로 더럽혀졌기 때문이다. 문제는 단 하나, 시간이었다.

어젯밤의 행동만 봐도 미치코의 욕구불만은 끝간 데까지 와 있었다. 지금 이 순간에도 가즈미에게 모두 까발릴 준비를 하고 있을지 모른다. 한시라도 빨리 미치코가 내뿜는 증오의 표적을 바꿀 필요가 있다.

느긋하게 노리즈키의 대답을 기다릴 시간이 없다는 걸 깨달았다. 일각을 다투는 문제다. 알리바이를 무너뜨린다고 곧장 미우라가 체포되는 것도 아니다. 경찰과 재판부의 무거운 몸을 일으키기 위해서는 보다 결정적인 증거가 필요하다. 미우라가 유죄

임을 드러내는 결정적인 증거. 이렇게 된 이상 내 손으로 그 증거를 잡을 수밖에 없다.

곧바로 행동에 옮기기로 결심했다. 목적지는 나카노 뉴하임 305호다. 금요일에 시게루를 감금한 장소로 추정되는 곳은 거기밖에 없다. 그제 방문했을 때 어지러웠던 집안 상태를 생각하면 시게루가 감금돼 있었다는 증거가 남아 있을 수도 있다. 하지만 증거를 찾아내기 위해서는 최소한 삼십 분은 미우라를 집에서 내보내야만 한다.

"다 마셨어?"

가즈미의 목소리에 정신이 돌아왔다. 생각에 빠져서 빈 잔을 몇 번이나 들이켜고 있었다.

"이제 주스는 없는데, 커피라도 마실래?"

나는 대꾸하지 않고 아내를 빤히 쳐다봤다. 다른 아이디어가 머릿속에 떠올랐다.

"당신 오늘 아무 일 없어?"

"없는데."

"다카시는 학교에서 몇시에 돌아오지?"

"네시면 돌아와. 왜?"

지금이 열시 반이니까 다섯 시간 이상 여유가 있다. 가즈미를 데리고 갈 수 있다.

"미안하지만 부탁이 있어. 지금부터 내가 하려는 일에 당신 도움이 반드시 필요해. 도와줘."

"대체 뭘 하려는 건데?"

"미우라를 만나줘."

가즈미는 너무 놀라 눈이 동그래졌다.

5장 ——————————— **침입**

앉아 있는 시체

1

놀이터 옆에 아우디를 세웠을 때는 낮 열두시가 다 되어가고 있었다. 차를 세운 곳에서 나카노 뉴하임 맨션은 엎드리면 코가 닿을 만큼 가까웠다. 조수석에서 안전벨트를 풀며 가즈미가 걱정스레 물었다.

"정말 이래도 괜찮을까?"

"걱정할 필요 없어. 위험한 일이 아냐."

"하지만 내가 미우라를 잘 붙잡아둘 수 있을까? 자신이 없어."

"그냥 평범한 얘기를 하면 돼. 동생에 관련된 추억이든 뭐든. 미우라도 당신까지 의심하지는 않겠지."

가즈미는 어깨를 움츠리더니 차에서 내려 기모노의 소매 주름을 폈다. 나는 아내에게 기모노를 입고 가는 게 좋겠다고 말했다. 기모노를 입으면 왠지 미우라에게 안도감을 줄 것 같았기 때문이다. 가즈미가 등을 펴고 심호흡하더니 말했다.

"그럼, 다녀올게."

"조심해."

"당신도." 가즈미가 어색함을 떨치지 못하는 발걸음으로 나카노 뉴하임 입구를 향해 갔다. 나는 시트를 젖히고 선글라스를 낀채 자는 척하며 곁눈질로 입구를 감시하기 시작했다. 나를 수상하게 보는 사람은 없었다.

계획은 단순하다. 가즈미가 미우라의 집으로 찾아가서 밖으로 불러낸다. 그녀의 뜬금없는 방문에는 그저께 나의 폭행에 대해 나 대신 사과한다는 번듯한 구실이 있다. 그리고 역 앞 커피숍에서 가즈미가 미우라를 붙들고 있는 동안 나는 집에 숨어들어가서 증거를 찾아볼 생각이다.

성공 가능성이 높다고 생각했다. 다카시를 두고 갈등이 있었지만 미우라가 가즈미를 매몰차게 내칠 리는 없다. 그에게 가즈미는 내 아내이기 전에 죽은 쓰구미의 단 하나뿐인 언니니까.

그런데 사실 가즈미를 데리고 온 데는 미우라를 끌어내는 미끼 역할 외에 또다른 이유가 있었다. 악의로 뭉친 미치코가 갑자기 들이닥쳐 아내에게 모든 사실을 까발릴지 모른다는 불안감을 참을 수 없었기 때문이다. 신경과민일지 모르지만 유비무환이라고 했다. 물론 가즈미는 이런 의도를 모른다.

십 분쯤 지나 입구에서 가즈미와 미우라의 모습이 보였다. 미우라는 하얀 스웨터에 청바지 차림이었고, 머리에는 자다 눌린자국이 남아 있었다. 가즈미의 방문을 미심쩍어하는 기색은 전혀 보이지 않았다. 둘은 히가시나카노역 쪽으로 걸어갔다. 두 사람의 뒷모습이 모퉁이를 돌아 내 시야에서 벗어나기 직전, 가즈미가 등뒤로 손을 돌려 내게 사인을 보냈다. 미우라를 무리 없이 속인 모양이었다.

나는 선글라스를 벗고 차에서 내렸다. 길을 건너면서 얇은 면장갑을 꼈다. 굳이 그럴 필요는 없다고 생각했지만 마음가짐의 문제였다.

주민인 척 태연한 표정을 지으며 입구로 들어갔고, 양복에 넥타이를 매고 왔기 때문에 이 맨션의 주민이 캐묻는다면 세일즈맨 시늉을 할 작정이었다. 1층 계단 바로 옆에 우편함이 있었다. 자물쇠가 있는 고급스러운 우편함은 아니었다.

주위에 인기척이 없는 걸 확인하고 '305호 미우라 야스시'라고 적힌 우편함을 열었다. 나는 미우라의 버릇을 알고 있었다. 걸핏하면 열쇠를 잃어버려 여벌 열쇠를 우편함 뚜껑 뒷면에 스카치테이프로 붙여놓는다고 예전에 아내의 동생이 말한 것을 기억하고 있었다. 지금도 여전할 거라고 짐작했다.

짐작은 들어맞았다. 뚜껑 뒷면을 더듬어보자 스카치테이프가 붙여진 볼록 튀어나온 부분이 있었다. 테이프를 떼자 예상대로 열쇠가 있었다. 안도하며 열쇠를 꺼내고 테이프를 원래 위치에 붙여놓았다.

계단을 올라 미우라의 집 앞에 섰다. 아무렇지 않은 얼굴로 벨을 눌렀다. 지난번에 본 그 이상한 여자가 안에 있을지도 모른다. 하지만 아무 응답이 없었다. 복도 양쪽을 재빨리 살피고 보는 눈이 없다는 걸 확인한 뒤 우편함에서 가져온 열쇠를 꽂고 돌렸다.

걸리면 주거침입 현행범이다. 얼른 열고 안으로 들어가 문을 닫자마자 자물쇠를 걸었다.

구두를 벗고 집안으로 들어갔다. 지난번에 왔을 때는 몰랐는데 한낮인데도 음산한 기운이 돌았다. 집안은 여전히 너저분했고, 기분 탓인지 음식 쉰내가 전보다 심해진 것 같았다. 불을 켰다. 형광등 후드가 담뱃진에 변색돼 있었다.

너무 어질러져서 어디서부터 손을 대야 할지 모를 정도였다. 처음에는 붙박이장을 열어서 먼지 쌓인 옷가지들에 머리를 쑤셔넣었다. 아이가 감금됐던 흔적은 없었다. 작년에 일어난 여아 유괴사건이 떠올라서 비디오테이프 선반을 다 뒤집어보고 잡히는 대로 두세 편 재생해봤지만, 시간낭비였다. 영화와 다큐멘터리 영상뿐이었다.

베란다 쪽 창에 붙은 책상에 데스크톱 컴퓨터가 놓여 있었다. 신기종이다. 신토 애드에서도 같은 메이커의 고급 모델을 사용한다. 키보드에 커버가 씌워져 있고, 그 주위에 노트와 문고본, 도쿄 근교 지도 등이 쌓여 있다. 지도를 펼쳐봤지만 쇼와기념공원이나 사야마공원에 표시한 흔적은 없었다. 서랍 안에도 변변찮은 잡동사니뿐 뭐 하나 건질 게 없었다.

바닥에 내팽개쳐진 잡지와 옷가지를 하나하나 들어 아이의 체취가 남아 있는지 맡아보았다. 침대 시트에 떨어진 머리카락을 남김없이 주워 챙겨온 봉투 안에 담았다. 욕실과 화장실 바닥을 샅샅이 살피고, 입으로 숨을 쉬며 개수대에 쌓인 음식 찌꺼기를 뒤지고 냉장고 속까지 훑었다. 그러나 도미사와 시게루가 여기에 있었다는 사실을 시사하는 증거는 보이지 않았다.

실망감과 초조감이 밀려왔지만 이대로 물러날 수는 없었다. 나는 다시 마음을 다잡고 전화기를 조사했다. 사건 당일 열시 이후의 연락은 이 방에서 이루어졌을 가능성도 있다.

우리집 전화번호 메모를 남길 만큼 바보는 아닐 것이다. 메모리가 부착된 다기능 전화기라 마지막에 건 전화번호가 저장돼 있을 거라 생각하고 리다이얼 버튼을 눌렀다. 자동으로 전화가 걸리고 통화음이 울리는 동안 나는 영문도 없이 긴장했다. 마지막으로 전화했던 곳이 우리집이라면 받을 사람은 아무도 없다.

회선이 연결되며 누군가 수화기를 들었다.

"경시청 수사 1과입니다."

"잘못 걸었습니다"라고 말하고 수화기를 내려놓았다. 멍청했다. 전화기에 저장된 마지막 번호는 그저께 구노가 차를 보내달라고 전화했던 경시청이었다.

슬슬 퇴각해야 할 시점이었지만 빈손으로 돌아갈 수 없었다. 아니, 가즈미와 귀가했는데 현관 앞에 미치코가 기다리고 있는 그림이 눈에 그려져서 물러설 수가 없었다. 나는 우두커니 서서 주위를 둘러봤다. 이 방 어딘가에 내가 놓친 증거가 분명 남아 있을 것이다.

책상 앞으로 돌아갔다. 깔끔한 활자가 인쇄된 종이 몇 장이 눈에 띄었다. 이게 노리즈키가 말한 추리소설 초고인가? 나는 의자를 당겨 앉고 읽기 시작했다. 상상조차 허락하지 않는 기묘한 문장이었다.

　그들은 사정射精하고 사정했다. 양손으로 귀를 막았지만 사정한 것이 콧구멍 속으로 기어들어왔다. 그러자 그 장소가 보였다. 내가 닳아 없어진 곳이다. 그들은 그곳에 나를 내팽개쳤다. 토사물이 허리까지 차올랐다. 공기도 토사물투성이였다.

　"이름은?"

　"미우라 야스시."

　"나이는?"

　"예순다섯."

　"가족이나 친척 중에 정신적으로 문제가 있는 사람은 없었나?"

　"형이 자살했습니다."

　"성병은?"

　"임질에 살짝 걸렸을 뿐입니다."

　"이 환자를 수용소로 데려가."

　"선생님, 제 혀는 눈과 함께 가방 속에 들어 있습니다."

　"아, 눈이라. 수용소로 데려가기 전에 이 친구에게 눈과 혀를 돌려줘. 귀는 어때, 미우라?"

　"제대로 달려 있습니다. 고맙습니다, 선생님."

　그들은 거즈를 써서 내 손을 침대 좌우에 묶었다. 내가 자꾸 카테터*를 뜯어내려고 했기 때문이다. 나는 창문 쪽으로 고개를 돌리고 금이 가고 먼지로 뒤덮인 유리창 너머를 응시했다.

밖에서는 다리가 긴 벌레들이 토사물 더미를 지나가고 있었다. 벌레를 먹었다. 그러자 무엇인가가 그것을 짜부라뜨리고 지나갔다. 뒤에는 먹고 싶어하던 것에 이빨을 박은 채로 짜부라진 벌레가 남았다. 이윽고 죽은 벌레의 이빨이 모두 일어서더니 아가리에서 슬금슬금 빠져나와 사방으로 흩어졌다.

나는 그곳에서 이천육백 년 동안 누워 있다가 인공관이 막혀서 실신했고, 죽었다. 그 무렵에는 양팔과 양다리가 모두 제거된 상태였다. 완전히 썩었기 때문이다.

어차피 쓸 일도 없으니 상관없었다. 게다가 팔이 없어서 카테터를 뜯어내려고 하지 않았기 때문에 그들도 만족했다.

나는 화성에서 오랫동안 살고 있어. 내게 워크맨을 갖다주지 않을래. 그러면 흘러간 하드록을 들을 수 있거든. 레드 제플린의 노래를 좋아해.

밖에 자라 있는 삼나무 때문에 나는 꽃가루 알레르기에 걸렸다. 저 노란 수꽃 때문이다. 왜 저렇게 높이 자라도록 놓아두는 걸까?

할복을 구경한 적이 한 번 있다.

이틀 동안 나는 방바닥의 커다란 물웅덩이 위에 누워 있었다. 집주인 할머니가 나를 발견하고 구급차를 불러서 이곳으로 데려왔다. 그러는 동안 나는 줄곧 신음을 했고, 그 탓에 깼다. 그들이 그레이프프루트 주스를 먹이려고 하자 팔이 하나

---

* 체내에 삽입하는 가느다란 관.

밖에 움직이지 않았다. 다른 팔이 그레이프프루트 주스를 먹으려고 하자 팔이 하나밖에 움직이지 않았다. 다른 팔은 두번다시 움직이지 않았다. 예전처럼 플라스틱 군대를 만들고 싶었다. 만드는 재미가 있고 시간도 많이 걸리기 때문이다. 주말에 들르는 사람들에게 이따금 팔기도 했다.

"내가 누군지 알아, 미우라?"

"몰라."

"난 야마쿠라 시로, 너의 동서야. 왜 가끔이라도 웃거나 미소짓지 않는 거야, 미우라? 뛰어놀고 싶지 않아?"

형님은 이렇게 말하면서 양눈에서 사정했다.

"그러고 싶어하지 않는 건 명백합니다, 형님. 하지만 지금은 그런 일에 연연할 때가 아닙니다."

"뭐가 보여, 미우라? 뭐가 보이는지 얘기해줘. 이 작자들 모두가 여기 살게 되는 거야? 그런 뜻이야, 미우라? 많은 사람들이 여기 사는 게 보여?"

나는 양손으로 얼굴을 가렸다. 그러자 사정이 멈췄다.

"나쁜 놈, 자기 아들도 알아보지 못하는 주제에."

사정, 사정.

이게 전부였다. 나는 종이를 작게 접어서 양복 주머니에 넣었다. 그때 무슨 소리가 들린 듯해 고개를 돌렸다. 뒤에 미우라가 있었다. 여전히 얼굴이 부어 있었다. 미우라의 입가에 흉포하게 경련이 일었고, 한껏 팔을 쳐들더니 나를 향해 내리쳤다.

2

뒤꿈치가 차갑다. 눈을 뜨자 하늘색 천장이 보인다. 채광이 좋지 않은 음침한 방이다. 손으로 더듬어보다가 스테인리스 욕조와 부딪혔다. 욕실 매트 위에 나자빠진 상태라는 걸 깨달았다. 바짓단과 양말이 흠뻑 젖어 있었다.

천천히 상체를 일으키고 얼마나 다쳤는지 살펴봤다. 뒤통수가 욱신거렸지만 출혈은 없었다. 사야마공원 돌계단에서 굴러떨어졌을 때에 비하면 대단치 않았다. 오늘 아침 숙취의 연장이라 치자. 별다른 상처는 없는 듯했다. 다만 양복이 젖어서 참담한 꼴이 됐다. 옷감이 마음에 들었는데 앞으로는 입을 수 없을 것 같다.

이번에는 내가 기절했다는 사실을 냉정하게 받아들였다. 전과는 달리 기억의 혼란도 없었다. 미우라에게 딱딱한 뭔가로 얻어맞고 쓰러진 일이 뚜렷이 기억났다. 오늘 아침에 눈을 뜰 때보다 훨씬 정신이 온전했다. 안주머니를 더듬어보고 미우라의 원고가 아직 있는 걸 확인했다. 숨을 죽이고 욕조를 짚으며 조심조심 일어났다. 손목시계로 시간을 확인했다. 열두시 오십분. 의식을 잃은 시간은 삼십 분이 채 안 됐다.

안을 둘러보고 미우라의 집 욕실이라는 걸 확인했다. 감금된 걸까? 귀를 쫑긋 세워봤지만 욕실 밖에서 사람의 목소리나 소음은 들리지 않았다. 그렇다고 집안에 아무도 없을 공산은 낮다. 환기구 위치는 높았고 더군다나 사람이 빠져나가기에는 너무 좁았다. 나가려면 문밖에 없었다.

발소리를 죽여 문으로 다가갔다. 혹시나 미우라가 밖에 있다면 내가 의식을 되찾았다는 걸 알아차리게 해선 안 된다. 허벅지에 들러붙는 바지의 감촉이 불쾌했지만 곧 무감각해졌다. 문에 달린 간유리에 내 그림자가 비치지 않도록 조심하며 맞은편 오른쪽 타일 벽 바로 앞에 웅크려 앉았다.

이 상태로 문을 박차고 나가 맨손으로 미우라와 맞서는 건 무모하다. 무기가 될 만한 게 있는지 욕실 안을 둘러봤다. 방망이 같은 물건은 눈에 띄지 않았지만 스프레이식 욕실 세제에 눈길이 멈췄다. '취급 주의. 원액이 눈에 들어갔을 경우 바로 물로 세척'이라고 적혀 있다. 노즐을 분무식으로 바꾸고 오른손에 쥐었다. 산탄총만은 못해도 얼굴에 직격하면 한동안은 눈을 뜰 수 없을 것이다.

왼손으로 문손잡이를 쥐었다. 문이 안쪽으로 열린다는 걸 확인하고 조용히 심호흡. 들이마신 숨을 천천히 뱉으며 조금씩 손잡이를 쥔 손에 힘을 주었다. 문이 안 열리면 발로 유리를 격파할 각오였다.

손잡이가 돌아갔다.

스프링이 끝까지 돌아가는 감촉이 느껴졌다. 문이 아슬아슬 경첩에 매달린 느낌. 소리내지 않고 셋까지 셌다.

"미우라!" 위협하듯 소리치며 문을 당기고는 단거리 달리기 스타트처럼 욕실 밖으로 튀어나갔다. 자세를 낮추고 무턱대고 스프레이 방아쇠를 당겼다.

엉거주춤한 자세로 집안을 재빨리 둘러봤다. 실내에 인기척이 없었다. 이 공간의 주인은 나를 내버려둔 채 모습을 감춘 듯했다. 일단 신변의 위협은 사라졌다.

순간 내 모습이 서부의 총잡이같이 우스꽝스럽다는 걸 깨닫고 스프레이 세제를 바닥에 내려놓았다. 산성의 유독약품 때문에 눈이 따끔거렸다. 환기하기 위해 베란다로 연결되는 새시 창을 열었다.

집안은 내가 몰래 들어왔을 때와 거의 똑같은 상태로 보였다. 책상 위와 침대, 흐트러진 옷가지도 모두 그대로였다.

갑자기 가즈미의 안부가 걱정됐다. 미우라가 가즈미를 해치려고 나를 두고 밖으로 나간 게 아닐까. 다급히 현관으로 갔다.

내가 잘못 생각했다. 미우라는 현관에 있었다. 현관문에 기댄 채 내 구두를 깔고 앉아 있었다.

거기에 있으면서 아까 내가 이름을 불렀을 때 대답하지 않은 이유를 알았다. 붉고 커다란 반점이 미우라의 스웨터를 뒤덮고 있었다. 늑골 아래 부분이 찢어지고, 검은 칼자루가 꽂혀 있었다.

숨이 완전히 끊어져 있었다.

일목요연했다. 내가 욕실에서 정신을 잃은 사이 누가 찔러 죽인 것이다.

이런 시체를 눈앞에서 보는 건 태어나서 처음이었다. 피를 보고 겁먹은 것은 아니지만 갑자기 이명이 울리고 몸의 균형을 잃을 것 같았다. 급히 세면대로 달려가 수도꼭지를 돌리고 흐르는 물에 이마를 갖다 댔다.

물의 냉기가 나를 현실로 돌려놓았다. 수도꼭지를 잠그고 손으로 얼굴을 훔쳤다. 그제야 내가 곤경에 처했다는 걸 알았다. 그렇다고 꼬리를 감추고 도망치는 건 현명하지 않다는 생각이 들었다. 내가 빠진 곤경의 실태를 냉정하고 꼼꼼하게 파악하는 게 중요하다. 최악의 위기는 최고의 기회이기도 하다. 비즈니스 세계에서는 상식이다.

현관으로 돌아가서 다시 미우라와 대면했다. 양다리를 팔 자 모양으로 쭉 뻗었고 무릎에 양손을 얹은 자세였다. 문에 기댄 상반신은 오른쪽으로 기울어졌고 얼굴도 옆으로 살짝 돌아가 있었다. 눈은 반쯤 감겼고 입은 맥없이 벌어졌다.

그리고 현관 바닥에 떨어져 있는 담배꽁초 한 개비를 발견했다. 필터에 모래가 붙어 있다. 무릎 사이에 우그러뜨린 담뱃갑도 떨어져 있었다. 영화의 한 장면처럼 담배를 물고 마지막을 맞으려고 했던 게 틀림없다. 죽는 순간까지 허세를 잊지 않는 남자다. 저타르 담배인 것이 괜시리 더 청승맞게 느껴졌다.

내가 이곳에 온 원래의 이유를 떠올리고 쭈뼛쭈뼛 미우라의 몸을 뒤졌다. 청바지 뒷주머니에서 지갑과 키홀더가 나왔다. 지갑 안을 살펴봤지만 유괴의 증거가 될 만한 물건은 없었다. 키홀더에는 집열쇠가 있었다. 그런데 문에는 견고한 실린더 자물쇠가 걸려 있었다.

불가사의했다. 분명 창문은 내 손으로 열기 전까지 전부 잠겨 있었다. 돌아가서 창문을 확인했다. 틀림없다. 내가 연 창문 말고는 모두 안에서 잠겨 있었다.

미우라를 찔러 죽인 자는 어디로 나갔지? 어쩌면 아직 이 안에 숨어서 내 빈틈을 노리고 있을지도 모른다. 급히 집안을 뒤졌지만 숨어 있는 사람은 없었다. 화장실, 옷장, 침대 밑, 어디에도 없었다.

어제 노리즈키가 한 말이 문득 떠올랐다.

"밀실이란 추리소설에서 쓰는 기법의 하나로, 닫힌 공간에 타살 시체가 있지만 범인이 없고 심지어 침입이나 탈출 흔적도 없는 상황을 가리킵니다. 단단한 벽과 문과 창이 있는 상자 같은 방에서 모든 잠금장치가 안으로 잠겨 있는데 범인이 없다는 게 전형적인 도식이죠."

이 방의 상황은 그야말로 노리즈키가 정의한 바로 그 밀실 상태가 아닌가. 현관문은 잠겼고 열쇠는 죽은 미우라에게 있다. 여벌 열쇠도 내 주머니에 있다. 그렇다면 살인범은 이곳에서 나갈 수 없었어야 한다. 게다가 화장실에는 외부와 연결되는 창이 없고 욕실 창도 내가 눈을 떴을 때는 잠겨 있었다. 베란다로 나가는 창도 마찬가지였다. 즉 범인이 탈출한 출구는 어디에도 없었다.

나는 고개를 갸웃거렸다. 불가해한 상황을 이해해보려고 다시 현관으로 돌아가서 시체 앞에 쭈그려앉았다. 바로 그때 벨이 울렸다.

그 자리에 얼어붙은 채 숨을 삼켰다. 심장이 멎는 줄 알았다.

방문자가 다시 벨을 울렸다. 외시경으로 내다보자 혼마 마호, 지난번에 보았던 그 이상한 여자가 서 있었다. 발을 동동 구르는 모습을 보니 집열쇠를 갖고 있지는 않은 모양이었다. 여벌 열쇠가 있는지도 모르는 것 같다.

지금 문이 열리면 나는 끝장이다. 서둘러 이 자리를 피해야 한다. 시체 밑으로 손을 쑤셔넣어서 소리나지 않게 내 구두를 빼냈다. 둔부에 뜨뜻무레한 온기가 남아 있었다. 구두를 손에 들고 발소리를 죽여 문 앞에서 떨어졌다. 벨은 쉴새없이 울렸다. 집주인이 잠에 취해 있다고 확신하고 있으리라.

나는 스프레이 세제를 욕실에 돌려놓았다. 그냥 내팽개치고 가도 상관없지만, 무의미하게 수사에 혼란을 야기할 필요는 없다. 처음부터 장갑을 끼고 와서 한 번도 벗지 않은 건 잘한 일이었다. 맨손으로 여기저기를 만져놓고 이제 와서 지문을 지울 여유는 없었다.

아까 내가 열었던 창문으로 쫓겨나듯 베란다로 나가서 구두를 신었다. 창문을 닫아두고 싶었지만 어차피 자물쇠를 채울 수 없으니 살인범이 이 베란다로 도망쳤다고 생각할 것이다. 밀실 수수께끼가 이런 식으로 사라지는 게 마음에 안 들었지만 어쩔 도리가 없었다. 지금은 내 안위가 중요했다.

건물 뒤는 아스팔트 주차장으로 손바닥만하게 보일 정도로 협소했다. 미우라의 파란색 골프까지 포함해서 다섯 대만으로도 주차장은 거의 찬 상태였다. 주차장 너머에 있는 5층짜리 맨션은 벽이 얇아 보였다. 똑같은 하늘색 현관문이 각층에 열 지어 있었지만 다행히 모두 닫혀 있었다. 내가 모습을 감출 때까지 아무도 집밖으로 나오지 않기를 기도했다.

난간 위로 몸을 내밀어 아래를 살펴봤다. 무작정 뛰어내렸다가는 골절이 확실한 높이였다. 주차장과의 경계에 어른 키만 한 벽이 있었다. 부지가 좁아서 벽과 1층 테라스 사이에 빈틈이 없었다. 뛰어내렸다가 부딪치면 큰 부상을 입을 것 같았다.

베란다에 로프나 사다리 같은 물건은 없었다. 하지만 다시 집 안으로 들어가 뒤질 시간은 없었다. 의지할 것은 내 몸뚱이뿐이었다. 무슨 수를 써서라도 내려가는 수밖에 다른 방법이 없었다.

단단한 철제난간은 높이가 내 가슴까지 왔고 머리 위 처마의 간격은 좁았다. 난간 밑으로 복숭아뼈 높이쯤에 달려 있는 봉에 매달리면 2층 베란다 난간에 발끝이 닿을 것 같았다. 나는 용기를 내어 난간 위로 몸을 끌어올렸다. 발이 닿지 않으면 어쩌나 걱정할 짬조차 없었다.

난간을 넘어 콘크리트 모서리에 발끝을 걸치고 배영을 시작하는 자세로 봉에 매달렸다. 팔로만 매달려 있자 의외로 높게 느껴져서 처음의 용기가 움츠러들었다. 난간을 타고 옆으로 이동해서 옆집 베란다 벽을 발판으로 삼으면 되겠다고 생각했다. 체중을 사지로 분산하고 미끄러지듯 발끝을 떨어뜨렸다. 2층 주민이 집에 있으면 기겁할 노릇이지만 그런 걸 신경쓸 때가 아니었다.

두 발이 모두 공중에서 허우적대는 순간에는 그야말로 식은땀이 흘렀지만 겨우겨우 한쪽 발끝이 난간에 닿았다. 발을 잘 고정하고 3층 베란다 난간에서 손을 뗐다. 옆집 벽을 껴안은 듯한 자세로 체중을 한 발로 옮겼다. 중심이 잡히자 난간을 잡았다. 다시 한번 한 발씩 난간 바깥으로 빼서 아까와 똑같이 배영 시작 자세를 취했다.

겨우 일단락됐다. 조금 여유가 생겨서 베란다에서 집안을 들여다봤다. 블라인드가 내려져 있어서 잘 보이지 않았지만 아무도 없는 것 같았다. 아직 내 운이 다하지 않았다.

아드레날린이 내 등을 쉼없이 떠밀었다. 심호흡하고 다음 동작을 취했다. 한 번 성공하자 요령이 붙었다. 높이도 더이상 불편하지 않았다. 그러나 방심은 금물이다. 사야마공원에서 겪은 쓰라린 경험이 있다. 내려가는 도중에 1층 집에도 사람이 없다는 것을 확인했다.

1층 베란다 난간에서 담장 위로 이동한 다음 주차장에 세워진 차와 차 사이로 뛰어내렸다. 돌아서서 올려다보자 내가 얼마나 위험한 짓을 했는지 실감이 났다. 이런 모험은 두번 다시 하고 싶지 않다.

베란다에서 내려오는 동안 아무도 도둑이라고 외치지 않은 걸 보니 나를 본 사람은 없는 듯했다. 행운이라고밖에, 달리 말할 수 없었다. 하지만 언제까지 이런 행운이 지속될지 알 수 없다. 서둘러 나카노 뉴하임 맨션에서 몸을 피했다.

3

길을 일부러 돌아 주차장 반대쪽 입구로 들어갔다. 차를 세워둔 곳으로 가서 시계를 보자 한시 십칠분이었다. 의외로 시간이 얼마 지나지 않아서 놀랐다. 아우디에 시동을 걸고 바로 출발했다.

히가시나카노역 부근 T자 교차로에서 기다리던 가즈미를 태우고 야마테 길을 남쪽으로 달렸다.

"미안해." 가즈미가 조수석에 앉자마자 봇물 터지듯이 말을 쏟아냈다. "우리 계획을 눈치챘어. 커피숍에 들어갔는데 바로 이상하다고 느꼈나봐. 얘기하다가 갑자기 가게에서 뛰쳐나가버리지 뭐야. 뒤쫓으려고 했는데 당신이 절대 미우라의 집에 접근하지 말라고 한 게 생각나서 아까 신호등 있는 데서 기다렸어. 그랬는데 한 시간이 지나도 당신이 안 와서 얼마나 걱정했는지 몰라. 무슨 일 없었어? 미우라와 마주치지 않았어?"

뭐라고 대답해야 할지 몰라 망설이고 있는데 가즈미가 내 양복이 젖은 걸 알아차렸다.

"여보, 이게 어떻게 된 거야? 거기서 무슨 일이 있었던 거지? 미우라가 뭘 어쩐 거야?"

"미우라는 죽었어."

입을 벌린 상태로 가즈미의 표정이 얼어붙었다. 그리고 충격과 당혹이 뒤섞인 눈으로 나를 응시했다. 이윽고 작은 목소리로 물었다.

"설마…… 당신이 죽인 거야?"

"아냐."

"정말이야?"

"응." 단호하게 말했다. "당신에게 거짓말은 안 해."

가즈미가 머리를 감싸안았다. 직면한 상황을 머리로 이해할 수 없는 듯한 표정이다. 초조하게 턱을 움찔거리다가 가까스로 입을 열었다.

"말해줘. 대체 어떻게 된 거야?"

미우라의 집에서 일어난 일의 자초지종을 요약해서 전했다. 가즈미는 분명 듣고 있었지만 점점 혼란스러워했고, 나는 아내가 어디까지 이해하는지 의심스러웠다.

"……어쨌든 당신이 죽인 건 아니네."

"그래. 내가 정신을 잃은 사이 누군가 숨어들어와 미우라의 숨통을 끊어놨어."

"당신이 무사해서 정말 다행이야." 가즈미가 애절한 목소리로 말했다.

"욕실에 있어서 눈치채지 못했겠지."

"누구 짓일까?"

"모르겠어. 하지만 유괴랑 관계있는 자인 건 틀림없어. 그럴 거야."

그 순간 가즈미가 갑자기 비명을 질렀다.

"왜 그래?"

"큰일났어! 좀전까지 미우라와 내가 커피숍에 있었잖아. 가게 직원이 날 기억하면 어떡하지? 아니, 틀림없이 기억할 거야. 그 사실이 경찰에 알려지면 내가 죽였다고 믿을지도 몰라."

온몸에 소름이 돋았다. 가즈미의 말이 맞다. 내 문제에만 신경 쓰느라 아내가 큰 위험에 휘말렸다는 사실을 간과하고 있었다. 가정을 지키기 위해 한 행동이 가즈미를 곤경에 몰아넣고 말았다니. 내가 얼마나 생각이 얕은 인간인지 부끄러웠다.

"……걱정 마." 가까스로 이렇게 말했다.

"아니야." 위안의 거짓말 같은 건 통하지 않았다. "경찰은 날 금방 찾아낼 거야. 여보, 어떡하지? 나, 사실 미우라의 집 근처까지 갔었단 말이야."

"뭐라고?"

"약속을 어겨서 미안해. 걱정돼서 그랬어. 하지만 건물 앞만 서성였지 아무 짓도 안 했어. 결국 약속 장소로 돌아올 수밖에 없었고. 그래서 알리바이도 없어."

대체 무슨 일이란 말인가. 눈앞이 아찔했지만 아내를 꾸짖을 수는 없었다. 애당초 가즈미를 끌고 나온 내 잘못이기에. 행운은 이리도 빨리 바닥을 드러내고 있었다.

내 안일한 판단에 책임을 져야 한다. 나는 생각에 잠겼다. 무엇보다 아내를 지키는 게 절대적으로 최우선이었다. 경찰의 가혹한 취재를 견디기에 가즈미는 너무도 섬약하다. 가즈미를 위해 내가 방패막이가 되기로 마음먹었다.

가즈미는 두려움에 어깨를 바르르 떨었다. 이쓰카이치 길에서 빠져나와 차를 갓길에 세웠다.

"걱정 마, 떨 필요 없어." 가즈미의 어깨를 양손으로 붙들고 나를 보게 했다. "당신은 아무 관계 없으니까."

가즈미가 고개를 가로저었다.

"아냐, 이젠 다 끝났어. 무엇보다 미우라와 만난 이유가 뭐냐고 물어도 내가 대답할 말이 없잖아."

"사실대로 말하면 돼."

가즈미가 헉 하고 숨을 들이쉬더니 몸을 움츠렸다. 그러고는 아이가 도리질하듯 고개를 저으며 내게 매달렸다.

"그럴 수 없어. 그랬다가는 당신이."

"내가 안 죽였다고 했잖아. 사실대로 말하면 경찰도 이해할 거야."

"어떻게 그래."

가즈미는 내게서 몸을 떼고 양손을 입 앞에 모으고 대시보드로 시선을 내렸다. 그러다 고개를 들고 말했다.

"좋아. 경찰이 아무리 물어도 난 아무 대답 안 할 거야. 당신에 대해서는 아무 말도 안 할 테니까 안심해."

"아니야." 나는 망설이지 않고 대꾸했다. "그러면 안 돼. 내 결백은 내가 직접 증명하고 싶어. 솔직히 말하면 이 일에 당신까지 끌어들인 게 잘못이었어. 반성하고 있어."

"그런 섭섭한 말이 어디 있어. 당신을 위해서라면 난 뭐든 할 수 있어."

가슴이 짠했다.

"그렇게 말해줘서 고마워. 하지만 모두 내가 자초한 일이야. 내가 책임지는 게 마땅해. 그리고 경찰에는 사실대로 말하는 게 정답이라고 생각해. 묵비권을 지키거나 거짓말을 해봐야 긁어 부스럼일 거야."

"하지만 여보."

"그뿐만이 아냐." 틈을 두지 않고 말을 이었다. "사실을 숨겨봐야 미우라를 죽인 범인에게 좋은 일만 시키는 거야. 미우라는 죽어 마땅하지만 나는 그 범인에게 용건이 있어."

"뭔데?" 가즈미가 물었다.

"유괴에는 공범이 존재했을 가능성이 있어." 갑작스레 뇌리에 떠오른 생각이었다. "미우라를 죽인 건 그 공범일지도 몰라."

"공범?"

나는 고개를 끄덕이며 새삼 내 말에 스스로 납득했다. 그렇다, 이렇게 생각하면 앞뒤가 맞는다. 왜 이제야 깨달은 걸까? 미우라에게 공범이 있었다면 알리바이 같은 건 아무 의미도 없는 것이다.

엄청난 진전이었다. 미우라를 잃은 건 통렬하나 시게루의 죽음에 얽힌 진상에 한걸음 다가섰기 때문이다. 미우라의 집을 조사한 것도 헛수고는 아니었던 셈이다.

"그래." 결국 가즈미도 꺾였다. "당신이 하라는 대로 할게. 이제 바로 경찰에 갈 거야?"

경찰에 출두해서 사정을 말해도 쉽사리 믿어줄 것 같지는 않았다. 최소한 서너 시간은 붙들려 있을 것이다. 어쩌면 더 오래 걸릴지도 모른다. 그걸 염두에 두고 대답했다.

"일단 집에 돌아가서 옷을 갈아입고 싶어. 그런 다음에 다카시를 데리러 가자. 만약 하교가 늦어진다면 아버님한테 부탁드리는 게 낫겠어."

"그래."

"불안해할 필요 없어. 그냥 마음의 준비만 해두면 돼."

"알아." 가즈미가 말했다. "모처럼 가족이 다 모이는데 외식이라도 할까?"

"좋은 생각이야. 어차피 회사도 쉬기로 했으니 오늘 하루는 가족을 위해 봉사해볼까."

억지로 명랑한 목소리를 쥐어짠 것은 나를 둘러싼 상황이 말만큼 낙관적이지 않다는 걸 알고 있었기 때문이다. 입 밖으로 내지는 않지만 아마 가즈미도 같은 생각이었을 것이다.

집에 가서 옷을 갈아입고 다카시의 하교 시간에 맞춰 초등학교 앞으로 갔다. 교문 앞에 아우디를 세우자 가즈미가 차에서 내려 다카시를 마중나갔다.

둘이 교문을 빠져나와 차에 올라탔다. 다카시는 당황한 눈치였다.

"아빠, 왜 왔어?"

"아빠랑 엄마랑 오늘밤에 일이 있어서 집에 못 올지도 몰라. 다카시는 고이시카와의 할아버지 댁에서 좀 기다려줄래?"

"내일 학교는?"

"어쩔 수 없어. 내일 하루는 쉬어야겠지." 가즈미가 말했다.

"야호." 천진난만하게 기뻐한다. 무슨 일인지 물으려고도 하지 않는다. 물론 물어보면 대답할 말이 궁하겠지만.

"좀 이르지만 저녁 먹자. 다카시는 뭐 먹고 싶니?"

"빅맥."

나와 가즈미는 서로 얼굴을 쳐다봤다가 누가 먼저랄 것 없이 웃음을 터뜨렸다. 부모 마음 자식은 모른다더니 딱 그 짝이었다. 나는 차를 출발시켰다. 다카시는 아무것도 모른 채 조잘거리기

바빴다.

맥도날드에서 호화롭다고 해야 할지 소박하다고 해야 할지 알 수 없는 식사를 마친 우리는 분쿄 구에 있는 장인의 집으로 향했다.

장인의 집은 고이시카와의 고풍스러운 거리 한 모퉁이에 있다. 현재 이 집에는 장인 부부와 별채의 방에서 하숙하는 도쿄대 학생, 이렇게 세 사람이 살고 있다. 두 노인만 지내기에 불안해서 들인 학생이라 하숙비도 얼마 받지 않는다고 했다. 장모인 요시에 씨가 살림을 맡아 하고 있다.

가기 전에 전화를 해뒀는데 장모는 애태우는 사람처럼 대문 밖에서 우리를 기다리고 있었다. 하나뿐인 손자가 어여뻐서 어쩔 줄 몰라 그렇다. 다카시에게서 세상을 떠난 둘째딸의 모습이 보이는 건지도 모른다. 예전부터 너무 어리광을 받아줘서 가즈미가 말린 적도 많지만, 아무리 말해도 장모의 태도는 바뀌지 않았다.

"엄마, 다카시를 잘 부탁해."

"그래, 안심하고 다녀와." 장모의 눈이 내게 머물렀다. "아무쪼록 우리 가즈미를 잘 부탁하네."

자세한 사정은 말하지 않았지만 장모는 직감적으로 딸의 동요를 알아차린 모양이었다.

"알겠습니다." 나는 다카시의 머리에 손을 얹었다. "얌전히 있어야 해. 알았지?"

"응."

"응이 아니라 네라고 해야지."

"네."

장모에게 다카시를 맡기고 우리는 차로 돌아갔다. 하쿠산 길
을 남하했다.

둘만 있게 되자 극단적으로 말이 줄어들었다. 마음은 통했지
만, 위안의 말을 나눈다고 전망이 밝아지는 것도 아니었다. 나는
운전에 집중했다. 도로가 혼잡해지기 시작했다. 슬슬 퇴근길 정
체가 시작될 시간이었다.

경시청으로 가서 수사 1과 구노 경부에게 면회를 요청했다.

4

구노는 자리에 없었다.

행선지와 연락처가 파악될 때까지 로비에서 잠시 기다렸다.
가즈미는 긴장으로 몸이 경직된 채 장의자에 앉아 있었다.

내근 직원이 불러서 카운터로 가자 그가 수화기를 내밀었다.

"나카노 서와 연결됐습니다."

나카노 서라고? 전화를 받았다. 상대는 당연히 구노였다. 그는
다짜고짜 질문부터 던졌다.

"지금 혼자 계십니까?"

"아내와 함께 있습니다."

"그렇습니까." 불과 한순간이었지만 구노의 침묵을 의식했다.

"다시 수고를 끼쳐 죄송합니다만 나카노 서까지 와주시겠습니까? 실은 저희도 부인에게 여쭙고 싶은 게 있습니다."

"알겠습니다." 애써 침착한 목소리로 대꾸했다.

"그럼 조금 뒤에 뵙죠."

수화기를 돌려줬다.

경찰의 반응이 생각보다 빠르다. 구노가 나카노 서에 있다는 건 미우라의 죽음과 유괴 살인과의 관련성을 급히 재조사하고 있다는 방증이었다.

경찰에서 가즈미에게 묻고 싶은 게 뭔지는 고민할 필요도 없이 명백했다. 미우라가 살해되기 직전에 가즈미와 만났다는 사실이 밝혀진 게 틀림없다. 이 소식을 알리자 아내는 말없이 고개만 끄덕였다.

낯익은 사복형사가 오더니 나카노 서로 데려다주겠다고 말했다. 전에도 구노의 호출을 받고 미우라의 집으로 데리러 왔던 형사였다.

경찰차 뒷좌석에 탔다. 도로는 혼잡했지만 경찰차는 사이렌을 울리지 않고 천천히 달렸다. 아직까지는 무고한 시민으로 대우해준다는 뜻이었다. 가죽시트 위에서 가즈미는 내 손을 꼭 잡고 놓지 않았다. 땀으로 흥건한 손이 내 손인지 아내의 손인지 분간이 가지 않았다.

나카노 서에 도착하자 구노가 우리를 맞았다. 물론 구노와 아내는 초면이었다.

"야마쿠라 가즈미 씨죠?"

"네." 아내가 대답했다.

구노가 고개를 끄덕이더니 옆에 있던 남자에게 눈짓을 보냈다. 둥그스름한 얼굴에 정수리 쪽 머리카락이 듬성듬성한 뚱뚱한 남자였다. 첫눈에도 형사로 보이는 그는 나카노 서 히라타 경부라고 했다.

히라타의 안내로 수사계 안쪽 방으로 들어갔다. 사면이 벽인 취조실은 아니었다. 장의자를 마주 놓은 자리에 네 사람이 앉았다.

상대편이 먼저 입을 열때까지 잠자코 기다렸다. 히라타가 담배에 불을 붙이고는 느긋하게 연기를 토했다. 구노에게 모든 걸일임한 태도였다. 둘 사이에 사전에 약속된 바가 있는 듯했다.

드디어 구노가 입을 열었다.

"오늘 오후 미우라 야스시가 자택에서 살해됐습니다."

어떤 반응을 보여야 할지 망설여졌지만 정직하게 대응하기로 마음먹었다.

"알고 있습니다."

구노가 코 밑을 긁적였다. 그러고는 가즈미 쪽으로 턱짓을 했다.

"부인."

"네." 가즈미가 자세를 고쳐 앉았다.

"오늘 오후 JR 히가시나카노 역 근처 커피숍 '쓰구미'에서 피해자와 만나셨죠?"

가즈미는 순간 내 얼굴을 쳐다봤지만 주저 없이 수긍했다. 그러고는 입을 거의 움직이지 않고 말했다.

"상당히 빨리 알아내셨네요."

"네. 실은 커피숍 여종업원이 정보를 줬습니다. 덕분에 피해자가 살해되기 직전 '쓰구미'에서 기모노 차림의 여성과 대화를 나눴다는 사실이 일찌감치 밝혀졌습니다. 피해자가 '쓰구미'의 단골이라 종업원도 분명히 기억하고 있더군요. 미우라는 이 커피숍의 이름을 마음에 들어했다고 합니다."

그럴 만하다. 쓰구미는 미우라의 죽은 아내의 이름이다.

"그런데 어떻게 그 사람이 저란 걸 아셨죠?"

"종업원이 우연찮게 두 분의 대화를 들었습니다. 진술에 따르면 피해자가 함께 온 여성에게 '처형'이라고 여러 번 불렀다고 하더군요. 그래서 저희는 바로 스기나미 서로 연락해 가즈미 씨의 특징을 체크했습니다. 그 결과 '쓰구미'에서 목격된 기모노 차림의 여성과 가즈미 씨의 외모가 유사하다는 걸 확인했습니다. 본청에서 연락이 왔을 때 마침 구가야마의 댁으로 찾아뵐까 하던 참이었습니다."

공교롭게도 가즈미가 말한 대로 사태가 진행된 셈이었다. 경찰의 능력이 뛰어났다기보다 우리의 운이 나빴던 것이다. 그러나 책임을 질 사람은 가즈미가 아니라 나였다.

"부인." 구노가 말을 이었다. "그 전후의 경위를 저희에게 설명해주시겠습니까?"

"잠깐만요." 나는 구노의 말을 가로막았다. "그 전에 제 입으로 꼭 드릴 말씀이 있습니다."

구노가 나를 쳐다봤지만 대답은 바로 나오지 않았다. 대신에 감정을 죽인 눈으로 나와 가즈미의 얼굴을 번갈아 봤다. 누구의 표정에서 무엇을 읽었는지 알 수 없었지만 그는 최종적으로 내게 눈길을 멈추고는 천천히 입을 열었다.

"알겠습니다. 야마쿠라 씨 말씀을 듣도록 하죠." 그러고는 히라타에게 명령했다. "부인을 별실로 모시게."

놀랐다.

"별실이라뇨?"

"무슨 문제라도 있습니까?" 구노가 곧바로 되물었다.

"왜 격리하는 겁니까?"

"격리? 천만에요. 시간을 절약하기 위해서입니다. 두 분 말씀을 따로따로 들으면 두 분을 붙들고 있는 시간도 반으로 줄어드니까요."

궤변이다. 하지만 이러는 것이 경찰의 상투적인 수법일 것이다. 괜히 반발하면 오히려 안 좋은 인상을 줄지도 모른다. 가즈미를 혼자 두는 게 마음에 걸렸지만 현단계에서 무리한 취조는 없을 것 같았다. 순순히 따르는 게 낫겠다고 판단했다.

"알겠습니다." 가즈미의 손을 잡고 달랬다. "나는 신경쓰지 말고 사실대로 말해. 나도 그럴 테니까. 사실대로 말하면 금방 돌아갈 수 있을 거야."

"응." 가즈미가 대답했다. 그리고 의연한 표정으로 일어나더니 히라타를 따라 방에서 나갔다.

"저희도 자리를 옮기죠." 구노가 말하며 반대쪽 문을 가리켰다.

자리에서 일어나 이동했다. 창문도 명패도 없는 빛바랜 색깔의 문을 열자 사방이 막힌 살풍경한 방이 있었다. 처음 온 곳인데도 방 분위기가 낯익은 이유는 오우메 서 취조실에 방치됐던 때의 기억이 되살아난 탓일 것이다. 하지만 나보다 가즈미가 마음에 걸렸다.

"걱정 안 하셔도 됩니다." 내 속을 들여다보기라도 한 것처럼 구노가 말했다. "사모님은 담화실로 모셨습니다. 취조실처럼 막혀 있지 않으니 안심하십시오."

담화실이 어떤 공간인지 나는 알 길이 없다. 그래도 여기보다는 나을 거라 생각하고 철제의자에 앉았다.

그뒤에 오늘 오후에 있었던 일을 구노에게 숨김없이 털어놓았다.

내 이야기가 끝나자 구노는 뭐라 설명하기 힘든 표정을 지으며 팔짱을 낀 채 취조실 벽을 뚫어져라 쳐다봤다. 나를 어떤 태도로 대할지 쉽사리 결정하지 못하는 느낌이었다. 쉽게 믿어주지 않을 거라 예상은 했지만 생각보다 내 입장이 위험하다는 걸 알게 됐다.

구노가 천천히 자리에서 일어났다.

"잠깐만 기다려주십시오."

그는 그 말을 하더니 방에서 나갔다. 잠시 후 나카노 서 형사 둘이 방으로 들어왔다. 한 사람은 아까 봤던 히라타고 또 한 사람은 양복을 입은 늘씬한 젊은 형사였다. 묘하게 번들거리는 얼굴은 표정을 읽기가 쉽지 않은데, 두 눈만은 의심으로 가득차서 나를 노려보았다. 오카자키라고 했다.

둘은 나를 의무실로 데려갔다. 하얀 가운을 입은 초로의 남자가 툴툴거리며 내 뒤통수를 살펴봤다. 미우라에게 얻어맞은 곳이다. 통증은 사라졌지만 아직 멍울이 져 있었다. 두 사람은 상처를 확인하더니 하얀 가운을 입은 남자에게 인사하고 다시 나를 취조실로 데리고 돌아왔다.

"진술서를 작성해야 하니까 아까 하신 말씀을 다시 한번 해주시죠." 히라타가 말했다.

구노에게 한 말을 처음부터 되풀이했다. 히라타는 중간중간 이야기를 자르면서 몇 번이나 질문을 던졌다. "욕실에 있었던 스프레이 세제 이름이 뭐죠?" 같은 너무나 하잘것없는 질문들뿐이었다. 방 한구석에 놓인 책상에서 오카자키 형사가 내 이야기를 받아 적었다. 둘 다 엄청난 골초인데 내가 얼굴을 찡그리는데도 아랑곳없이 자학적인 페이스로 줄담배를 피워댔다.

이야기를 마치자 히라타가 수고 많았다고 말하고 일어섰다. 비위 상하는 말투였지만 나는 잠자코 있었다. 히라타는 오카자키가 기록한 글을 다 읽더니 씩 웃으며 동료 형사의 어깨를 툭 쳤다. 오카자키는 여전히 가면을 뒤집어쓴 듯한 얼굴로 고개를 끄덕이고는 히라타와 자리를 바꿨다.

"만일을 위해 방금 하신 말씀을 다시 한번 해주십시오." 오카자키가 태연스레 말했다. "이번에는 사소한 부분도 생략하지 말고요."

사소한 부분을 생략한 기억은 없었지만 일일이 불평을 늘어놔

봐야 쓸데없을 것 같았다. 요컨대 여기는 경찰서 취조실이고 상대는 경찰이었다. 거스르지 않고 시키는 대로 했다.

세번째 이야기가 끝나자, 방안을 가득 메운 자욱한 담배연기에 내 목까지 매캐했다. 밖으로 나가 신선한 공기를 마시고 싶었지만 묵묵히 있었다. 허점을 보이기 싫었다.

오카자키가 다시 책상으로 가서 히라타와 소곤소곤 말을 주고받았다. 눈앞에서 밀담을 주고받는 것처럼 마음 불편한 광경도 없다. 잠시 뒤 오카자키가 조서를 들고 방에서 나갔다.

"부인의 진술과 야마쿠라 씨의 진술을 대조해야 하니 잠시 기다려주십시오. 그리 오래 걸리지는 않을 겁니다."

시간을 벌려는 구실이라 생각했다. 그런 수고를 들일 거면 처음부터 두 사람의 진술을 함께 받았으면 됐을 텐데. 내 말을 처음부터 신뢰하지 않는다는 증거였다.

6장 ——————————— **밀실**

비논리적이기에 믿다

1

오카자키가 취조실로 돌아왔다. 아까 조서 외에 다른 서류철
도 들고 왔다. 가즈미의 진술서 복사본일 것이다. 오카자키가 다
시 히라타에게 귓속말을 했다. 히라타가 고개를 끄덕였다. 둘은
다시 처음 앉았던 자리로 돌아갔다. 히라타가 공손한 말투로 말
했다.

"방금 하신 진술과 관련해서 두세 가지 질문하겠습니다."

나는 히라타를 제지했다.

"그전에 아내가 어떻게 하고 있는지 가르쳐주세요."

"부인은 담화실에 계십니다. 별다른 문제는 없습니다."

"문제가 없으면 아내라도 먼저 돌려보내주십시오."

"안타깝지만 그럴 수는 없겠군요."

"왜 그렇죠? 저와 아내의 진술에 엇갈리는 부분이라도 있나

요?"

"아뇨. 진술은 세부까지 일치합니다."

"그렇다면 왜 아내를 돌려보내지 못한다는 거죠?"

"야마쿠라 씨 진술이 의심스럽기 때문입니다." 히라타가 거리낌없는 말투로 말했다. "부인의 진술이 가지는 신뢰성은 야마쿠라 씨 진술에 달려 있는데, 그 진술이 너무 비현실적이면 저희로서는 곤란하죠. 부인이 걱정되시면 저희 질문에 제대로 답변해주시기 바랍니다."

"답변하면 될 거 아닙니까." 퉁명스레 쏘아붙였다.

"미우라 야스시의 시체를 발견했을 때 왜 긴급 전화번호로 신고하지 않았죠?"

"그 상황에서는 제가 의심받을 거라 생각했기 때문입니다."

"그랬는데 뒤늦게 직접 출두한 이유는 뭡니까?"

"아내에게 살인 혐의가 씌워지는 상황을 묵과할 수 없으니까요. 사정을 설명하지 않으면 아내의 무죄를 증명할 수 없다고 제가 몇 번을 말했습니까."

"겨우 그런 이유로요?"

"네, 그런 이유로요."

히라타가 믿기지 않는다는 표정을 지었다. 정말로 그렇게 생각하는 건지 아니면 표정을 자유자재로 만들어내는 건지 알 수 없었다.

"하지만 그 결과 이번에는 야마쿠라 씨 본인이 껄끄러운 입장에 놓이게 됐습니다. 그래도 괜찮다는 건가요?"

"아내가 괴로워하는 것보다는 낫습니다."

"본인보다 부인이 더 소중하다?"

"물론입니다. 모두 제 불찰이에요. 아내는 그저 미우라를 끌어 내는 미끼 역할을 했을 뿐 살인사건과는 아무 관련이 없습니다."

"일부러 거짓 진술을 해서 저희 수사에 혼란을 야기하려는 건 아니고요? 부인의 범행을 비호하기 위해서 말입니다."

발끈해서 주먹으로 책상을 내리쳤다.

"말 함부로 하지 마요."

"하지만 야마쿠라 씨의 진술은 도저히 신뢰할 수가 없군요." 히라타는 침착하기 그지없었다. "아니 황당무계할 정도죠. 기절 했다가 눈을 떠보니 시체가 있었고, 그게 또 밀실 살인이라니 이 거야 원 두 시간짜리 서스펜스 드라마 아닙니까. 아무리 믿으라 고 한들 곧이곧대로 받아들일 수가 없습니다."

"그럼 의무실에서 검사는 왜 한 거죠? 제가 미우라에게 얻어 맞았다는 게 증명됐잖습니까."

"본인 손으로 본인 머리를 때리는 건 일도 아니죠."

"말도 안 되는 소리. 전 틀림없이 미우라의 집에 있었어요. 몇 번이나 설명했잖아요."

"하지만 증거가 없죠."

"있어요." 지루한 논쟁에 종지부를 찍으려는 심산으로 말했 다. "그 집에서 들고 온 원고가 있다고요."

미우라의 집에서 발견한, 기괴한 문장이 가득한 원고가 있다. 집에서 옷을 갈아입은 후에도 잊지 않고 챙겨왔다. 그리고 이 취조실에 와서 처음 구노에게 이야기했을 때 여벌 열쇠와 함께 증거로 건넸다.

"지문 검사를 하면 틀림없이 미우라의 지문이 나올 겁니다. 미우라가 사용했던 컴퓨터 서체를 대조해봐도 되겠죠. 어쨌든 그 원고가 원래 미우라의 집에 있었다는 사실만 판명되면 제가 범행 현장에 있었다는 증거가 되죠."

"결과가 나오려면 시간이 걸립니다."

"언젠가는 나오겠죠. 조사하면 밝혀질 사실을 두고 거짓말해봐야 무슨 소용이 있겠습니까."

히라타가 살짝 고개를 갸웃거렸다.

"아니죠, 야마쿠라 씨가 말한 대로 결과가 나왔다고 해도 그것만으로는 증거가 될 수 없습니다."

"왜 그렇죠?"

"부인이 미우라의 집에서 들고 나온 걸 당신이 나중에 받았을 수도 있으니까요."

나는 어이가 없어서 고개를 세차게 저었다.

"제가 그런 짓을 할 이유가 어딨습니까?"

"말했잖습니까, 부인을 비호하기 위해서라고." 눈 하나 깜빡이지 않고 말했다.

"같은 말을 몇 번이나 되풀이해야 하는 거죠? 전 사실을 말했을 뿐인데."

"사실을 말이죠." 히라타는 마치 연극을 하듯 한숨을 내쉬었다. "자물쇠가 잠긴 방에서 살인범이 연기처럼 사라졌다. 이게 사실이라고요?"

"실제로 있었던 일을 말했을 뿐이에요."

히라타가 어깨를 으쓱했다.

"그렇다면 다시 자질구레한 질문을 반복해야겠군요. 자, 피해자의 상태에 대해 기억나는 대로 말씀해주시겠습니까?"

"그러죠." 눈을 감고 시체의 영상을 눈꺼풀 속으로 불러냈다. "미우라는 현관문에 등을 기댄 채 정면을 바라보고 앉은 자세로 숨이 끊어져 있었습니다. 흉기는 검은색 자루가 달린 도검으로 스웨터를 뚫고 왼쪽 옆구리에 박혀 있었습니다."

"왼쪽 옆구리라면 어느 쪽이죠? 피해자 쪽에서 왼쪽인가요? 아니면 피해자를 바라보는 쪽에서 왼쪽인가요?"

"피해자 쪽에서 왼쪽입니다. 그러니까 맞은편에서 보면 오른쪽이죠."

"계속해보세요."

"상반신이 왼쪽, 즉 제가 보는 방향에서 오른쪽으로 기울어져 있었어요. 얼굴은 반쯤 옆으로 돌아가 있었고 눈을 감고 있었습니다. 두 다리는 팔 자 모양으로 벌어졌고, 손은 무릎 위. 제 구두를 깔고 앉아 있어서 도망치기 전에 조금 몸을 만졌어요."

"피해자는 구두를 신고 있었나요?"

"아뇨. 양말만 신고 있었습니다."

"옷차림은요?"

"하얀색 스웨터에 청바지. 양말 색깔은, 그러니까 녹색이었습니다."

"그 밖에는요?" 히라타는 시체 자세와 관련해서 반응이 냉담했다. 왜지?

순간 깨달았다. 그때 미우라의 시체는 문에 기대 있었다. 밖에서 문을 열었으면 분명 시체는 기댈 곳을 잃고 바깥 통로로 쓰러졌을 것이다. 즉 경찰은 숨졌을 당시의 미우라의 자세를 모르는 것이다.

"현관 바닥에 담배꽁초가 하나 떨어져 있었습니다. 죽기 직전 미우라가 피웠겠죠. 우그러뜨린 담뱃갑이 다리 사이에 떨어져 있었고요."

"무슨 담배였습니까?"

"메리트요."

"담뱃갑 안에 담배가 남아 있었나요?"

자질구레한 걸 묻는다. 기억을 더듬었다.

"남아 있었어요. 두 개비 정도."

"세 개비였습니다." 히라타가 말했다.

"제가 잘못 기억했나보죠. 대단한 건 아니잖습니까?"

"그렇죠. 대단한 건 아닙니다." 히라타가 어깨를 으쓱했다. "계속하시죠."

계속했다. 미우라의 지갑을 살펴본 게 생각나서 지갑 속에 있던 금액을 말했다. 외시경으로 본 혼마 마호의 복장도 진술했다. 그런 다음 집안의 어질러진 상태를 되도록 자세하게 표현했다.

베란다 난간을 타고 내려간 순서를 상세하게 설명했다. 실제로 그런 행동을 한 인간이 아니면 알 수 없는 사실까지 넣어서 말했다. 당연히 현장에서 확인했을 것이다. 내 행동을 똑같이 따라 해본 경찰이 없다고 장담할 수 없다.

그런 식으로 한 차례 이야기를 마치자, 히라타가 심술궂은 어조로 평했다.

"현장 상황은 대부분 야마쿠라 씨가 말한 것과 일치합니다. 하지만 야마쿠라 씨, 같은 말을 되풀이합니다만, 그렇다고 해서 야마쿠라 씨가 실제로 거기에 있었다는 증거는 되지 못합니다."

"왜 그렇죠?"

"부인에게 현장에 대해 들으면 그만 아닙니까? 말을 맞출 시간은 얼마든지 있었으니까요."

"아니라고요!"

이제는 정말 진절머리가 났다. 이 형사는 저능아가 분명하다. 상상력이란 걸 갖추지 못한 인간이다. 무슨 이유인지 모르겠지만 가즈미를 범인으로 모는 데 모든 노력을 다 기울이고 있다고밖에 여겨지지 않았다. 처음부터 색안경을 끼고 있어서 내 진술을 진지하게 취급할 의지가 없는 것이다.

"왜 그렇게 아내를 살인범으로 몰아세우려고 안간힘을 쓰는 겁니까?" 갑자기 분노가 치밀어서 나도 모르게 히라타에게 덤벼들었다.

히라타는 의외라는 표정을 드러냈다. 그러고는 등줄기가 오싹해질 정도로 나긋한 목소리로 말했다.

"그럴 의도는 없습니다. 범인은 한 명으로 충분하니까요."

함정에 빠졌다는 걸 깨달았다. 어리석었다. 경찰은 가즈미를 미끼로 이용한 것이다. 이 작자들에게 진짜 타깃은 처음부터 나였다.

나를 방심시키고 약점을 드러내게 하기 위해 일부러 가즈미에게 혐의를 둔 척한 것이다. 하나부터 열까지 사소한 질문을 거듭한 이유도 자백으로 몰아가기 위한 공작이었던 것이다.

비열하다. 이렇게까지 비열한 방법을 동원하다니.

머리끝까지 화가 치밀어서 방에서 뛰쳐나가고 싶었지만 가까스로 참았다. 여기서 자제심을 잃으면 그야말로 상대가 바라마지않던 꼴이 된다.

냉정하게 대책을 강구했다. 나를 진짜 타깃으로 삼고 있다면 어쨌든 가즈미는 안전하다는 뜻이다. 그렇다면 더는 이 졸렬한 심문에 흔들릴 이유가 없다. 태도를 바꿔서 입을 다물기로 결심했다.

눈을 감고 팔짱을 꼈다.

"야마쿠라 씨, 왜 그러시죠?" 히라타가 계속 뭐라고 말했지만 들은 척도 하지 않았다. 스스로를 돌이라 여기고 모든 질문을 무시했다.

그로부터 한 시간가량 이어진 심문에서는 내내 침묵을 지켰다. 두 형사는 애간장을 태우더니 일단 자리를 떠났다. 얼마 뒤 누군가 취조실에 들어오는 기척이 느껴졌다.

"야마쿠라 씨." 나를 부르는 목소리에 눈을 들자, 구노의 얼굴이 보였다. 그가 힘들어 죽겠다는 표정으로 말했다. "당신도 참 골치 아픈 분이군요."

나는 입술 끝을 씩 올렸다.

"피차일반이죠. 아내는 어떻게 됐습니까?"

"방금 귀가하셨습니다. 야마쿠라 씨와 함께 가는 게 아니면 한 발자국도 움직이지 않겠다고 우기셨지만 이쪽이 얼마나 걸릴지 알 수 없어서 말이죠."

"아내를 미끼로 삼으셨더군요."

구노는 대답하지 않고 어깨만 으쓱하고는 조서를 한 장 한 장 넘기기 시작했다. 그러다 손을 멈추고 조서에서 눈을 떼고는 나를 노려봤다.

"이번에는 제가 질문하겠습니다."

"얼마든지."

구노의 심문이 시작됐다. 오기로 버티며 질문에 답했다. 똑같은 대답을 반복하는 데 완전히 질렸지만 묻는 쪽도 마찬가지였을 것이다.

여전히 내 입장은 미묘했다. 무엇보다 현장이 밀실 상태였다는 점이 내게 불리하게 작용했다. 정확한 진술을 하려고 노력할수록 스스로를 궁지로 몰아간다는 딜레마에 빠졌다.

그러나 가즈미가 귀가했다는 말을 듣고 한층 기운을 되찾았다. 나 혼자라면 어지간한 압박에도 견딜 자신이 있다. 아무리 끈덕지게 추궁해도 극복할 수 있을 것 같다. 유치장에 갇히는 것도 불사할 각오였다.

심문은 지루하게 이어졌다.

밤 열한시가 가까웠고 심문하는 구노의 얼굴에도 피로가 깃들었다. 내가 내 진술서를 읽고 있을 때 갑자기 문이 열렸다. 오카자키가 구노에게 손짓했다.

"잠시 휴식하겠습니다." 구노가 말하고 자리를 떴다.

혼자가 됐다.

꽤 오랜 휴식이었다. 바깥에서 새로운 전개가 벌어진 모양이었다. 그게 무엇이건 내게 유리한 전개이기를 기도했다.

사십 분 후, 취조실에 노리즈키 린타로가 들어왔다.

2

노리즈키 린타로가 맞은편 의자에 앉는 모습을 말없이 지켜봤다. 검은색 폴로셔츠에 체크무늬 재킷을 입고 있다. 그는 내 얼굴을 빤히 쳐다봤다.

"상당히 궁지에 몰리신 것 같던데요." 자리와는 어울리지 않게 목소리가 경쾌했다.

"구노 경부는 제가 미우라 야스시를 죽였다고 보는 모양입니다."

"뭔가 짚이는 데라도?"

나는 고개를 저었다.

"유괴 살인범으로 미우라를 증오했다는 건 인정하지요. 하지만 죽이겠다는 생각은 해본 적 없어요. 다른 형태로 죗값을 치르게 해야 한다고 생각했죠."

"하지만 야마쿠라 씨는 일전에 미우라를 반죽음이 되도록 구타하신 적이 있죠? 월요일에, 다른 사람도 아닌 구노 경부의 눈앞에서 말입니다. 말리지 않았다면 죽이지 않았을 거라 장담할수 없는 기세였다고 들었습니다."

"그건 부정하지 않겠습니다. 그땐 정말 이성을 잃었으니까요. 하지만 죽일 생각은 결코 없었어요. 아이를 죽였다는 걸 자백시키겠다는 마음뿐이었습니다."

"어찌됐건 그 일이 경부의 심증을 악화시켰을 겁니다. 상응하는 동기가 있는데다 범행 현장에 있었다면 용의자 취급을 받아도 어쩔 수 없는 거잖습니까."

그런데 말과 달리 노리즈키의 목소리에서는 규탄하는 듯한 매정한 울림이 느껴지지 않았다. 애당초 그가 여기에 있다는 사실자체가 이례적이지 않은가 하고 생각했다. 한 가닥 희망을 걸며노리즈키에게 물었다.

"그렇다면 노리즈키 씨는요? 당신 역시 내가 미우라를 죽였다고 생각하나요?"

"아뇨." 태연자약하게 대답한다. "전 야마쿠라 씨의 진술을 믿습니다."

내심 안도감이 퍼졌지만, 연장자로서의 체면 때문에 겉으로 드러내지는 않고 일부러 비아냥거리는 태도를 가장했다.

"그렇게 믿는 이유가 뭐죠?"

"전 사람 보는 눈은 있다고 자신하니까요."

"꽤 애매모호한 이유로군요."

"야마쿠라 씨, 전 조금 다른 의미로 한 말입니다. 이건 하나의 논리적인 귀결이죠."

"그게 무슨 말이죠?"

노리즈키가 자세를 바로하고 헛기침했다.

"야마쿠라 씨의 진술에는 딱 하나, 상식과는 동떨어진 이상한 부분이 있습니다. 그건 말할 나위 없이 야마쿠라 씨가 미우라 야스시의 시체를 발견한 당시 현장이 밀실 상태였다는 점이지요.

자, 야마쿠라 씨, 이렇게 가정해보죠. 그러니까 야마쿠라 씨가 미우라를 죽인 진범이고, 부인의 혐의를 풀기 위해 궁지에 몰린 나머지 허위 진술을 지어냈다고 말이죠. 그럴 경우 진술의 내용은 표면적으로 일관성이 유지돼야 합니다. 앞뒤가 맞지 않는 진술을 했다가 오히려 의혹만 초래하면 안 하느니만 못하니까요.

그런데 야마쿠라 씨는 범행 현장이 밀실 상태였다고 주장함으로써 자신의 진술에 명백한 모순을 야기하고 있습니다. 자신 아닌 진범이 있다고 말하면서 동시에 제삼자의 존재를 부정하는 건 앞뒤가 맞지 않습니다. 무엇보다 초미의 관심사인 밀실은 야마쿠라 씨의 발언 속에서만 성립할 뿐, 실제로 그랬다는 확증마저 없는 상황입니다. 즉 밀실과 관련한 야마쿠라 씨의 증언은 내용의 일관성이 결여된데다 사실관계를 뒷받침할 증거도 없어서 본인에게는 마이너스밖에 되지 않습니다.

야마쿠라 씨가 범인이라면 굳이 그런 진술을 지어낼 필요가 없다 이겁니다. 경찰에 출두할 때까지 머리를 쓸 시간이 없었던 것도 아닙니다. 그렇게 말하면 진술 전체가 신빙성을 잃게 되고 오히려 본인에 대한 혐의만 증폭되리라는 것이 빤히 눈에 보였겠죠. 그런데도 야마쿠라 씨는 너무나 침착하게 모순으로 점철된 진술을 하셨습니다."

나도 모르게 고개를 절레절레 저었다. 일어난 일을 숨김없이 말하겠다는 데 정신이 팔린 나머지 그런 자가당착에 대해 깊게 고민하지 못했다. 노리즈키의 말이 이어졌다.

"혹시 야마쿠라 씨는 '독으로 독을 다스린다'는 말처럼 이중의 곤경에 스스로를 몰아넣어서 역설적으로 진술에 진실성을 확보하려고 한 건가요? 그때 마침 제가 어제 말한 밀실에 대한 정의가 뇌리에 남아 있어서 그걸 이용하려고 한 건가요?

하지만 이 역시 있을 수 없는 이야기입니다. 그런 아이디어를 떠올릴 만한 인물은 가치관이 완전히 뒤집힌 추리소설 마니아뿐이니까요. 그러나 야마쿠라 씨, 안타깝지만 당신은 그런 타입의 인물은 아니에요. 밀실 트릭에서 리얼리티를 느끼지 못하는 사람이 위급한 상황에 처했을 때 그걸 이용한다는 건 불가능한 얘기죠. 야마쿠라 씨는 추리소설에 대해 잘 모른다고 하셨고, 저도 어제 대화를 나눠보고 그렇다는 인상을 받았습니다. 불가능한 범죄를 다룬 추리소설 애호가라면 최소한 '실과 바늘을 이용 운운'하는 식으로 말하지 않죠. 사람 보는 눈이 있다고 한 말은 그런 의미에서였습니다. 어디까지나 제 업종과 관련된 감식의 문제로서요.

이 모든 걸 종합해봤을 때 야마쿠라 씨의 진술에는 설명할 수 없는 논리적 파탄이 존재합니다. 하지만 그것이 야마쿠라 씨의 작위에 의해 생긴 게 아니라는 것도 알 수 있습니다. 이럴 경우 저는 논리적 파탄 그 자체를 사실성의 표출이라 간주하고 있습니다."

"상당히 빙 에두른 설명이군요." 나는 말했다. "처음부터 너무 비논리적이라서 믿는다고 말했으면 쉽게 알아들었을 텐데요."

노리즈키는 방긋 웃으며 어깨를 으쓱했다. 신기하게도 마음이 누그러지는 몸짓이었다. 나는 기묘한 논리를 펼치는 이 청년에 대해 어느새 믿음이 생기고 있음을 깨달았다.

"그건 그렇다 치고, 범인은 어떻게 그 집에서 탈출했을까요? 노리즈키 씨는 뭔가 알아차렸나요?"

"몇 가지 떠오른 생각은 있지만 현단계에서 언급하는 건 성급한 듯합니다. 다만 이 경우에는 '어떻게?'보다 '왜?' 밀실을 만들었는가 하는 관점이 중요하다는 느낌이 들어요." 노리즈키가 별안간 화제를 바꿨다. "그런데 도미사와 미치코 씨에 대한 수색원이 제출됐다는 건 알고 계십니까?"

"미치코 씨 말입니까? 언제 행방불명된 거죠?"

"남편 분의 말에 따르면 어젯밤부터 귀가하지 않은 모양입니다. 어젯밤 스미토모 빌딩 1층 로비에 검은색 일색으로 옷을 입은 여자 분이 계셨죠. 그분이 도미사와 미치코 씨였습니까?"

"맞습니다." 제어할 수 없이 호흡이 빨라졌다. "그럼 당신은 어제 미치코 씨와 아무 말도 나누지 않았던 겁니까?"

"말을 걸 기회를 놓치고 말았습니다. 죽은 아이의 어머니라는 걸 알아차렸을 때는 이미 가버리신 뒤였죠."

"그랬군요." 나는 가슴을 쓸어내렸다. 상대를 가리지 않고 아무에게나 우리 관계를 폭로할 만큼 미치코가 자포자기에 빠지지는 않은 모양이다. "하지만 그 일과 미우라가 죽은 일이 무슨 관계가 있죠?"

노리즈키는 살짝 실눈을 떴다.

"도미사와 미치코 씨에게는 미우라 야스시를 죽일 만한 동기가 있으니까요."

"뭐라고요?"

"그녀는 살해된 아이의 어머니입니다. 야마쿠라 씨 이상으로 유괴범을 강하게 증오할 겁니다. 관계자 중에서도 가장 강력한 동기를 지닌 인물 아닌가요?"

"그건 무리예요." 나는 반론했다. "미치코 씨는 미우라에게 혐의가 있다는 사실을 알 리 없어요. 경찰에서도 미우라를 취조했다고만 했지 다른 발표는 없었잖습니까. 무엇보다 미우라가 사는 곳을 미치코 씨가 어떻게 찾아냅니까?"

노리즈키가 눈을 한껏 가늘게 모았다. 나는 함정수사에 빠진 게 아닐까 하는 의심이 들었다.

"이건 하나의 가설에 불과합니다만." 노리즈키가 말했다. "야마쿠라 씨, 미우라가 살해된 타이밍의 부합에 대해 생각해보신 적 없습니까?"

"타이밍의 부합?"

"설명해보죠. 야마쿠라 씨는 오늘 갑자기 미우라의 집을 수색해야겠다고 결심했습니다. 그렇죠? 어제 시점에서 그런 기색은 조금도 보이지 않았으니까요. 어젯밤 미치코 씨의 돌연한 출현이 야마쿠라 씨의 결단과 관계있다는 느낌이 듭니다만 그건 제 추측일 뿐이죠. 문제는 야마쿠라 씨가 미우라의 집에 숨어들어가기로 했다는 걸 아는 사람이 야마쿠라 씨 본인과 부인인 가즈미 씨밖에 없었다는 겁니다."

"그런데요?"

"야마쿠라 씨는 부인의 협력으로 미우라를 밖으로 불러냈지만 미우라가 낌새를 알아차리고 집으로 되돌아왔고 이때 자기 집을 뒤지던 야마쿠라 씨를 가격해서 기절시켰습니다. 여기까지는 괜찮습니다. 그런데 하필 그 직후에 살의를 지닌 제삼의 인물이 집으로 찾아왔습니다. 그리고 야마쿠라 씨가 기절한 틈에 미우라를 죽이고 사라졌습니다. 이게 불과 삼십 분 사이에 벌어진 일이죠. 우연이라기에는 너무 딱 들어맞지 않습니까? 타이밍의 부합이라는 건 그런 걸 두고 하는 말입니다. 저는 이 부합을 중시합니다. 야마쿠라 씨의 행동과 범인의 행동 사이에는 분명 밀접한 관련이 있습니다."

"그렇네요." 나는 고개를 끄덕였다.

"그렇기에 야마쿠라 씨가 우연찮게 살인 현장에 있게 된 게 아니라, 오히려 야마쿠라 씨가 미우라의 집에 간 것이 살인의 직접적인 계기를 만들었다고 봐야 합니다. 만약 그렇다면 살인범은 야마쿠라 씨의 행동을 시시각각 감시했을 겁니다. 즉 미우라를 살해한 범인은 야마쿠라 씨가 미우라의 집에 숨어들어가는 걸 사전에 알고 있었던 인물입니다."

나는 깜짝 놀라서 몸을 앞으로 내밀었다.

"지금 제 아내를 의심하는 겁니까?"

"아닙니다. 전 도미사와 미치코 씨에 대해 얘기하는 겁니다."

"하지만 미치코 씨는 사전에 알 길이 없었을 텐데요? 알고 있었던 건 저와 아내, 둘밖에 없었습니다. 당신 말은 모순돼요."

"표면적으로는 그렇죠. 하지만 제삼자가 야마쿠라 씨의 계획을 알 방법이 딱 하나 있죠."

"무슨 말인지 모르겠습니다."

노리즈키는 자세를 바로하고 나를 응시했다.

"어제 스미토모 빌딩 로비에서 미치코 씨의 모습을 봤을 때 야마쿠라 씨는 '어떻게 여기에'라고 중얼거렸습니다. 즉 그녀의 출현을 예상 못했던 겁니다. 당연한 얘기지만, 당신이나 저나 그녀를 부르지 않았습니다. 그렇다면 어떻게 거기까지 찾아온 걸까요? 합리적인 결론은 하나밖에 없습니다. 미치코 씨는 야마쿠라 씨를 미행했어요."

"저도 그렇게 생각했습니다."

노리즈키는 고개를 끄덕였다.

"동일한 상황을 나카노 뉴하임 305호의 경우에도 적용할 수 있습니다. 아까 말씀드렸다시피 미치코 씨는 어젯밤부터 집에 돌아오지 않았고, 오늘의 행적도 파악되지 않고 있지만 어제와 같은 행동을 했을 가능성이 있어요. 즉 미치코 씨는 아침부터 야마쿠라 씨 집 앞에서 감시를 하고 있었을 거란 말입니다."

가슴속 깊은 곳에 찰싹 들러붙는 듯한 꺼림칙한 기분이 느껴졌다.

"부인이 우리를 미행하다가 미우라의 집까지 가게 됐다는 말인가요?"

"그럴 수 있겠죠. 그 시점에 부인에게 무슨 의도가 있었는지는 알 수 없지만, 미치코 씨는 야마쿠라 씨가 차를 타고 외출하는 모습을 보고 택시를 타고 쫓아간 겁니다. 그리고 부인이 미우라를 밖으로 불러내고 야마쿠라 씨가 그 집에 침입하는 광경을 처음부터 끝까지 지켜보게 됐습니다. 야마쿠라 씨는 미우라의 집 우편함에서 여벌 열쇠를 꺼냈다고 진술하셨죠? 미치코 씨는 그 모습을 훔쳐보다가 야마쿠라 씨가 계단을 오른 뒤에 이름을 확인했을 겁니다. 어쩌면 미치코 씨는 다카시의 친부 이름을 전부터 알고 있었던 게 아닐까요."

나는 고개를 끄덕였다. 실제로 만난 적은 없지만 미치코는 미우라의 이름을 내게 들어서 알고 있다.

"거기서 그녀는 직감적으로 금세 야마쿠라 씨의 목적을 알아챘을 겁니다. 미우라가 아이를 죽인 범인일 가능성이 있다는 걸 말입니다. 살의는 그 순간 굳혀졌으리라 봅니다. 마침 그때 미우라가 돌아왔고, 그녀는 뒤를 쫓아 305호로 들어갔습니다. 미우라는 야마쿠라 씨에게 정신이 팔려서 또 한 사람의 침입자를 인지할 겨를이 없었겠죠. 그녀는 손쉽게 집안으로 몸을 숨길 수 있었을 겁니다. 미우라가 야마쿠라 씨를 가격하고 욕실로 옮기는 광경을 그녀는 숨죽이고 지켜봤을 거예요. 욕실에서 나왔을 때 미우라는 완전히 방심한 상태였을 테고 그러니 불시에 날아든

공격을 피할 수 없었을 겁니다. 아 참, 무기로 이용된 식칼은 애초에 현장 개수대에 있던 물건이라죠? 이 사실 역시 우발적인 범행이었음을 시사합니다. 지문은 남아 있지 않은 모양이지만요. 거칠긴 합니다만 이번 사건의 개요는 이렇습니다."

노리즈키의 설명에 쉽사리 고개가 끄덕여지지는 않았다. 전반부는 그렇다 쳐도, 미치코가 순간적으로 살의를 품고 미우라를 죽였다는 부분은 너무 억지스러웠다. 게다가 내 머릿속에는 유괴 공범이 입막음을 위해 미우라를 살해했을 거란 생각이 있어서, 그쪽을 믿고 싶은 심정이 더 강했다.

"이 스토리가 마음에 안 드십니까?" 내 반응을 재촉하듯 노리즈키가 물었다.

"정말로 미치코 씨의 범행이라 믿는 겁니까?"

"아뇨." 어이없을 정도로 거침없이 자기 가설을 철회한다. "방금 드린 설명에는 구멍이 너무 많아요. 무엇보다 범행 현장이 왜 밀실이 되었느냐 하는 부분에 대해선 전혀 설명할 수 없으니까요. 미치코 씨가 범인이 아니라고 단정할 수는 없겠지만, 현시점에서 그럴 가능성은 높지 않다고 봅니다."

내가 의욕 과잉이었던 탓도 있지만, 헛물켰다는 기분이 들자 비위가 상했다. 노리즈키 입장에서 보자면 외부자의 추리 놀이일지 모르지만 내게는 존망이 걸린 문제다. 분풀이하듯 쏘아붙였다.

"그럼 왜 그런 무의미한 추론을 장황하게 늘어놓은 겁니까?"

"무의미하지 않습니다." 살짝 고개를 저으며 대답했다. "구노 경부와 나카노 서 수사 수뇌부의 선입관을 뒤집기 위해서는 이 가설을 반드시 믿게 만들 필요가 있었으니까요."

"선입관을 뒤집는다고요?"

"그렇습니다, 야마쿠라 씨. 제가 여기에 놀러왔다고 생각하십니까? 복잡하게 꼬인 추리를 피력해서 야마쿠라 씨를 혼란에 빠뜨리려고요? 그럴 리가요. 전 야마쿠라 씨를 도와드리려고 왔습니다. 야마쿠라 씨를 여기서 나가게 해드리기 위해 그들을 설득했습니다. 하지만 비논리적이라서 믿는다고 하면 상대해주지 않았을 겁니다. 얼른 방면되려면 미치코 씨를 미끼로 쓸 수밖에 없었습니다. 그게 방금 드린 설명이었어요. 미치코 씨에게는 죄송하지만 이로써 수사본부도 본격적으로 미치코 씨의 행방을 찾기 시작할 겁니다. 어차피 단순한 수색원만으로 경찰은 움직이지 않으니까요."

나도 모르게 눈을 치켜떴다.

"그 말은…… 날 석방시키기 위해, 그리고 한시라도 빨리 미치코 씨의 행방을 찾기 위해 일석이조의 미끼를 던졌다는 건가요?"

"요약하면 그렇죠." 겸연쩍은 표정을 짓는다. "안타깝게도 제게는 제 뜻대로 경찰을 움직일 힘 같은 건 없습니다. 게다가 아버지는 지금 다른 사건으로 경황이 없어 도와줄 여력이 없죠. 무력한 민간인 탐정으로서는 어쩔 수 없이 잔머리를 굴린 계략에 의지할 수밖에 없습니다. 그런 사정을 사전에 알아주셨으면 해서 한 말이었습니다. 하지만 그 이상 내막을 밝히는 건 관두는 게 좋겠군요. 이 발소리는 분명 구노 경부의 것입니다."

노리즈키가 입을 닫는 것과 동시에 취조실 문이 열렸다. 조금 마뜩찮은 표정을 지으며 구노가 들어왔다.

"오래 붙잡고 있어서 죄송했습니다. 이제 댁으로 돌아가셔도 좋습니다."

갑자기 그런 말을 들으니 실감이 나지 않았다.

"제 혐의가 풀린 겁니까?"

"뭐, 그런 셈입니다." 구노가 떨떠름하게 말했다.

일어났다. 노리즈키는 가만히 자리에 앉아 태연한 얼굴로 내게 눈짓을 보냈다. 문을 짚고 있는 구노 옆을 지나 복도로 나왔다.

옷이 담배냄새에 찌들어 있었다.

3

노리즈키에게 고맙다는 인사를 못하고 나왔다는 걸 깨닫고 로비에서 기다렸다. 얼마 후 노리즈키가 내려왔다. 내가 머리를 숙이려고 하자 그는 쑥스러워하며 손을 내저었다.

"제가 뭘 했다고 이러세요. 그보다 잠깐 어디 좀 들를까요?"

"어디 말입니까?"

노리즈키가 안주머니에서 열쇠를 꺼내 눈앞에서 흔들었다. 눈에 익은 모양이었다.

"미우라의 차열쇠 아닌가요?"

"구노 경부에게 부탁해서 빌렸습니다." 다시 안주머니에 손을 넣었다가 접은 종이를 꺼냈다. "이것도요."

미우라의 집에서 발견한 원고다.

일단 집에 전화를 걸어 아내를 안심시켰다. 잠깐 들러야 할 데가 있다고 먼저 자라고 하자, 아내는 자지 않고 기다리겠다고 대답했다.

현관을 나서자 서늘한 밤기운이 밀려왔지만 상쾌하기만 했다. 주차장으로 가자 내 아우디가 있었다. 바로 차를 이용할 수 있어 고맙긴 하지만 언제 경시청까지 끌고 왔을까. 차열쇠를 건넨 기억이 없는데.

"그런 방면으로 전문가가 있죠." 노리즈키가 설명했다. 이러니 경찰을 믿을 수가 없는 것이다.

노리즈키를 조수석에 태우고 출발했다. 오우메 가도에서 우회전해 호리코시가쿠엔을 지나 북상했다. 이미 많이 늦은 시간이라 정체 따위는 없었다.

노리즈키는 무릎에 올려둔 미우라의 원고를 만지작거리기만 했다. 아까부터 마음에 걸렸던 문제를 이참에 묻기로 했다.

"미우라에 대한 호칭이 바뀌었더군요. 어제저녁에는 분명 씨를 붙여 부른 것 같은데, 설마 죽었다고 호칭을 바꾼 건 아닐 테고요."

"짐작하시는 바와 같습니다." 목소리에서 미안해하는 기색이 느껴졌다. "그자가 절 속였습니다. 어제 야마쿠라 씨가 돌아간 뒤에 곰곰이 확인해봤죠. 불길한 예감이 맞았습니다. 야마쿠라 씨 말대로 전 그의 알리바이 공작에 이용됐습니다. 아무리 가까운 사이였을지라도 유괴범에게 씨를 붙여 부를 수는 없죠."

"사실인가요?"

"확실한 증거가 있습니다." 재킷 주머니에서 뭔가 꺼냈다. "이걸 보시죠."

마침 오쿠보 길 신호등이 빨강으로 바뀌어서 들여다볼 틈이 있었다. 앞유리에 이마를 가까이 대고 집중해서 봤다.

NTT 다마가와국에서 발행한 통신 기록을 프린트한 종이였다. 고객에게 발송하는 통지서가 아니라 일반 용지에 인쇄한 임시 기록이었다. 전화 가입자는 '노리즈키 사다오'.

"저희 집 전화입니다." 노리즈키가 말했다. "NTT 창구에 가서 특별히 뽑은 겁니다. 밑줄 친 부분을 보시죠."

이달 9일 오전 열한시 십분 기록에 형광펜으로 줄이 그어져 있었다. 손가락으로 따라가보자 전화번호가 나왔다. 내가 아는 숫자가 나열되어 있었다. 우리집 번호였다.

"유괴 당일 첫번째 협박 전화가 걸려온 시각과 일치합니다. 미우라는 절 우습게 봤어요. 빈틈을 노리고 제 코앞에서 협박 전화를 건 겁니다."

뒤차가 클랙슨을 울렸다. 신호가 녹색으로 바뀌어 있었다. 종이를 돌려주고 액셀을 밟았다.

"그 시각에 저는 현관에서 보험회사 영업사원을 상대하고 있었어요." 노리즈키가 실눈을 뜨며 설명을 이어갔다. "영업사원하고 말이 안 통해서 돌려보내느라 고생했던 기억이 납니다. 전

의뢰한 기억도 없는데 연락을 받고 찾아왔다고 우기면서 끈질기게 버티더라고요. 사정사정해서 겨우 돌려보냈습니다. 그러느라 미우라가 거실 전화를 쓴 걸 몰랐습니다. 그때 뭔가 이상하다고 눈치챘어야 했는데 말입니다. 미우라가 제 이름을 사칭해서 보험회사에 미리 전화해뒀을 겁니다. 시간과 장소를 지정하고 계약서를 들고 오라고 말이죠. 말이 안 통한 게 당연했죠."

"그렇군요. 하지만 두번째 협박 전화는 어떻게 건 거죠? 그 기록에는 안 나와 있던데요."

"두번째 협박 전화를 건 시각은 오후 한시 이십분. 그 시각에 우리는 밖에서 점심을 먹었습니다. 미우라가 도중에 화장실에 다녀오겠다며 자리를 비웠는데 아마 그때 가게 전화를 썼을 겁니다. 프라이버시 문제가 있어서 가게 통화 기록까지 조사하지는 못했지만, 우리집 기록만으로도 증거로는 충분합니다."

노리즈키의 말에 수긍하면서도 동시에 나는 미세한 의문을 느꼈다.

"처음 전화를 받았을 때 아내는 시게루의 목소리를 들었다고 했어요. 거기서 전화했다면 어떻게 아이 목소리를 들려줬을까요?"

"카세트테이프입니다." 노리즈키가 반추하는 듯한 투로 말했다. "녹음기를 이용하면 가능하죠. 미리 아이의 목소리를 녹음해뒀다가 송화기에 대고 재생하면 되니까요."

"잠깐만요. 시게루가 유괴당하던 시점에 미우라는 이미 당신집에 와 있지 않았나요? 그런데 어떻게 아이의 목소리를 녹음했다는 거죠?"

"목소리를 녹음한 건 그 이전일 겁니다." 노리즈키의 목소리
는 무뚝뚝했고 더군다나 그 대답은 전혀 설득력이 없었다.

"그건 이상하군요. 가즈미는 틀림없이 시게루의 목소리를 들
었다고 했어요. 그런데 미우라는 사건 당일 다카시인 줄 착각하
고 시게루를 데려갔단 말이에요. 미우라가 미리 시게루의 목소
리를 녹음했다니, 그건 말이 안 되는 것 같은데요."

노리즈키는 대답하지 않았다. 대답을 준비하지 못해서가 아
니라 왠지 전혀 다른 생각에 잠긴 듯한 모습이었다. 이후로 대화
는 끊기고 말았지만, 이미 목적지에 가까워져 있었다.

나카노 뉴하임 맨션 앞에 차를 세우고 이제는 익숙한 계단을
올라갔다. 원래는 건물 관리인에게 말하고 올라가야 하지만 시
간이 없었다. 게다가 나는 전에도 이미 주거침입을 저지른 터라
이제 와서 움찔할 이유가 없었다.

열쇠로 305호 문을 열고 노리즈키는 말없이 안으로 들어갔다.
나는 현관에서 잠시 걸음을 멈추고 거기서 숨을 거둔 남자의 흔
적을 찾아보려 했지만 아무것도 발견할 수 없었다. 이웃에게 폐
가 되지 않도록 조용히 문을 잠그고 안으로 들어갔다.

노리즈키는 불을 켜고 실내를 천천히 둘러봤다. 그의 검은 동
공이 커진 것 같았다. 굳게 다문 입술을 보니 말 붙이기가 어려웠
다. 냉담한 척하지만 미우라의 죽음에 대해 나와는 다른 감개가
분명 있으리라. 그런 노리즈키의 모습은 내게 놀라움과 위화감

을 불러일으켰다.

내 시선을 의식한 노리즈키는 멈췄던 숨을 토하더니 어깨의 힘을 뺐다. 감상感傷이 눈 깊은 곳으로 물러났다. 그는 창가에 붙여놓은 책상에 눈길을 멈추더니 곧바로 다가가서 산더미처럼 쌓인 책들을 살펴보기 시작했다. 처음부터 목표물을 좁혀놓고 거기에만 집중하는 듯한 손놀림이었다. 그는 책등이 하늘색인 책 한 권을 빼내더니 맹렬히 페이지를 넘겼다. 그러더니 드디어 손이 멈췄다. 펼쳐놓은 페이지를 찬찬히 훑어보았다.

"역시." 그는 중얼거리고 내 쪽으로 돌아섰다. 눈이 반짝거렸다. 그러더니 쭈그려앉아서 방바닥에 있던 좌탁 위를 대충 정리하고는 품 안에서 미우라의 원고를 꺼냈다. 책은 페이지 사이에 손가락을 끼운 채 들고 있었다.

나는 좌탁 앞에 앉았다.

"생각했던 대로군요." 노리즈키가 말했다.

"무슨 말이죠?"

"이 페이지를 읽어보면 아실 겁니다."

책을 받아들고 펼쳐진 페이지를 읽기 시작했다.

그들은 거블하고 거블했다. 양손으로 귀를 막았지만 거블한 것이 콧구멍 안으로 기어들어왔다. 그러자 그 장소가 보였다. 그가 닳아 없어진 곳이다. 그들은 그곳에 그를 내팽개쳤다. 거비쉬가 허리까지 차올랐다. 공기도 거비쉬투성이였다.*

더이상 읽을 필요가 없었다. 미우라의 원고와 흡사했다. 인칭 대명사와 고유명사 몇 개만 다를 뿐 거의 똑같았다. 맥락이 이어지지 않는 것까지 비슷했다.

"완전한 표절 아닙니까?" 고개를 들어 물었다.

노리즈키가 고개를 끄덕였다.

책을 덮고 표지를 봤다. 사이키델릭한 일러스트가 그려져 있다.『화성의 타임슬립』. 저자는 필립 K. 딕이었다.

"무슨 책인가요?"

"SF입니다. 필립 K. 딕을 모르시나요?"

"처음 듣습니다."

"미국 SF계의 귀재죠. 1982년에 세상을 떠날 때까지 많은 걸작을 남겼습니다. 사이버펑크 SF의 효시로 최근 재평가되고 있죠. 한때〈블레이드 러너〉라는 영화가 히트했는데, 그 영화의 원작자입니다. 그 작품도 대표작 중 하나죠."

표지에 나온 줄거리를 읽어봤지만 화성 식민지라든가 이형의 악몽 세계 등 영문 모를 내용이 적혀 있었다. 이런 소설에는 젬병이다. 더이상 파고들지 않고 노리즈키에게 물었다.

"원고를 읽었을 때 바로 느낌이 왔습니까?"

"원전이 뭔지는 몰랐지만 다른 사람의 문장을 베꼈다는 건 금방 알겠더군요. 그 이유는 원고 중 이 부분을 주목해보시죠."

• 필립 K. 딕,『화성의 타임슬립』235쪽 인용(김상훈 역, 폴라북스, 2011년).

이틀 동안 나는 방바닥의 커다란 물웅덩이 위에 누워 있었다. 집주인 할머니가 나를 발견하고 구급차를 불러서 이곳으로 데려왔다. 그러는 동안 나는 줄곧 신음을 했고, 그 탓에 깼다. 그들이 그레이프프루트 주스를 먹이려고 하자 팔이 하나밖에 움직이지 않았다. 다른 팔은 그레이프프루트 주스를 먹이려고 하자 팔이 하나밖에 움직이지 않았다. 다른 팔은 두번 다시 움직이지 않았다. 예전처럼 플라스틱 군대를 만들고 싶었다. 만드는 재미가 있고 시간도 많이 걸리기 때문이다. 주말에 들르는 사람들에게 이따금 팔기도 했다.

"반복되는 문장이 있죠?" 노리즈키가 지적했다. "의도한 수사로는 보이지 않고, 우연한 실수라고 해도 자기 머릿속에서 나온 문장을 쓰는 한 이런 일은 일어나지 않습니다. 하지만 남이 쓴 책을 옆에 두고 모니터 화면과 교대로 보며 문장을 옮겨 치다보면 이런 실수를 곧잘 하죠. 이걸 보고 표절 가능성을 떠올렸죠."

"이 작품이라는 건 어떻게 알았죠?"

"제목까지는 떠오르지 않았지만 필립 K. 딕이라는 확신은 있었습니다. 전에 미우라와 책 이야기를 할 때 SF에서는 필립 K. 딕이 최고이고, 챈들러는 그다음으로 좋아하는 작가라고 말했던 기억이 나서요. 싫어하는 작가를 표절하는 사람은 없을 테고, 이 문장은 챈들러 스타일은 아니죠. 문제는 어떤 책의 어느 대목이냐 하는 거였는데, 제 기억이 뒤죽박죽이라 어느 하나를 콕 집을 자신이 없더라고요. 그런데 다행히도 이 책이 책상 위에 나와 있어서 찾는 수고를 덜 수 있었습니다."

"그랬군요. 그런데 미우라는 대체 무슨 목적으로 이런 표절을 한 걸까요?"

"일종의 현실도피죠." 노리즈키가 씁쓸한 어조로 말했다. "예컨대 제 경우는 반나절 컴퓨터 앞에 앉아 텅 빈 화면을 아무리 노려보고 있어도 이렇다 할 문장이 한 줄도 떠오르지 않을 때가 있어요. 그럴 때는 저도 모르게 책장으로 손이 갑니다. 스스로를 고무하기 위해 좋아하는 책에서 맘에 드는 장면을 옮겨 적는 겁니다. 중세 수도원의 필경사처럼 말이죠. 딕풍으로 말하자면 존경하는 작가의 집필 행위를 의사체험하는 거죠."

"그런 짓을 해봐야 시간과 노력만 낭비하는 거 아닌가요?"

"그렇죠. 하지만 아무리 다른 사람의 문장이라 할지라도 실제로 쓰고 있다는 실감만 할 수 있다면 한 줄도 못 쓰는 상태보다는 훨씬 마음이 편안해집니다. 그게 빼어난 문장이면 더더욱 그렇죠. 물론 그렇게 노닥거리는 동안에는 한 걸음도 앞으로 나아갈 수 없습니다. 마감을 코앞에 두고 있을 때는 특히 그렇죠. 쓰지 못할 때는 쓰지 못한다는 현실을 직시하지 않으면 아무것도 시작할 수 없는 겁니다.

오히려 그 이상으로 위험한 건 처음에 가볍게 워밍업 삼아 시작했는데 어느새 베끼는 작업 그 자체에 마약 같은 쾌감을 느끼게 되는 경우죠. 그 시점에서 돌아서지 않으면 구렁텅이에 빠지고 맙니다. 읽는 행위와 쓰는 행위의 경계가 애매해져서 자신의 문장보다 인용에 의지하는 빈도가 높아지죠. 그러다가 결국 어딘가에서 베낀 문장을 아무렇지도 않게 내밀게 되는 겁니다. 그렇게 되면 작가로서는 끝난 겁니다."

"미우라가 그런 구렁텅이에 발목을 잡혔다는 건가요?"

"아마도요. 원문에 뭔가 의미심장한 수정이 가해진 걸 보면 나중에 어떤 형태로든 이용하겠다고 마음먹었을 가능성이 있습니다. 그게 어떤 물건이 됐는지는 이제 와서 추측해봐야 소용없는 일이지만요."

나는 고개를 끄덕였다. 그와 동시에 미우라의 원고를 둘러싼 지금의 논의가 과연 무슨 도움이 될지 너무 모호하다고 생각했다.

"미우라가 집필하다 막혀서 표절 같은 짓을 했다는 건 알겠어요. 그런데 그 일과 이번 사건이 무슨 관계가 있는 거죠? 이런 논의야말로 시간낭비라는 느낌이 드는데요."

"그렇지 않습니다." 노리즈키가 나와 원고를 번갈아 보며 말했다. "이 원고에 집착하는 데는 이유가 있습니다. 만약 제 가설이 옳다면 이 문장은……"

"가설?" 앵무새처럼 되물었다.

"네, 유괴사건의 진상입니다." 노리즈키가 무뚝뚝하게 대답하고 허리를 폈다. "이번에는 컴퓨터 본체를 조사해보죠."

책상 앞으로 돌아가서 커버를 벗기고 전원을 켰다. 디스크 드라이브에 플로피디스크가 꽂힌 채 있었다. 기침하는 듯한 기동음과 함께 화면이 떴다. 노리즈키가 익숙한 손놀림으로 키보드를 두드렸다. 노리즈키 뒤에서 화면을 엿보자, 그가 나를 배려해 몸을 옆으로 기울여줬다.

노리즈키가 문서 목록을 불러냈다. 플로피디스크에 저장된 문서의 목록이 떴다. 왼쪽부터 순서대로 문서 제목, 날짜, 메모란, 행수 등이 나왔다.

"이거겠군." 노리즈키가 'PKD1'이라는 문서로 커서를 이동했다. "필립 K. 딕의 이니셜이죠." 내게 설명하며 문서를 연다.

화면에 뜬 문장을 보고 노리즈키는 씩 미소지었다. 프린트한 원고와 말머리가 똑같았다. 화면을 이동하며 원고를 대조해봤다. 문장이 반복되는 부분까지 포함해서 똑같은 글이 이어졌다.

노리즈키가 고개만 돌려 내 얼굴을 힐끔 봤다. 그러고는 다시 손을 옮겨서 문서 목록을 열었다.

"날짜를 보세요."

"11월 2일." 나는 소리내서 읽었다.

"유괴한 날보다 일주일이나 앞서요." 이번에는 상체를 다 돌려서 나를 봤다. 싸늘한 공기를 쐰 사람처럼 얼굴이 푸석해 보였다. "야마쿠라 씨, 원고 마지막 부분을 읽어보시겠습니까?"

의도를 짐작할 수 없었다. 원고를 들고 마지막 구절을 읽었다.

"나는 양손으로 얼굴을 가렸다. 그러자 사정이 멈췄다.

'나쁜 놈, 자기 아들도 알아보지 못하는 주제에.'

사정, 사정."

"자기 아들도 알아보지 못하는 주제에." 노리즈키가 그 부분을 반복했다. "즉 미우라 야스시는 이 문장을 쓴 11월 2일 시점에 이미 오인 유괴를 알았다는 뜻입니다."

"그럴 리가 없어요." 나는 부정했다. "이건 월요일에 내가 여기서 미우라한테 따져 물으며 한 말이에요. 아마 그후에 문장을 덧붙였을 겁니다. 아니, 아이를 착각할 거라고 예상했을 리가 없잖아요."

"아뇨. 이 원고는 11월 2일, 유괴 일주일 전에 작성된 겁니다."

노리즈키는 결론을 서두른 나머지 크게 착각하고 있다. 나는 잘못을 지적하기로 했다.

"노리즈키 씨 말대로 'PKD1'이란 문서가 디스크에 최초로 저장된 날은 11월 2일이 맞겠죠. 하지만 이 C - 워드라는 기종으로 작성했다면 2일 이후 미우라가 손대지 않았다고 단언할 수 없어요. 그래요, 최신 기종의 워드프로세서는 같은 문서를 새로 저장하면 내장 타이머의 날짜로 자동 수정되어 기록에 남을 겁니다. 즉 매번 불러올 때마다 최신 보존일이 남는 거죠. 그렇다면 노리즈키 씨 주장이 맞아요.

하지만 C - 워드는 다릅니다. 문서 저장에 두 가지 방법이 있어서 작성한 문서를 처음 저장하는 건 '신규 저장', 같은 문서를 제목을 바꾸지 않고 다시 저장하는 건 '재저장'으로 구별돼요. 그런데 '재저장'했을 경우 따로 수정하지 않는 한 날짜는 갱신되지 않습니다. 즉, '신규 저장' 당시의 날짜가 그대로 기록된다는 겁니다.

그러니까 미우라가 이 'PKD1'이라는 문서를 나중에 불러내서 문장이나 문서 제목을 고치지 않고 다시 플로피디스크에 저장했어도, 문서 정보에 표시되는 날짜는 '신규 저장'한 날, 즉 11월 2일에서 바뀌지 않는 거죠. 저희 회사도 이것과 동일한 상급

기종을 쓰고 있으니 틀림없습니다.

그런 만큼 최소한 이 마지막 한 구절은 아까 말했던 것처럼 월요일 이후, 아무리 일러도 최소한 아이를 잘못 데려왔다는 걸 깨달은 후에 덧붙인 거라 봐야 합니다."

"이 경우는 그렇지 않습니다." 노리즈키는 반론을 예상했는지 무척이나 침착했다.

"그게 무슨 말이죠?"

"저도 이 기종의 저장 시스템은 알고 있습니다. 하지만 아까 확인했다시피 이 문장은 필립 K. 딕의 완전한 표절이죠. 분량은 이백자 원고지로 열 장이 안 되고요. 게다가 단어만 바꿔치기한 간단한 작업이었습니다. 오래 걸려봐야 한 시간이면 끝날 소일거리에 불과한 만큼 나중에 여기저기 손을 댔을 여지는 거의 없어 보입니다. 즉 한 번 프린트하고 나면 그걸로 끝인 성질의 문장인 겁니다. 그렇기에 나중에 마지막 한 구절만 첨가했을 가능성은 지극히 낮습니다."

노리즈키의 진의가 이해되지 않았다. 아무리 꼼꼼하게 따져봐도 그의 주장은 무의미해 보였다.

"그건 일반론이죠. 실제로 손을 대지 않았다는 증거로서는 너무나 빈약해요."

"증거는 따로 있습니다." 노리즈키의 목소리는 자신감에 넘쳐서 빨려들 듯한 리듬을 타고 있었다. "아까 한 말을 반복하게 됩니다만, 이 원고에는 반복되는 구절이 있습니다. 그리고 현재 플로피디스크에 저장된 문서 'PKD1'에도 반복되는 구절이 똑같이 있어요."

"그게 뭐 어때서요?"

"야마쿠라 씨가 말한 것처럼 미우라가 11월 2일 이후 이 문서에 손을 댔다면 왜 그 잘못 옮긴 부분을 수정하지 않고 놔뒀을까요? 설령 마지막 문장만 수정하려 했다 하더라도 중복된 문장이 그 문장 바로 앞에 있었으니까 틀림없이 눈에 띄었을 겁니다. 그런데도 프린트한 원고에도 저장된 문서에도 반복되는 문장이 수정 없이 그대로 있습니다.

결국 미우라는 이 문장을 한 번밖에 안 본 겁니다. 바꿔 말하자면 문서 'PKD1'은 처음 플로피에 저장된 11월 2일 이후로 전혀 수정되지 않았습니다. 즉 '나쁜 놈, 자기 아들도 못 알아본 주제에'라는 문장은 현실의 유괴사건이 일어나기 전인 11월 2일에 작성된 겁니다."

"……그건 불가능해." 이렇게 중얼거리는 것이 전부였다.

"아뇨." 노리즈키는 다시 고개를 저었다. "이 글이 우연히 탄생했을까요? 아닙니다. 미우라는 이 시점에 이미 일주일 후에 일어날 일을 알고 있었습니다. 그랬기 때문에 무의식중에 'PKD1' 문서에 그 생각이 섞여들어갔다고 보는 게 타당합니다. 일주일 전부터 아이를 잘못 유괴한다는 걸 알았다면, 그건 실수가 아니라 계획의 일부였다고 할 수밖에 없습니다.

그렇다면 9일 유괴사건에 대한 우리의 해석은 근본부터 잘못된 겁니다. 처음부터 실수 따위는 없었습니다. 야마쿠라 씨 아드님은 주의를 돌리기 위해 이용됐을 뿐입니다. 아까도 말씀드렸지만 미우라가 사전에 시게루의 목소리를 녹음했다는 사실도 이로써 설명이 됩니다. 즉 유괴범의 진짜 타깃은 살해된 시게루였습니다."

4

다음날 아침, 출근하자마자 장인 방으로 호출됐다. 대면하는 순간 장인의 심기가 불편하다는 걸 알았다. 장인은 비난하는 눈빛으로 나를 노려보다가 매몰찬 목소리로 말했다.

"미우라 일은 경찰에게 맡기라고 말했을 텐데. 그런 경박한 짓을 해서 경찰 신세를 지라고 말한 기억은 없어. 그런데 가즈미까지 그런 망신을 당하게 하다니."

장인의 말은 감정이 언어를 추월한 듯 뒤엉켰다. 나는 두 발을 모으고 장인에게 머리를 깊이 숙였다.

"면목없습니다. 전부 제 책임입니다."

장인의 입가가 일그러졌다.

"이제 와서 사과해봐야 부질없네. 그보다 가즈미의 아비로서 분명히 묻지. 미우라 야스시를 죽인 자가 혹시 자네인가?"

고개를 들고 좌우로 저었다.

"거짓말이면 용서 않겠네."

"복수할 생각이었다면 살인을 선택하지는 않았을 겁니다. 오히려 다른 방법을 찾았겠죠."

"말조심해." 장인이 말했다. "그래, 나도 솔직히 자네가 미우라를 죽였다고는 생각하지 않아. 하지만 가즈미까지 끌어들인 건 용서할 수 없어. 가즈미는 아무 말 안 하지만 경찰 조사가 여간했을 리가 없지. 안 그래도 심약한 아이네. 그건 자네가 가장 잘 알 텐데. 그런 자네가 가즈미를 그토록 위험한 지경에까지 몰아넣었다는 게 도무지 이해가 되지 않는군."

"제가 경솔했습니다. 그런 일이 벌어지리라고는 상상도 못했습니다."

장인이 실눈을 떴다.

"미우라 일로 자네 신경이 곤두서 있는 걸 모르진 않지만 좀더 자신의 입장을 인식하기를 바라네. 앞으로 자중하게."

"네."

장인이 몸에서 힘을 빼며 의자에 푹 기댔다. 눈을 치켜뜨며 다음 질문을 고민하고 있다. 의도치 않게 모순적인 표정이 됐다. 그러더니 헛기침을 하고 등을 죽 폈다.

"살해된 아이의 어머니가 실종된 모양이야. 그 어머니가 미우라를 죽인 범인인가?"

"아닙니다." 목소리에 절로 긴장이 서렸다. "미우라 살해범은 시게루 살해범과 동일인입니다."

장인이 자세를 바꾸지 않고 신중하게 눈썹을 치켜세웠다.

"그게 무슨 말이지?"

"미우라 말고도 유괴를 도운 공범이 있었습니다. 실제로 아이를 유괴하고 목숨을 빼앗은 건 그자입니다. 미우라는 그자의 끄나풀에 불과했습니다. 그러다가 결국 입막음을 위해 살해된 거죠."

장인이 의자에서 몸을 내밀었다.

"공범? 대체 그게 무슨 말인가?"

"저도 그가 누군지는 아직 모르겠습니다. 그러나 그자의 목적은 돈이 아니라 시게루를 죽이는 것이었습니다. 미우라는 그 목적을 위한 장기짝으로 이용된 거고요."

"대체 그게 무슨 말인가?" 장인이 또 되풀이했다.

"유괴 자체가 가짜였습니다." 나는 말을 이었다. "우리 모두가, 경찰까지 포함해서 모두가 거짓 전제를 맹신했던 겁니다. 다카시를 유괴하고 돈을 손에 넣겠다는 계획 같은 건 어디에도 없었습니다. 모든 것이 시게루를 죽이기 위해 정교하게 계획된 시나리오였습니다."

장인의 반응은 느렸다. 이야기를 듣고도 바로 이해가 되지 않는 듯했다. 물론 나도 남 말 할 처지는 아니었다. 어젯밤 미우라의 집에서 노리즈키에게 이 이야기를 들었을 때 한동안 머리가 혼란스러워 아무 말도 할 수 없었으니까.

"착각 같은 건…… 없었단 말인가?" 가까스로 장인의 목소리가 되돌아왔다. "결국 모든 게 범인 뜻대로 진행됐다는 건가? 그런데 대체 그게 무슨 시나리오인가? 왜 그렇게 복잡한 짓을 벌인 거지?"

"진범에게는 무엇보다 동기를 만드는 것이 최대의 난관이었을 겁니다. 여기서 진범은 당연히 미우라를 뒤에서 조종한 연쇄

살인범을 말합니다. 그자에게는 어떻게 해서든지 시게루를 죽여야 할 이유가 있었습니다. 하지만 상대는 아직 초등학교 1학년으로 정신이상자의 우발적인 살인 같은 게 아니고는 일반적인 계획 살인의 피해자가 될 나이는 아니죠."

"그건 그렇지."

"반드시 시게루를 죽여야 할 동기가 있는 사람을 찾는다면 그 대상은 극소수의 아주 가까운 인물로 한정됩니다. 초등학교 1학년의 생활 반경은 대단히 좁으니까요. 요컨대 치밀한 계획 없이 살인을 실행했을 경우 용의자의 범위가 좁아서 금세 경찰에 체포될 확률이 높다는 뜻입니다. 진범이 완전범죄를 노렸다면 가장 먼저 자신의 약점을 가릴 방법을 고민했을 겁니다. 가장 현명한 방법은 자신을 포함한 인간관계 외부에서 표면적인 동기를 조작하는 겁니다. 의심 살 여지가 없는 강력한 동기를 말입니다. 유괴를 통한 인질 살해라는 발상이 떠오른 건 상대가 아이이고, 아시다시피 몸값 거래의 성공 여부와 상관없이 유괴사건에서 인질이 살해되는 경우가 많기 때문입니다."

"좀더 알기 쉽게 설명해보게." 장인이 말했다. "자네 말을 따라가기가 쉽지 않군."

나는 어깨를 으쓱했다. 사실 이 이야기는 모두 노리즈키에게 들은 것이었다. 그래서인지 왠지 말투까지 비슷해진 것 같았다.

"게다가 진범은 단순한 눈속임 유괴로는 부족하다고 생각한 모양입니다. 사실 도미사와 씨네는 자산가 부류로 꼽을 만한 가정이 아닙니다. 평범한 중산층 가정의 아이가 영리 유괴의 목표가 된 것에 의심을 살 가능성이 있었던 겁니다. 그리고 실제로 아동 유괴의 경우 피해자 주변 인물이 범인인 경우가 많아서 범인의 계획과는 반대로 가장 먼저 취조를 당할지도 모르는 일이죠. 그래서 진범은 혐의 대상에서 완전히 벗어나기 위해 오인 유괴라는 장치를 도입한 겁니다. 구로사와 아키라가 영화에서도 썼던 만큼 이것 자체는 딱히 새로운 것도 아니지만, 그걸 뒤집었다는 점에서 범인의 머리가 보통이 아니라는 걸 알 수 있습니다. 사실 오인 살인으로 위장하는 방법은 추리소설에서 수없이 다뤄져와서 그리 독창적인 아이디어도 아니라고 합니다."

"잠깐 기다리게." 장인이 다시 제동을 걸었다. "설명이 너무 앞서 나가서 이해하기가 어렵네. 오인 살인으로 위장하는 방법이라는 게 대체 뭔가?"

"도식화하자면 이렇습니다. 범인 X가 인물 A를 죽이고 싶어합니다. 그러나 다짜고짜 A를 죽였을 경우 범인 X에게 혐의가 갈 것이 분명합니다. 그래서 X는 A 주변에 있으면서 동시에 자신과 아무 관계가 없는 인물 B를 이용합니다. 사전에 B에게 은밀히 협박을 하는 식으로 사람들에게 B의 목숨이 위협받고 있다는 선입관을 심어놓는 겁니다. 그렇게 해서 우연히 B로 오인한 것으로 보이는 상황을 만들고, 실제로는 예정대로 A를 살해하는 거죠. 당연히 A는 불운하게 휘말린 안타까운 희생자로 간주되고, 수사는 B를 살해할 동기를 가진 인물에게 집중됩니다. 그 결과 범인 X의 A에 대한 동기는 간과되며 용의자 리스트에서 완전히 제외되죠. 이번 위장 유괴 살인은 이런 도식을 이용한 겁니다. A에 해당하는 진짜 피해자가 시게루이고 위장용 인질 후보 B가 다카시였습니다."

"그렇게 된 거로군." 장인이 무뚝뚝한 표정으로 턱을 쓰다듬었다.

"위장 인질 후보로 다카시가 선택된 이유는 간단합니다. 다카시와 시게루는 같은 반이고 서로 친했죠. 집도 가깝고 어머니들도 가까운 사이였습니다. 두 아이는 매일 아침 같이 등교했기 때문에 오인 유괴를 연출하기에는 안성맞춤이었습니다."

그뿐이겠는가. 심지어 두 아이는 아버지까지 같은 남자다. 물론 장인 앞에서 할 말은 아니다. 장인뿐만 아니라 누구에게도 알려서는 안 될 사실이다. 진범의 의도가 아니라 단순한 우연의 일치이기를 바랄 뿐이다. 비밀을 가슴에 묻어둔 채 다시 설명을 이었다.

"게다가 아버님 앞에서 드릴 말씀은 아니지만, 전 우량기업의 국장이란 지위에 오른 인물이고 일반 샐러리맨보다 연봉도 꽤 높습니다. 구가야마의 집도 제 명의로 돼 있고요. 그런 만큼 영리 유괴의 표적이 되어도 부자연스럽지 않습니다. 실제로 요구받은 육천만 엔을 그날 바로 준비할 수 있었죠. 조건이 이 정도로 딱 들어맞으니 다카시가 진범의 계획에 이용되지 않는 게 더 이상할 정도입니다."

장인이 한숨 섞인 탄식을 토했다.

"그래, 거기까지는 알겠네. 그런데 진범의 계획에 미우라가 가담한 이유는 뭔가?"

"위장 유괴가 성공하기 위해서는 세부 계획이 탄탄해야 합니다. 가짜 미끼일수록 진짜 못지않은 리얼리티가 있어야 하죠. 범행이 조잡하면 위장인 것을 간파당할 위험이 커집니다. 부잣집 아가씨가 용돈 좀 벌어보겠다고 가짜 유괴극을 벌였다가 금세 들통나는 이유가 그 때문입니다. 어찌됐건 돈을 목적으로 한 유괴로 위장한 이상 몸값 거래를 건성으로 할 수는 없었겠죠. 그러나 진범은 범행 당일 피해자 가족과 이루어질 몇 차례의 교섭에서 자신을 노출할 수 없었습니다. 그럴 만한 이유가 있었던 거죠. 그래서 자기 대신 행동할 수하 하나가 필요해진 겁니다. 진범은 이 계획을 세우기 전에 저희 집 사정을 상세히 조사했겠죠. 다카시의 친부가 누군지까지 말입니다. 미우라가 도쿄에 있다는 걸 알았을 때 공범의 인선은 거의 자동적으로 결정되지 않았겠습니까? 위장 유괴 시나리오의 빈틈을 메우기 위해 미우라 야스시만큼 딱 알맞은 인물도 없으니까요."

장인이 코끝을 만지작거리며 고개를 저었다. 표정에 그늘이 진 것처럼 보였다.

"그런데 지금 이 이야기를 뒷받침할 만한 증거는 있나?"

"증거라 할 건 없습니다." 즉답하자, 장인의 얼굴에 조금 얼빠진 표정이 비쳤다.

"경찰이 그런 결론을 용케 인정했군."

"안타깝지만 방금 드린 말씀은 아직 수사본부의 통일된 견해는 아닐 겁니다."

장인은 미심쩍다는 듯 내 얼굴을 빤히 쳐다봤다.

"그럼 전부 자네 머리에서 나온 생각인가?"

"아뇨." 나는 사실을 밝혔다. "실은 노리즈키 린타로라는 인물의 추리를 듣고 짜맞춘 겁니다. 아직까지는 가설의 영역에서 벗어나지 못했지만, 올바른 방향을 가리키고 있는 건 분명합니다."

"……노리즈키 린타로라." 장인이 이렇게 중얼거리고는 잠시 기억을 더듬듯이 책상 끄트머리로 시선을 옮겼다. "미우라의 알리바이를 증명한 장본인 아닌가? 그 남자가 어째서 자네에게 그런 설명을?"

"노리즈키 린타로는 본인도 모르게 미우라에게 이용됐답니다." 노리즈키와 만난 계기부터 미우라의 집에서 사건의 진상이 뒤집히기까지의 경위를 요약해서 설명했다. "나이는 어리지만 대단히 명석한 사람입니다. 명탐정이란 소리도 괜히 나온 게 아닌 것 같습니다."

"흐음." 장인은 관심 없다는 듯한 얼굴로 화제를 돌렸다. "잠깐만, 다시 정리해주게. 노리즈키 린타로가 이용됐다고 했지? 그렇다면 범행 당일 미우라의 알리바이는 어떻게 되는 건가?"

"그 알리바이는 일단은 사실입니다. 하지만 미우라의 배후에 또 한 명의 범인이 숨어 있었다는 걸 생각하면 그 의미는 근본적으로 바뀌고 맙니다."

장인이 미간을 모았다.

"아이를 유괴하고 죽인 진범이 따로 있다는 말인가?"

"네. 진범의 유일한 목적이 시게루를 죽이는 것이었던 만큼 그 실행까지 미우라에게 맡길 마음은 없었을 겁니다. 확실한 알리바이를 만든 미우라는 이 사건에서 유괴, 감금, 살해를 직접 실행하지는 않았습니다. 미우라의 알리바이가 부자연스러웠던 것은 이 역할 분담 때문입니다."

"그게 무슨 말인가?"

"설명하겠습니다. 물론 모두 노리즈키가 한 말입니다. 진범은 금요일 아침 구가야마에서 시게루를 유괴하고 감금한 후 밤 여덟시에서 아홉시 사이에 살해했습니다. 그런데 왜 그 시간에 아이를 죽였을까요? 몸값 거래의 성패와 관계없이 죽일 거였다면 왜 그때까지 살려뒀을까요? 어차피 기다릴 거면 왜 몸값 거래 결과가 나올 때까지 살해를 미루지 않았을까요? 어느 쪽이건 이해가 되지 않았습니다. 그런데 굳이 그 시간을 고른 이유가 있었습니다."

"무슨 이유지?"

"너무 서둘러 죽이면 진짜 동기를 들키게 되기 때문입니다. 그리고 살해 시간을 아홉시 이후로 미루지 않은 건 공범의 알리바이를 확보하기 위한 시간의 한계가 있었기 때문이죠. 미우라가 마지막 전화에서 시신이 어디 있는지 가르쳐준 이유가 뭔지 아시겠습니까?"

장인은 고개를 저었다.

"발견이 늦어지면 정확한 사망 시각 판정이 어려워집니다. 사망 추정 시각의 범위가 넓어져서 아홉시가 지나면 어렵사리 만든 미우라의 알리바이가 물거품이 될 우려가 있었습니다. 그런 상황을 피하기 위해 장소를 알려준 겁니다."

"과연 일리가 있군." 장인이 다시 턱을 쓰다듬었다. "협박 전화는 모두 미우라가 건 건가?"

"그렇습니다. 미우라는 도도로키에서 알리바이를 만들며 오전 오후 두 차례 저희 집에 협박 전화를 걸었습니다." 아우디 운전석에서 들은 노리즈키의 설명을 반복했다. "밤 아홉시에 노리즈키와 헤어진 미우라는 가까운 역에 세워둔 골프를 타고 아지트로 직행해서 죽은 지 얼마 안 된 시게루의 시신과 책가방을 차 트렁크에 실었습니다. 이 아지트는 나카노 뉴하임 305호가 아니라 진범이 준비한 장소일 가능성이 높다고 봅니다."

"그렇겠지. 그런 다음엔?"

"미우라는 세번째 협박 전화를 걸었습니다. 카폰을 이용해서 저를 여기저기 끌고 다니고 사야마공원까지 돈을 운반시킨 것도 미우라의 짓이겠죠. 그리고 제가 돌계단에서 굴러떨어져서 정신을 잃은 사이에 그는 오우메 시로 골프를 몰고 가서 비닐봉투에 넣은 아이의 시신을 공사장에 버렸습니다. 그리고 인질의 죽음을 알리는 마지막 전화를 끝으로 자신의 역할을 모두 끝낸 겁니다."

"자네가 돌계단에서 넘어진 건 정말 우연한 사고였을까?" 장인은 눈썹 언저리를 손가락으로 긁으며 혼잣말처럼 말했다. "자네 얘기를 듣다보니 진범이 꾸민 계획의 일부 같다는 생각이 드는군."

수긍했다. 장인은 눈짓으로 설명을 재촉했다.

"노리즈키도 같은 의견이었습니다." 내심 면목이 선 기분으로 말했다. "이것도 증거가 있습니다. 제가 사야마공원에 도착하기 전에 미우라가 먼저 가서 돌계단에 낚싯줄을 쳐놨거나 구슬 같은 걸 뿌려놓았을 겁니다. 그 직전에 내린 뭔가 부자연스러운 지시도 이런 올가미를 전제하면 앞뒤가 맞습니다. 저를 초조하게 만들어서 돌계단을 뛰어내려가게 하는 게 놈들의 노림수였겠죠. 그 컴컴한 경사면에서 미끄러지면 굴러떨어져서 다칠 게 뻔했으니까요. 기절하리라 충분히 예상했을 겁니다. 어쩌면 그 사이에 차를 돌려서 돌계단의 올가미를 회수했을지도 모르죠. 돌아올 때는 그런 흔적이 전혀 없었으니까 말입니다."

"하지만 돈에는 손을 안 대지 않았나."

"돈 같은 건 안중에도 없었겠죠. 어디까지나 아이를 죽일 구실로 영리 유괴라는 픽션을 이용했던 것에 불과합니다."

장인은 말없이 맞장구를 치고는 눈을 내리깔고 팔짱을 꼈다. 이따금 끄응 하는 신음을 토하며 지금까지의 대화를 반추하는 듯했다.

장인에게는 말하지 않았지만, 나는 돌계단에 올가미를 친 건 진범의 계획이 아니라 미우라의 아이디어라고 확신했다. 나에 대한 증오가 너무나 노골적이었다. 내게 수치감과 굴욕감을 주기 위해 선택한 수단임이 분명하다.

결과적으로 그것이 미우라의 목숨을 빼앗은 꼴이 됐다. 가슴이 찢어질 듯한 굴욕감이 없었다면 나는 유괴사건의 진상에 이토록 집착하지 않았을 것이다. 내가 끈질기게 파헤치지 않았다면 미우라도 그런 마지막을 맞지 않았을 것이다. 미우라는 자신도 모르는 사이에 제 발에 올가미를 친 셈이다.

장인이 천천히 고개를 들었다. 미간의 주름이 한층 깊어진 것처럼 보였다.

"미우라를 죽인 것도 진범에게는 계획된 행동이었단 말인가?" 내 생각을 읽기라도 한 듯한 질문이었다.

"빠르든 늦든 입막음하기 위해 죽일 작정이었던 건 확실합니다. 하지만 수요일에 그런 돌연한 형태로 죽일 생각은 아니었겠죠. 사건의 열기가 식은 뒤 사고 같은 형태로 꾸며서 유괴사건과 무관한 방식으로 죽였을 겁니다."

"무슨 근거로 하는 말인가?" 질문하는 장인의 눈빛이 공허했다.

"미우라에게는 알리바이가 있었습니다. 즉 다카시의 친부이기 때문에 경찰 취조를 받을 거라 예상하고 준비했다는 뜻입니다. 바로 입막음할 작정이었다면 진범이 그런 예방 장치를 강구할 필요가 없었겠죠. 죽음을 재촉한 건 미우라 본인입니다. 사야마공원에서 골프를 목격당한 게 최악의 실책이었죠. 너무나 무신경하고 부주의한 행동을 저질렀습니다. 진범은 미우라가 또다시 그런 실수를 반복하는 상황이 무엇보다 두려웠을 겁니다. 게다가 제가 미우라를 주시하고 있다는 걸 알자 불안한 나머지 비밀리에 그의 신변을 감시했을 겁니다."

장인이 느닷없이 뒷말을 이어받았다.

"때마침 자네가 가즈미를 미끼로 미우라를 유인한 뒤 그의 집에 숨어든 거로군. 그런데 미우라는 바로 돌아왔고. 일촉즉발의 사태를 보자 진범은 서둘러 미우라를 없애기로 마음먹었다 이거군. 자네가 조금만 더 신중했더라면 미우라를 자백시킬 수도 있었을 텐데 말이지. 진범에게 이어질 실마리를 자네 손으로 끊어 버린 꼴이로군."

그때 나는 장인의 태도에서 이해하기 힘든 이중성을 포착했다. 괜한 기분 탓일지 모르지만, 장인의 말이 미우라가 죽음으로써 진범에게 이어질 실마리가 사라졌다는 사실을 환영하는 것처럼 들렸던 것이다.

처음에는 착각이라 생각했다. 그런데 장인도 내 위화감을 알아차린 모양이었다. 갑자기 표정에서 어색한 경직이 일어났다. 표정을 숨기려는 것이다. 예기치 않은 장인의 반응에 나는 당혹감을 느꼈다.

"너무 마음쓰지 말게." 장인이 의도적으로 위로의 말을 건넸다. "어찌됐건 미우라가 죽은 건 자업자득이야. 진범에게 이어지는 실마리가 그것밖에 없다고 어떻게 단정하겠나."

나는 할말을 잃었다. 장인이 양손을 포개서 책상 위에 얹었다. 반질반질하게 닦인 나뭇결에 희뿌연 김이 서려 있다. 손바닥에 땀이 찬 것이다. 장인이 언제부터 그렇게 긴장하고 있었는지는 알 수 없었다.

7장 —————————— 폭로

무너져내린 엄마

1

SP국에 돌아왔을 때는 벌써 열시를 지나고 있었다. 직원들이 부산하게 책상 사이를 돌아다니고 있었다. 책상 앞에 앉아서 내가 없는 사이에 쌓인 서류를 들여다봤지만 일할 의욕은 이미 사라진 지 오래였다. 전무실에서 장인과 한 대화가 머리에서 떠나지 않았다.

언뜻 드러난 장인의 표리부동한 태도가 잘 이해되지 않았다. 오랫동안 장인을 봐왔지만 그런 모습은 처음이었다. 내게 숨기는 것이 있는지도 모른다. 의심하고 싶은 생각은 없지만 내가 헛것을 본 것 같지는 않았다.

미치코와의 관계를 알아버린 걸까? 맨 처음 그 생각이 떠올랐지만 즉시 기각했다. 그랬다면 굳이 내게 감출 이유가 없다.

뭔가 사정이 있다면 역시 미우라 야스시와 얽힌 사안임이 틀림없다. 경우에 따라서는 미우라의 입을 틀어막은 인물과 연결되는 실마리를 다름 아닌 장인 본인이 쥐고 있을 가능성도 있다. 어쩌면 진범의 정체를 알고 있을지도 모른다.

이런 상상도 근거가 전혀 없지는 않았다. 장인은 흥신소를 통해 미우라의 신변을 계속 조사해왔다. 최근 동정까지 체크했다면 진범으로 추정되는 인물에 관련된 정보를 받았다고 해도 이상하지 않다.

생각이 거기까지 이르자 도저히 가만있을 수가 없었다. 하지만 아직까지는 내 억측에 지나지 않았다. 다시 장인과 맞상대해봐야 쓸데없는 걱정이라며 일축할 게 뻔하다. 그전에 흥신소 쪽을 먼저 조사해보기로 결심했다.

월요일에 장인의 방에서 본 미우라 야스시의 신상 보고서에는 흥신소 이름이 인쇄되어 있었다. '쇼와종합리서치'라는 사명을 나는 뚜렷이 기억했다.

덜 바빠 보이는 여직원에게 직업별 전화번호부를 갖다달라고 부탁했다. 스미다 나루미가 싫은 내색 없이 자리에서 일어나 두꺼운 전화번호부를 들고 왔다.

"고마워."

"타운페이지라고 해요." 약점이라도 잡았다는 듯이 생글생글 웃으며 말한다. "직업별 전화번호부라고는 아무도 말하지 않는다고요."

나는 어깨를 으쓱하고는 자기 자리로 돌아가는 스미다 나루미의 뒷모습을 바라봤다. 일은 잘하지만 조금 어린애 같은 구석이

있다. 내 나이쯤 되면 타운페이지니 헬로페이지*니 같은 말은 입
이 찢어져도 못한다. 아무리 광고 회사에서 일하는 몸이지만 일
본어로서 양보할 수 없는 마지노선이라는 게 있다.

검색을 찾아 '홍신·탐정' 페이지를 펼쳤다. 마이너한 사명으로
짐작건대 폭 넓게 일을 펼치는 큰 회사는 아닌 듯했다. 현란한 광
고 페이지는 처음부터 무시하고 박스 광고 사이에 늘어선 작은
활자를 더듬었다.

'쇼와종합리서치'는 '쇼와 신용서비스'와 '쇼와 탐정사' 사이
에 있었다. 손가락으로 짚으면서 전화번호와 주소를 수첩에 옮
겨 적었다. 신바시 5초메 다지마 빌딩 5층. 낯설지 않은 동네다.
수첩을 가만히 노려보며 몇 분을 흘려보냈다.

열한시에 긴자에 있는 화장품 회사에 방문해야 한다. 홍보부
장과 미팅하고 점심을 하기로 했는데 미팅만 하고 신바시까지
가보기로 했다. 물론 회사에는 비밀이다. 업무 방임이 알려지면
직원들에게 면목이 서지 않는다. 안 그래도 이번 주에는 일을 제
대로 하지 못했다.

자료를 챙겨 회사에서 나왔다. 열한시 전에 도착해서 회의실
로 직행했다. 뻔한 안부 인사를 생략하고 바로 용건으로 들어갔
다. 신제품 샘플 배포와 관련한 기초 회의로, 화장품 회사에서는
우리의 제안을 대부분 만족스러워했다.

미팅을 서둘러 마치고, 식사 초대는 정중히 사양했다. 밖으로

---

*일반인 전화번호부.

나오자 열두시 반이었다. 신바시역 앞 횡단보도를 건너서 소토 보리 길 히비야 방면 출구로 나왔다. JR 역 앞 광장에 있는 C11 증기기관차 왼편 야나기 길을 남쪽으로 걸어갔다.

육백 미터쯤 걸었다. 모터매거진 사社 근처일 거라고 어림짐 작하고 왔는데 어렵지 않게 다지마 빌딩을 찾았다. 같은 길에 있 었다. 최근 도장 공사를 한 흔적이 보이긴 하지만 건물 자체는 구 식이었다.

입구로 들어가자 이름만 로비인 좁은 공용 통로가 있었다. 아 무도 없었다. 마치 방문자를 거부하는 듯한 분위기였다. 검붉은 색을 칠한 엘리베이터 문이 삭막해 보이는 벽 일부를 차지하고 있었다. 엘리베이터 버튼 옆에 입주한 회사들이 적힌 표지판이 있었고, 그 안에 부동산 회사, 수입 대행사 등과 함께 '쇼와종합 리서치'가 있었다.

팔짱을 끼고 표지판을 지그시 바라봤다. 자, 이제 어떡해야 하 지.

여기까지 오긴 했지만 장인이 받은 보고서의 내용을 알아낼 구체적인 방책은 생각하지 못했다. 어설픈 구실을 내세웠다가 본인에게 확인 전화라도 걸면 낭패다. 밤중에 몰래 잠입해서 파 일 캐비닛을 뒤지는 방법은 애당초 논외였다. 그렇다고 돈으로 매수하는 방법도 내키지 않았다.

마땅한 방법이 떠오르지 않아 우물쭈물하고 있는데 갑자기 기 침을 토하는 듯한 기계음이 벽을 타고 울려퍼졌다. 1층에 멈춰 있던 엘리베이터가 움직이기 시작하는 소리였다. 표시등의 숫자가 하나씩 올라가며 5층에서 멈출 때까지 지켜봤다. 그후 엘리베이터가 내려오기 시작했다.

5층 복도 전부가 '쇼와종합리서치'의 사무실이었다. 나는 얼른 통로 구석으로 몸을 감췄다. 숨을 필요까지는 없었지만 조사원이 내려올지도 모른다고 생각했다. 일단은 지켜보기로 했다.

엘리베이터 문이 열리고 젊은 여자가 내렸다. 빨간 재킷 안에 프린트 셔츠를 입었고 몸에 딱 달라붙는 바지 차림이었다. 손에는 명품 핸드백을 들고 있었다.

순간 여자의 얼굴이 낯익다는 걸 깨달았다. 옷차림이나 분위기는 완전히 달랐지만 미우라의 집에 드나들던 혼마 마호가 분명했다. 보이시한 헤어스타일을 잘못 볼 리 없었다. 재빨리 통로로 달려가 불러세웠다.

"이봐."

여자는 걸음을 멈추고 돌아보더니 내 얼굴을 보자마자 헉하고 숨을 삼켰다. 그러더니 용수철 튕기듯 도로를 향해 뛰어갔다.

"기다려."

애초에 내 말을 들을 의사가 없었다. 여자의 빨간 등이 히비야 길 방향으로 멀어졌다. 나는 쫓아갔다.

백 미터도 못 가서 재킷 목깃을 붙잡았다. 여자는 체념했는지 도로에 털썩 주저앉았다. 나보다 한참이나 젊은 여자가 괴로운 듯 숨을 헐떡였다.

"잡았어."

"폭력은 안 돼요."

흠칫하고 재킷에서 손을 뗐다. 이 여자는 내가 미우라를 구타하는 모습을 봤다. 마음이 켕겼다.

여자가 어깻숨을 쉬며 일어났다. 얼굴이 상기돼 있다. 엉덩이에 묻은 먼지를 손으로 털어낸다.

"아저씨 참 건강하네요." 비아냥거릴 기운은 남아 있는 모양이었다.

"어찌된 영문인지 설명 좀 들어볼까."

"이렇게 사람들 오가는 길 한복판에서요?"

지나가는 사람들이 우리에게 싸늘한 시선을 보내고 있었다. 야쿠자가 호구를 등치는 광경으로 비쳤을 것이다. 그 시선을 피하며 어깨를 움츠리고 양보했다.

"어쩔 수 없군. 가까운 데서 밥이나 먹으며 들어보지."

혼마 마호가 다이어트중이라고 해서 히비야 길에 있는 이탈리안 커피숍에 들어갔다. 그런데 그녀는 망설임 없이 티라미수 케이크를 주문했다.

"뭐야, 다이어트중이라고 하지 않았나?"

"이거 먹으려고 점심 굶었다고요."

이해할 수 없는 논리다. 상대의 페이스에 휘말리지 않기 위해 허기를 참고 커피만 주문했다. 나중에 돈가스덮밥이라도 먹어야겠다고 생각했다.

"혼마라고 했지? 왜 저 빌딩에서 나온 거지? '쇼와종합리서치'에서 일하는 건가?"

"일단은 조사원이라고 할까요. 아르바이트하고 있어요. 본업은 대학생." 거리낌없는 말투로 자백한다. 이제 와서 시치미떼봐야 소용없다는 걸 아는 것이다.

"학생증 꺼내봐."

"되게 의심 많네요. 하긴 그럴 만도 한가." 핸드백에서 지갑을 꺼내 내민다. S대학 학생증이었다. 인문사회학부 3학년, 혼마 마호. 새침한 표정을 짓고 있는 사진의 주인공은 분명 눈앞에 있는 여자다.

지갑을 돌려주며 말했다.

"요즘 여대생 정말 무섭네. 남의 사생활 파헤치며 사회 공부라도 하나?"

내 말이 수틀렸는지 입이 부루퉁하게 나온다.

"비디오에서 벗는 애들보다는 나을걸요."

"그런 식으로 말하는 건 차별이지." 나는 말했다. "최소한 그 사람들은 자기가 책임질 수 있는 범위에서 행동하는 거니까. 그리고 그건 아무에게도 폐를 끼치지 않아."

"웃겨. 자기도 차별하는 주제에. 흥신소는 사회의 암적 존재라고 말하고 싶어 죽겠죠?"

"사라지는 게 최선이지."

"그런 식으로 위선 떠는 인간이 제일 추잡해요. 자긴 알 바 아니다 이거지. 여기 찾아오는 의뢰인들도 밖에 나가면 세상에 둘도 없는 인격자인 척할지 모르지만, 한 꺼풀 벗겨보면 이 인간이나 저 인간이나 궁내청* 따위랑 별 차이 없어."

의외로 똑 부러지는 성격 같다. 이 여대생이 미우라의 집에 있던 정신이 이상해 보이던 여자와 같은 인물이란 말인가. 어찌됐건 이 여자에 대한 인식을 근본적으로 교정할 필요가 있을 듯했다.

"그나저나 왜 이런 일을 하지? 보수가 좋은가?"

"그렇기도 하지만." 자기 말이 심했다고 생각했는지 태도가 한결 누그러졌다. "지금 사회학 연구실에 있으면서 도시론을 전공하고 있어요. 내년에 논문을 쓰기 위한 필드워크라고 하면 너무 멋을 부린 걸까요?"

"흐음." 색안경이 벗겨지는 심정이었다.

"그리고 이 일을 하는 데 학생이란 간판이 꽤 도움이 되거든요. 여대생이라고 하면 다들 방심하니까 험상궂은 탐정 아저씨들한테는 털어놓지 않는 이야기를 자연스럽게 듣게 되는 경우도 있고요. 취미와 실익을 겸비했다고 하기는 좀 그렇지만 나름 상부상조하면서 해나가는 거죠."

"그렇군." 감탄하며 커피를 한 모금 마셨다. 슬슬 본론으로 들어갈 타이밍이었다. "그런 식으로 미우라 야스시에 대해 조사했나?"

눈에 경계의 빛이 어렸다. 갑자기 입이 무거워졌다.

"미우라 씨는 대학 친구의 소개로 알게 됐어요. 이 일과는 상관없어요. 도시론에 흥미가 있는 작가라고 해서 연구에 도움이

---

* 일본 황실 사무를 담당하는 기관.

될 것 같아 가끔 이야기를 들으러 갔을 뿐이라고요."

"그건 표면적인 구실이겠지. 월요일에 내가 미우라의 집에 갔을 때 당신은 마치 정신이 이상한 여자인 척했잖아. 내 정체를 알고 관심 끌면 안 되겠다는 생각에 그런 서툰 연극을 한 거지. 그게 당신이 미우라를 조사하고 있었다는 증거야."

제대로 찌른 모양이었다. 여자는 눈을 내리깔며 고개를 살짝 저었다.

"미안하지만 말 못해요. 제삼자에게 조사 내용을 누설하면 안 된다는 규칙이 있어요."

"그렇다면 '쇼와종합리서치'의 지시로 미우라를 조사했다는 걸 인정한다는 거로군."

이번에는 아예 못 들은 척하며 열심히 티라미수에 포크를 놀린다. 그런 수에는 넘어가지 않는다. 나는 개의치 않고 말을 이었다.

"어떻게 내가 당신이 아르바이트하는 곳까지 오게 됐는지 궁금하겠지? 가르쳐주지. 간단해. 장인이 가지고 있던 신상 보고서에 인쇄된 회사 이름을 훔쳐봤어. 전화번호부에서 주소를 알아냈고."

혼마 마호는 손을 멈추지 않았다. 하지만 내 말을 듣고 있는 건 분명했다.

"의뢰인은 신토 애드의 전무이사인 가도와키 료이치. 미우라의 칠 년 전에 죽은 아내의 아버지지. 내 장인이기도 하고. 신변 조사는 오사카에서도 이어졌겠지만, 당신이 미우라를 담당한

건 그가 도쿄로 돌아온 올여름부터였을 거야. 집에 드나들었을
정도니까 얼마나 끈적거리는 방식으로 접근했는지 안 봐도 뻔
해. 조사는 무기한 계속될 예정이었겠지만 미우라가 죽어버리
는 바람에 일 하나가 줄었겠네. 그러고보니 미우라의 시체를 발
견한 것도 당신인가?"

혼마 마호가 그제야 고개를 들었다. 미심쩍은 표정을 짓고 있
었다.

"어떻게 알았죠?"

"끈질기게 벨을 눌러댔잖아. 외시경으로 당신 얼굴을 봤어."

여자는 깜짝 놀라서 포크를 테이블에 떨어뜨렸다.

"설마, 아저씨가 그 사람?"

"안타깝지만 난 아냐. 미우라를 죽인 범인은 따로 있어. 그 사
실을 증명하느라 경찰서에 한밤중까지 붙들려 있었지만."

혼마 마호가 어깨를 툭 떨어뜨리며 한숨을 내쉬었다. 왠지 얼
굴이 창백해 보였다.

"겁주지 마요. 입막음하려고 나까지 죽이려는 줄 알았다고
요."

아무리 강한 척해도 역시 여자애다. 살인사건에 휘말리게 돼
겁을 바짝 먹은 게 분명했다. 연장자로서 미안한 마음이 없지 않
았다.

"미안해."

"됐어요." 등을 쭉 펴고는 다시 똑 부러진 표정으로 돌아왔다.
"근데 그 정도 알면 충분한 거 아녜요? 뭐가 더 궁금해서 그러죠?"

"아냐. 내가 알고 싶은 건 당신이 장인에게 어떤 내용을 보고 했느냐는 거야."

"말했잖아요, 조사 내용은 누설할 수 없다고."

"그러니까 이렇게 부탁하잖아."

"안 돼요."

테이블에 두 손을 올리고 머리를 조아렸다.

"이렇게 머리 숙여도 안 되겠어?"

단호하게 고개를 젓는다.

"고집이 여간 아니네." 나도 모르게 그런 말이 나왔다.

"고집이 아니라 이건 비밀 엄수 의무라고 하는 거예요." 말끝이 거칠어졌다. 마음이 상한 모양이었다.

"비밀 엄수 의무고 뭐고 간에 미우라 야스시는 이미 죽었어."

"아니에요. 비밀 엄수 의무는 의뢰인을 위한 거예요."

"의뢰인들이 하나같이 추접한 위선자들이라고 아까 당신 입으로 말하지 않았나?"

"그건 다른 문제예요." 매달릴 구석이 없었다.

"그렇게 거만 떨다가는 진짜로 입막음하려고 당신을 죽이려 들지도 몰라."

내 말에 여자는 눈에 쌍심지를 켜고 노려봤다.

"협박해봐야 이젠 늦었어요."

"협박이 아냐." 짜증이 치밀어 힐난하는 말투가 됐다. "자세한 설명은 하지 않겠지만 미우라 야스시는 지난주 있었던 유괴 살인사건의 공범이었어. 미우라를 죽인 건 그 사건의 주모자이자 아이를 죽인 범인이야. 그 인간은 범행 사전에 미우라와 빈번히 접촉했을 거야. 경찰보다 먼저 진범을 찾아내고 싶어. 당신이 조사한 내용 중에 해당하는 인물이 없는지 그걸 알고 싶다고. 제발 가르쳐줘."

여자는 고개를 옆으로 돌렸다. 완전히 감정이 상했는지 내 말을 제대로 듣지도 않는다. 나는 마음이 급한 나머지 설득 방법을 잘못 택하는 우를 범했다.

서로 말없이 노려보고만 있었다. 침묵이 불편하기는 둘 다 마찬가지겠지만 내 형세가 더 불리했다. 이야기의 물꼬를 어떤 식으로 다시 터야 할지 속으로 다급히 고민했다.

그 순간 주머니에서 무선호출기가 울렸다. 회사였다. 잠시 후 퇴해야 할 타이밍인가.

"잠깐 실례하지." 양해를 구하고 자리에서 벗어났다.

가게 전화를 빌려 SP국으로 걸었다.

"국장님이세요?" 스미다 나루미가 받았다. "지금 전무님께 연결할게요."

연결을 기다리는 동안 힐끗 돌아보는데 혼마 마호가 서둘러 일어서는 모습이 눈에 들어왔다. 불러세우려 했지만 뒤도 한번 돌아보지 않고 눈 깜짝할 사이에 사라져버렸다. 아직 이야기가 끝나지도 않았는데 여자는 도망치고 말았다.

혀를 차는 순간, 장인의 목소리가 귀에 날아들었다.

"자네 지금 어딘가?"

"신바시의 히비야 길에 있습니다."

"지금 당장 집으로 가보게."

"무슨 일 있습니까?"

"가즈미에게 연락이 왔어. 다카시가 유괴됐다고."

"설마요."

"농담이 아니네. 자세한 이야기는 못 들었지만 죽은 아이의 어머니가 학교에서 다카시를 데려간 모양이야. 아직 둘 다 행방불명이라는군."

수화기를 내려놓으며 욕설을 퍼부었다. 제기랄. 다카시를 데려갔다고? 미치코가 유괴했다고? 미친 짓이다. 대체 무슨 목적으로?

제기랄. 뻔하다.

오늘 아침 다카시는 평소대로 등교했다. 가즈미가 예상보다 빨리 풀려나서 장인 집에 맡겼던 다카시를 도로 데려왔기 때문이다. 이런 일이 벌어질 줄 알았다면 학교에 보내지 않았을 것이다. 후회해봐야 이미 늦었다. 미치코는 다카시를 죽일 생각인지도 모른다.

만 엔짜리 지폐를 계산대에 던지고 거스름돈도 받지 않은 채 밖으로 뛰쳐나갔다.

2

집에 이미 경찰이 와 있었다. 바깥 도로에는 경찰차가 대기하고 있었다. 은밀하게 행동할 필요가 없다는 건 좋지 않은 징후다.

현관에서 나를 맞은 사람은 예상대로 구노였다. 인사를 생략하고 바로 물었다.

"어떻게 된 상황이죠?"

구노가 고개를 저으며 대답했다.

"저희도 지금 막 도착했습니다. 아직 사태를 파악하지 못했습니다."

"아내는요?"

"거실에 계십니다."

가즈미는 소파에 앉아 있었다. 몸을 숙이고 무릎에 팔꿈치를 올린 자세로 손톱을 깨물고 있었다. 아내가 기척을 느끼고 고개를 들었다. 뺨에 핏기가 거의 없었다. "어서 와." 기계적인 어조로 말했다. 그뒤로도 아내는 한곳에 시선을 두지 못했다. 아내의 팔을 만져보니 마네킹처럼 경직되어 있었다.

"다카시는 어디 있어?"

아내의 목이 파르르 떨렸지만 대답은 목소리가 되지 못했다. 고개를 가까스로 가로젓는 것이 전부였다.

"미치코 씨가 데려간 건 확실해?"

이번에는 고개를 끄덕였다.

"연락은?"

"없었어." 아내는 간신히 목소리를 쥐어짜며 흠칫흠칫 고개를 옆으로 돌렸다.

소파 옆에 트레이닝셔츠에 청바지를 입은 낯선 젊은 여자가

서 있었다. 스물일고여덟 살쯤 돼 보였다. 그녀가 나와 눈이 마주치자 고개를 숙였다. 잔뜩 위축돼서 동작이 아주 어색했다.

"1학년 4반 담임인 이시즈카라고 합니다." 그녀가 자신을 소개했다. 다카시의 담임선생이었다. 학부모 참관회에도 운동회에도 가본 적이 없어서 서로 초면이었다. 이 선생이 유괴를 신고한 장본인이었다.

"학교에서 데려갔다고 들었습니다."

"정말 면목없습니다." 다시 머리를 숙인다. "모두 제 불찰입니다."

"어떻게 된 건가요?"

다카시가 유괴될 당시의 상황을 물었다. 점심시간에 도미사와 미치코가 교무실로 직접 전화를 걸었다고 한다.

"다카시의 엄마가 장을 보다가 교통사고를 당해서 기타카라스야마에 있는 구급병원으로 옮겨졌어요. 위급한 상황이래요. 한시라도 빨리 병원으로 가족을 불러야 합니다. 지금 바로 다카시를 데리러 갈 테니까 하교 준비를 시켜주세요."

미치코가 다급한 목소리로 그렇게 말했다고 한다. 이시즈카 선생은 전화를 끊고 다카시를 불러 하교 준비를 시키고 교문에서 미치코를 기다렸다. 십 분 후 미치코가 택시를 타고 와 다카시를 태우고는 미타카 방면으로 사라졌다. 나중에 선생이 혹시나 싶어 병원에 확인 전화를 걸었다가 미치코의 말이 거짓말이란 사실을 알게 됐다. 다급히 110으로 신고했지만 이미 늦고 말았다. 그후로 연락도 없고 두 사람의 행방도 묘연한 상태였다.

"이상하다는 생각 안 들었습니까?" 나도 모르게 다그치는 말투가 됐다. "미치코 씨 아이가 유괴됐다가 살해당한 게 바로 지난주입니다. 주의가 소홀했던 거 아니냔 말입니다."

"드릴 말씀이 없습니다." 이시즈카 선생은 어깨를 떨어뜨리며 말했다.

"책망하는 것이 아닙니다. 하지만 미치코 씨의 말을 곧이곧대로 믿기 전에 병원에 확인부터 해야 했다는 말입니다."

"죄송합니다. 가정방문이나 학부모 참관회 때 여러 번 봬 잘 아는 분이라 방심했습니다. 설마 거짓말일 거라고는 의심하지 못했고, 어머님 두 분이 가깝게 지내셔서 그냥 믿고 말았습니다." 선생은 목멘 소리로 말하다 갑자기 얼굴 근육이 뻣뻣하게 굳었다. "아닙니다, 이런 말은 다 변명에 불과합니다. 만약 다카시에게 무슨 일이 생기면 저도 책임지겠습니다."

"무슨 일이 생기면 곤란하죠."

"죄송합니다."

여전히 납득되지 않는 점이 있다. 이시즈카 선생에게 물었다.

"혹시 미치코 씨가 며칠이나 행방이 묘연했다는 사실을 모르고 계셨습니까?"

"네." 고개를 숙이며 대답했다. "그건 방금 알았습니다. 월요일 장례식 후에 시게루의 아버님이 얼마간은 자신들을 가만히 내버려뒀으면 좋겠다고 말씀하셔서 제가 먼저 두 분께 연락드리는 것이 어려웠습니다."

"경찰에서 연락이 없었나요? 부인의 수색원이 제출됐을 텐데요."

고개를 옆으로 저었다.

"없었습니다."

명백하게 경찰의 실수다. 연락이 갔더라면 이런 사태를 초래하지 않았을 것이다. 나는 구노를 붙들고 그들의 실책을 책망했다.

"심정은 이해합니다, 야마쿠라 씨." 구노가 달래듯이 말했다. "저희도 나름 최선을 다했다고 생각했는데 이건 정말 뜻밖의 사태입니다. 설마 부인이 학교에 나타나리라고는 상상도 못했습니다. 그리고 도미사와 씨의 뜻에 따라 공개수사로 바꾸기로 한 것이 이렇게 된 이유 중 하나가 된 것 같습니다."

"하지만." 재차 따져 물으려고 했다.

"그만해." 가즈미가 울먹이는 목소리로 애원했다. "아무리 그래봐야 다카시 안부하고는 아무 상관이 없잖아."

아내의 말이 옳았다. 여기서 내분을 일으켜봐야 부질없다. 질책의 말을 꾹 삼켰다. 구노도 같은 표정이었다.

"부인, 정말 죄송합니다." 구노는 아내에게 머리를 숙였지만, 가즈미는 구노 따위는 안중에도 없었다. 나를 말렸던 것이 일종의 히스테리였는지 아내는 하얗게 질린 얼굴을 하고 있었다. 나는 가즈미의 몸을 받치고 천천히 소파에 눕혔다.

"괜한 짓 해서 미안해."

"괜찮으니까 마음 풀어."

가즈미가 고개를 끄덕이고는 자신을 닫는다는 듯이 눈을 꽉 감았다. 마음을 다잡고 구노에게 물었다.

"다카시를 태운 택시의 행방은 확인됐나요?"

"이시즈카 선생님의 협력으로 회사가 어딘지는 알아냈습니다. 지금 무선으로 조회중입니다."

삼십 분 후 문제의 택시가 밝혀졌다. 택시기사는 미카타 시내에서 미치코를 태웠다고 한다. 미치코가 학교에 전화를 건 직후였다. 그는 초등학교로 가서 다카시를 태운 뒤 다시 미카타로 돌아와서 기치조지 길에 둘을 내려줬다.

"닛산코세이엔 앞 교차로였다고 합니다." 구노가 설명했다. "둘은 다마가와조수이 방향으로 걸어간 모양입니다."

"차 안에서 미치코 씨는 어땠나요? 다카시에게 위해를 가하려는 기색은 없었대요?"

"조금 예민해 보이긴 했지만 눈에 띄는 특징은 없었던 모양입니다. 아이는 얌전했다고 하고요. 택시기사도 두 사람을 엄마와 아들이라 여기고 특별하게 생각하지 않았다고 합니다."

하지만 그후의 행적이 오리무중이었다. 이노카시라공원부터 도쿄여대 캠퍼스에 이르는 지역에 긴급 수사망이 펼쳐졌지만 둘은 물론 아이와 함께 가는 여자를 목격했다는 사람조차 나오지 않았다. 장난전화가 걸려오고 시간만 흘러갈 뿐 더이상 새로운 정보 없이 불안과 짜증만 높아갔다.

그겟밤 스미토모 빌딩 로비에서 미치코를 피하지 않았다면. 통렬한 회한이 치밀었다. 미치코에게 좀더 성의를 보였어야 했다. 이 정도로 낭떠러지에 다가가 있었다는 걸 너무 늦게 알았다.

아니, 이건 어제오늘 사이에 불거진 문제가 아니다. 칠 년 전 미치코와 도리에 어긋난 관계를 맺은 날로부터 오늘 이 사태에 이르는 필연적인 흐름이 탄생한 것이다. 유괴사건조차 미치코에게는 마중물에 불과했다. 지금껏 내내 도망쳐 다닌 과거가 드디어 내 현재까지 쫓아왔다. 그 사실을 인정할 수밖에 없었다.

참담한 심정으로 고개를 떨궜다.

오후 네시. 도미사와 고이치가 왔다. 소식을 듣고 가만있을 수가 없어서 미치코가 갈 만한 장소를 찾아다니다 온 모양이었다. 시게루의 시신이 발견된 오우메의 공사장에도 다녀왔다고 했다. 모두 헛수고였다. 피로 탓인지 몸의 움직임이 극단적으로 둔했다. 중요한 부품이 빠진 채 억지로 돌아가는 기계 같았다. 눈가는 병적으로 퀭했고 표정에도 생기가 전혀 없었다. 더군다나 얼이 빠진 채 애처로울 정도로 허둥거렸다.

"용서해주십쇼." 느닷없이 그가 거실 바닥에 납작 엎드렸다. "미치코가 시게루 일로 머리가 너무 복잡해서, 그런 만큼 더더욱 누군가 지켜봐줬어야 했습니다. 그런데 제가 한심하게도 그러지를 못해서, 아니, 미치코는 절대 그런 여자가 아닌데, 이런 짓을 저지르다니. 모든 게 다 제 책임입니다. 무슨 말로 사과드려야 할지 모르겠습니다."

"머리를 들어요."

그는 머리를 숙인 채 좌우로 젓기만 했다.

"도미사와 씨."

"그럴 수 없습니다." 그렇게 말하고는 바위처럼 꼼짝도 하지 않았다. 도미사와 고이치는 스스로를 벌레만도 못한 존재로 능

멸했다. "야마쿠라 씨의 얼굴을 쳐다볼 자격도 없습니다."

아니, 그렇지 않습니다. 이건 다 내 탓입니다. 그런 말이 목까지 올라왔다. 미치코는 내게 복수하는 겁니다.

아마 가즈미가 없었다면 바로 말해버렸을 것이다. 하지만 나는 침묵을 지켰다. 입을 틀어막았다. 게다가 도미사와 고이치의 모습을 똑바로 쳐다볼 수 없어서 끝내 그를 등져버렸다. 납작 엎드려서 용서를 비는 남자는 이런 나를 간절히 놓지 않고 있는데.

그렇다. 끔찍하게 비열하고 추악한 이기주의자가 여기 있다. 착한 인간이란 가면을 쓴 기생충. 위선이란 갑옷을 입은 비겁한 사기꾼. 그게 나다.

조용히 복도로 나와 혼자가 됐다. 다른 사람에게 내 모습을 보이고 싶지 않았다.

가만히 서서 일몰을 맞았다.

석양이 찾아들었고 근심은 한없이 깊어졌다. 두 사람의 행방은 아직 묘연하다. 다카시의 생사조차 확실하지 않다. 거실은 한참 전부터 침묵에 잠겨 있다. 말을 해봐야 긴장과 불안만 더해질 뿐이었다. 도미사와 고이치는 아직도 바닥에 엎드려 있다. 가즈미가 조금 침착을 찾고 소파에서 몸을 일으켰지만, 무력한 표정은 그대로였다.

이시즈카 선생이 거실에 있는 사람들에게 커피를 돌렸다. 지난주 금요일에 가즈미가 했던 일이다. 시게루가 유괴되고 오늘로 딱 일주일이다. 각자의 역할이 바뀌었을 뿐 모든 것이 지난주와 똑같다. 그러나 오늘은 상황이 훨씬 안 좋다. 돈을 요구하는 전화일지라도 연락이 없는 것보다는 훨씬 낫다. 미치코의 의도를 알고 있기에 다카시의 안부를 걱정하는 마음은 그저 불길한 쪽으로만 치달았다.

오후 여섯시 반이 지났을 때 거실에 있는 전화가 울렸다. 내가 수화기를 들었다.

"야마쿠라 시로?" 미치코의 목소리였다.

"접니다." 나는 격식을 갖춰 대답했다. "부인, 지금 어디 계십니까? 다카시는 무사한가요?"

"쌩쌩해." 안심되기는커녕 소름이 돋는 울림이었다. "이노카시라공원 '작은 새 숲' 옆에 문 닫은 유치원이 있어. 아기동백유치원. 거기 있을 테니까 부인하고 둘이 와. 혼자 오면 아이는 절대 안 돌려줄 거야."

그러고는 전화를 끊었다.

3

경찰차에 나눠 타고 출발했다. 미타카 단지 교차로에서 히토미 가도로 빠져 북쪽으로 올라가다 다마가와조수이를 횡단했다.

사이렌을 끄고 이노카시라 주택가를 빠져나갔다. 단독주택이 많은 조용한 동네지만 사택이나 기숙사 간판도 드문드문 보였다. 묘조가쿠엔중학교 교문 앞을 통과해 물길을 남북으로 바꾼 다마가와조수이와 다시 만나는 지점에서 차가 멈췄다.

조수석에 앉아 있던 구노가 고개를 돌려 도착을 알렸다. 운전석의 제복경찰은 무선 마이크를 들고 있다. 가즈미와 함께 차에서 내렸다.

골목 한쪽으로 지저분한 담벼락이 이어져 있고 벽 틈새에서 자란 암녹색 이끼가 띠를 이루고 있다. 마음만 먹으면 뛰어넘을 수도 있는 높이지만 담 위에 세 줄기로 엮은 가시철조망이 있었다. 가시철조망은 뒤엉킨 채 녹슬어서 끊어지기 직전이었다. 관리하는 사람이 사라진 지 오래됐다는 증거였다.

구노가 앞장섰다. 벽이 끊기는 지점에 문이 있었다. 콘크리트 기둥에 '아기동백유치원'이라고 새겨진 간판이 보였다. 글자 앞부분에 균열이 있었다. 굵은 쇠사슬이 감긴 문도 녹과 부식에 침식당하고 있었다. 가시철조망만 봐도 사람의 출입을 금해놓은 곳임이 분명했다. 자세한 사정은 모르지만 아마 원아 부족 같은 원인으로 폐원된 채 땅주인이 방치해놓은 상태이리라.

문을 살펴보던 구노가 돌아보며 고개를 옆으로 저었다.

"사람이 드나든 흔적은 없습니다. 뒤로 돌아가보죠."

담을 따라 골목으로 꺾어들었다. 차에서 내린 뒤로 가즈미는 계속 내 옆에 바짝 붙어서 따라오고 있다. 두번째 차에 타고 온 도미사와 고이치도 경찰들 뒤로 따라왔다. 별다른 목소리는 들리지 않았다.

부지 서쪽 담을 뚫어서 만들어놓은 문이 보였다. 단단해 보였지만 구노가 살짝 손을 갖다 대자 끼익 하는 소리와 함께 쓰러져버렸다. 경첩 나사가 썩어서 빠졌는데 그동안 담에 기대어 가까스로 버티고 있었던 모양이다. 구노가 손전등으로 안쪽 땅바닥을 비췄다. 곳곳에 꺾인 잡초 줄기가 보였다.

"여기로 들어간 모양입니다." 다짐받듯 덧붙인다. "발밑을 조심하십시오."

가즈미의 손을 잡고 안으로 들어갔다. 어둠 속에서 희미하게 시야가 펼쳐졌다. 오른편에 자그마한 운동장이 있고 평탄한 지면에는 방치된 그네와 미끄럼틀의 시커먼 그림자가 내리깔려 있다.

왼쪽 저편에 퇴색한 2층 건물. 어두워서 건물 색깔은 알아보기 힘들었다. 2층 동쪽 끝에 위치한 방에서 빛이 새어나왔다. 실내 등 불빛이 아니라 구노가 든 손전등 정도의 광량이었다. 사람 그림자는 보이지 않았지만 거기에 다카시가 있는 게 분명했다.

셋 다 절로 걸음이 빨라졌다. 우리의 발소리를 들었는지 불빛이 휙 꺼지며 창이 컴컴해졌다. 가즈미가 갑자기 멈추더니 내 팔을 잡아끌며 말렸다.

"불빛이……" 다카시에게 무슨 일이 생긴 게 아니냐고 말하고 싶은 듯이 창을 가리켰다. 눈빛이 심상치 않았다.

"괜찮아, 아직 아무 일 없어." 가즈미를 달랬다. "우리가 갈 때까지 다카시는 분명 무사할 거야."

그 순간 가즈미는 얼굴을 일그러뜨리며 격렬하게 고개를 흔들었다.

"미치코 씨가 그렇게 말했어? 그럼 못 믿어. 저 여자 지금 제정신이 아냐. 시게루가 죽었다고 그 원풀이로 다카시를 죽일 생각인 거야. 아니, 벌써 죽였는지 어떻게 알아. 만약 다카시가 죽었으면 이번엔 내가 저 여자를 죽이겠어."

평소 아내는 이런 식으로 말하지 않는다. 그만큼 동요하고 있다는 뜻이었다. 역시 여기까지 데려온 건 아내에게 너무 가혹했다. 하지만 미치코는 단호했다. 다카시를 구하기 위해서는 미치코의 말을 따르는 수밖에 없었다.

건물 현관까지 도미사와 고이치와 다른 형사가 쫓아왔다. 구노가 사람들을 둘로 나눠 한 팀은 건물 밖, 미치코가 있을 거라 짐작되는 방 밑에 대기시켰다. 그러고는 우리 부부와 도미사와 고이치에게 주의를 줬다.

"포위당했다는 압박감을 주면 안 됩니다. 자극하지 말고 잘 설득해서 아이를 풀어주는 방향으로 끌고 가면 좋겠습니다."

"저도 그렇게 생각합니다." 내가 말했다. 가즈미와 도미사와도 고개를 끄덕였다.

"그럼 들어갑시다."

구노를 선두로 유치원 안으로 들어갔다. 입구는 열려 있었다. 유리가 깨지지 않고 남아 있는 게 기적 같았다. 구노가 어두운 건물 내부를 손전등으로 비췄다. 동그란 불빛이 동굴과 같은 어둠을 훑는다. 현관홀 안쪽에 계단이 있고 그 위로 층계참이 보인다.

계단으로 올라갔다. 현관홀에서 멀어지자 공기의 흐름이 완전히 정체돼 있었다. 바닥에 쌓인 먼지냄새가 코를 찔렀다. 계단이 끝나는 지점에서 구노가 발을 멈추더니 돌아보며 목소리를 낮춰 말했다.

"손전등을 끄겠습니다. 도미사와 씨가 앞장서시죠."

도미사와 고이치는 고개를 끄덕이고 앞으로 나섰다. 아까 불빛이 보였던 방까지 약 이십오 미터쯤 남았다. 반쯤 갔을 때 구노가 우리 부부를 멈춰세웠다. 그러고는 도미사와 고이치에게 귓속말했다.

도미사와 고이치는 고개를 끄덕이더니 혼자 걸어갔다. 구노가 우리를 봤다.

"남편 분이 먼저 설득해보는 게 좋겠습니다."

어둠에 눈이 익자 복도 막다른 곳에 미닫이문이 보였다. 하지만 닫혀 있어서 안을 볼 수는 없었다. 도미사와 고이치가 문 앞에서 발을 멈추고 불렀다.

"여보."

정적 속에서 가즈미의 숨소리가 내 것처럼 가까이에서 느껴졌다. 도미사와 고이치가 다시 불렀다.

"여보."

도미사와 고이치의 등에 곧바로 긴장감이 서렸다. 그는 우리쪽을 살짝 돌아봤다. 틀림없이 방안에서 인기척을 느낀 것이다.

"여보, 당신 마음은 알아. 하지만 이젠 그만둬. 다카시한테 무슨 죄가 있다고 이래."

문 너머에서 대답이 돌아왔다. 하지만 멀어서 알아들을 수 없었다. 나도 모르게 몸을 내밀었는데 구노가 제지했다.

"남편 분에게 맡깁시다."

하지만 도미사와 고이치의 반응은 기대와 달랐다.

"그런 말 하지 말고 나와서 나와 얘기해."

이번에는 대답이 없었다. 도미사와 고이치가 다시 불렀다.

"여보."

긴 침묵이 이어졌다.

도미사와 고이치가 어깨를 떨어뜨리며 오른쪽으로 몸을 돌려 우리가 있는 곳으로 천천히 돌아왔다. 어두워서 표정을 읽긴 힘 들었지만 축 처진 어깨를 보아 설득에 실패했음을 알 수 있었다.

"도미사와 씨?" 구노가 불렀다.

도미사와 고이치가 나를 물끄러미 바라봤다.

"야마쿠라 씨와 이야기하겠다고 합니다."

심장에서 뭉친 긴장이 목구멍으로 튀어나오려고 했다.

여태껏 미뤄온 청구서를 받아들 각오가 필요했다.

"알겠습니다."

말없이 가즈미의 어깨를 껴안았다. 상처 입은 작은 새처럼 연 약했고, 희망을 잃어 떨고 있었다.

"가겠습니다." 나는 구노에게 말했다.

"무슨 일이 있어도 자극하면 안 됩니다."

"네."

복도로 나갔다. 막다른 문 앞에 서서 심호흡했다. 심장 고동이 빨라졌고 동시에 신경이 곤두서는 게 느껴졌다. 닫힌 문 안쪽에 서 한껏 억누른 숨소리가 희미하게 들려왔다.

"미치코 씨." 나는 불렀다.

"어서 와, 시로 씨." 미치코의 목소리가 들려왔다.

목구멍까지 치밀어오른 말을 삼켰다. 격식 차린 말은 접기로 했다.

"다카시는 무사하지?"

"무사하지."

"문 열어도 될까?"

"열어. 하지만 안으로 들어오지는 마. 문턱에서 얼굴만 내밀 어."

"시키는 대로 할게." 미닫이문을 쓱 밀었다. 문이 다 열리자 손 을 떼고 안을 들여다봤다.

문 바로 앞에 책상들이 쌓여 있었다. 일종의 바리케이드겠지. 책상 다리 사이로 안을 살펴보려고 했다. 하지만 절대적으로 빛 이 부족했다.

"물러나." 미치코의 목소리가 들렸다.

한걸음 물러났다.

"거기서 더이상 움직이지 마."

시키는 대로 하자, 갑자기 방안에서 눈부신 빛이 쏟아졌다. 손 전등 불빛이었다. 불빛은 내 얼굴에서 발끝까지 핥듯이 움직였 다. 발광점의 높이로 보아 미치코는 의자에 앉아 있는 듯했다.

"드디어 왔네."

"왜 이런 짓을 한 거야?"

"당신하고 얘기하려고. 저번에 신주쿠에서 도망쳤잖아. 도망 치지 못하게 하려면 이러는 수밖에 없었어."

"다카시는 어디 있지? 무사한지 확인시켜줘."

"남의 애가 그렇게 걱정돼?" 화난 목소리였다. "그럼 봐, 멀쩡하게 살아 있으니까."

미치코가 손전등을 옆으로 돌렸다. 의자에 묶여 있는 아이의 얼굴이 어둠 속에서 떠오른다. 틀림없는 다카시였다. 뺨에 은빛으로 빛나는 유선형 물체가 닿아 있었다. 칼이다.

"다카시." 아이를 불러봤다. "아빠다, 다카시. 살아 있지? 대답해봐."

대답이 없었다. 우물우물 숨이 새는 듯한 소리가 들렸다. 입에 테이프를 붙여놓은 것이다.

어쨌든 살아 있다.

"응이 아니지." 반사적으로 평소 말버릇이 튀어나왔다. "네라고 해야지."

불빛이 다카시의 반대쪽으로 이동했다. 그리고 손전등을 책상 같은 데 올려놨는지 이후로는 움직임 없이 내 쪽을 비췄다. 미치코의 모습은 흐릿해서 윤곽밖에 보이지 않았다.

"확인했어?"

"그래." 나는 헐떡이는 목소리로 대답했다. 냉정해지려고 노력했다. "이런 짓 해봐야 아무 소용 없어. 아이를 풀어주면 없었던 일로 할게. 영원히 묻어버리는 거야. 그러니까 제발 아이를 돌려줘."

"그럴 순 없어." 싸늘한 목소리였다. "왜냐하면 시게루의 죽음을 없었던 일로 할 수 없으니까. 그래서 당신을 부른 거야."

"도미사와 씨."

"모르는 사람 부르듯 하지 마. 옛날처럼 미치코라고 불러."

미치코는 절규했다. 복도에 있는 세 사람의 귀에도 똑똑히 들렸을 것이다. 나는 등이 따끔할 정도로 아내의 시선을 느꼈다. 그러나 돌아볼 수 있는 상황이 아니었다. 기력을 쥐어짜서 눈앞의 미치코에게 온 신경을 집중했다.

"미치코." 칠 년 만에 그렇게 불렀다.

"그래, 그렇게."

"대체 왜 이래?"

"시게루를 위해 복수하려고. 당연하잖아?"

"복수라고? 그렇다면 내가 나설 자리가 아냐."

"잘난 척하는 소리는 집어치워. 가슴에 손을 얹고 물어봐."

말문이 막혔다.

"거봐, 할 말 없는 주제에." 의기양양한 목소리였다. "난 전부 다 알고 있어. 당신이 일부러 시게루를 죽음으로 몰아넣었다는 거."

뒤에 있는 세 사람이 현저한 반응을 드러냈다. 들리는 것이다. 나는 모르는 척했다.

"무슨 소리인지 모르겠어."

"이제 와서 시치미떼지 마. 당신 입으로 할 수 없다면 내가 대신 말해줄까? 금요일 밤에 당신은 일부러 공원 돌계단에서 미끄러졌어. 유괴범에게 돈을 건넬 마음은 처음부터 없었던 거야. 범인이 실수한 것처럼 꾸며서 시게루를 이 세상에서 없애려고 했어. 당신 뜻대로 됐다고 믿고 있는지 모르지만, 난 절대 그런 꼴

못 봐."

"오해야." 필사적으로 소리를 높였다. "나는 범인의 함정에 빠졌어. 내가 어떻게 행동했든 시게루를 죽일 작정이었다고. 그게 범인의 계획이었어."

"말도 안 되는 소리 마."

내 의지와는 반대로 미치코의 태도는 점점 강경해졌다. 나는 내 어리석음을 저주했다. 지금의 미치코를 논리로 설득하려는 것 자체가 애초부터 불가능한 것이었다.

"알았어. 그래, 당신 말이 맞아. 모든 게 다 내 책임이야. 당신 시키는 대로 다 할게. 마음대로 해. 하지만 다카시가 무슨 죄야. 그러니까 제발 돌려보내줘."

"그럴 순 없어."

"뭐야?"

"당신은 늘 말뿐이지. 지금도 속으로는 틀림없이 날 비웃고 있어. 나도 몇 번이나 속을 만큼 멍청하지 않아. 이제 당신 말 따위 안 믿어."

"그럼 나보고 어쩌라는 거야?"

짧은 침묵이 흘렀다.

알아들을 수는 없었지만 뒤에 있는 사람들이 무슨 말인가 주고받고 있었다. 가즈미와 도미사와 고이치에게 구노가 뭔가 물은 것 같았다. 내가 거대한 함정에 빠져 피할 수 없는 위험에 봉착했다는 걸 새삼 깨달았다.

미치코가 다시 말했다.

"가즈미 씨는 데려왔겠지?"

"그래."

"여기로 불러."

미치코의 흉계를 순간적으로 알아차렸다.

"제발 그것만은 하지 말아줘."

"아이 목숨이 걸려 있어." 미치코는 오만한 목소리로 위협했다.

"제발 부탁이야." 머리보다 무릎이 먼저 바닥에 떨어졌다. "그것만은 제발 하지 말아줘."

"약속했잖아. 얼른 가즈미 씨를 데리고 와."

"부탁이야." 체면도 부끄러움도 잊고 바닥에 머리를 조아렸다. 치욕 따위는 나중에 고민할 문제였다.

"어서." 가차없는 명령이었다.

눈을 치켜떴다. 미치코의 검은 윤곽은 미동도 없었다.

"이렇게 엎드려 빌어도 소용없단 말이야?"

"칠 년 전이라면 몰라도 이젠 늦었어."

무릎 꿇은 자세로 내 과거와 현재를 저울질해봤다. 아이와 아내를 저울에 올렸다. 나 자신의 선과 악을 저울에 올렸다.

대답은 처음부터 정해져 있었다.

일어났다.

미치코의 그림자를 뚫어져라 노려보며 바지에 묻은 먼지를 털지도 않고 폐에 숨을 한껏 불어넣었다. 내 인생이 한꺼번에 무너지는 광경을 그려봤다. 각오를 굳히는 데 긴 시간이 필요하지는 않았다. 또 한 아이의 목숨을 잃을 순 없었다.

오른쪽으로 돌아 가즈미를 향해 걸어갔다.

4

가즈미는 눈도 깜빡이지 않고 나를 노려봤다. 시선에서 간극을 느꼈다. 불안과 낭패감에 더해 의심과 불신이 한층 격해졌다.

"같이 가줄래?"

아내는 대답 대신 입술만 바르르 떨었다. 남편이 바닥에 머리를 조아린 광경이 충격적이었을 것이다. 미치코와 주고받은 말을 듣고 심상찮은 분위기를 느꼈으리라.

"야마쿠라 씨." 구노가 우리 사이에 끼어들었다. "방금 무슨 이야기입니까? 도미사와 부인과 대체 무슨 일이 있었던 겁니까?"

지금은 설명할 때가 아니었다.

"나중에 자세히 말씀드리죠." 손을 내밀어서 가즈미의 손을 잡았다. "자, 가자. 당신이 필요해."

아내는 자그마한 손을 돌처럼 꽉 쥐고 있었다. 나는 손바닥으로 그 주먹을 감싸줬다. 아내는 내 눈을 피하지 않았다. 잡은 손을 잡아당기자, 거스르지 않고 따라왔다.

"부인 상태는 어떤 것 같습니까?" 구노가 물었다.

"지금으로선 많이 흥분한 상태는 아닌 듯합니다. 하지만 칼을 들고 있어서 다카시가 걱정됩니다. 뒤에서 창문 쪽으로 접근할 수는 없나요?"

구노는 떨떠름한 표정으로 고개를 저었다.

"무선 연락을 받았는데 건물이 너무 낡아서 2층까지 올라가기는 곤란한 모양입니다. 무리하게 접근했다가는 눈치챌 가능성이 높고, 그랬다가는 인질이 더 위험해집니다. 끈기를 갖고 설득하는 수밖에 없을 것 같습니다."

"알겠습니다."

다시 발걸음을 내디뎠다. 도미사와 고이치가 노려보고 있었다. 당혹과 의혹으로 가득한 눈빛이었다. 말을 걸기 전에 지나쳤다.

복도를 반쯤 갔을 때 발을 멈췄다. 나는 가즈미를 마주보며 그녀의 어깨에 양손을 얹었다. 아내도 새하얀 얼굴을 들어 나를 바라봤다.

"이제부터 괴로운 일이 벌어질 거야. 정말 당신만은 휘말리게 하고 싶지 않았어. 하지만 이제 어쩔 수 없어. 단단히 마음먹고 견뎌줘. 다카시를 위해서야. 그런 뒤엔 어떤 비난도 달게 받을게."

가즈미는 나를 빤히 쳐다봤다. 무수한 질문이 눈동자를 점령하고 있었다. 하지만 입술을 깨문 채 아내는 아무 말도 하지 않았다.

가즈미를 끌어안았다. 날 밀어내지는 않았다. 몇 초 동안 그렇게 있었다. 이게 마지막 포옹일지도 모른다. 그런 생각이 들었다.

팔을 풀고 다시 걷기 시작했다.

"어디서 우물쭈물하는 거야!"

컴컴한 방안에서 신경질적인 목소리가 터져나왔다. 가즈미의 어깨를 감싸며 마지막 몇 걸음을 함께 나아갔다. 가즈미의 어색한 발걸음에서 겁먹은 기색이 생생히 전해졌다.

문 앞에 나란히 서자, 손전등 불빛이 우리의 몸을 교대로 훑었다. 흡사 능욕당하는 것 같았다. 가즈미는 눈을 피했다.

"가즈미 씨." 노골적으로 경멸을 드러내며 미치코가 불렀다. "눈을 피하면 아이 얼굴이 안 보일걸요."

가즈미가 발끈하며 고개를 정면으로 들었다. 불안과 두려움이 분노로 전이했다.

"미치코 씨." 가즈미가 떨리는 목소리로 말했다. "당신을 동생처럼 여겼어. 그렇게 잘해줬는데 이게 무슨 짓이지?"

미치코가 히스테릭한 웃음을 터뜨렸다.

"동생? 당신 진짜 바보 아냐? 그 나이를 먹고도 세상 물정 모르는 공주님 근성은 떨어지지 않았나보네."

"대체 왜 이러는지 모르겠어."

"모르면 가르쳐달라고 해. 당신이 그렇게나 사랑하는 남자한테."

"미치코!" 나는 도저히 참을 수 없어서 소리치고 말았다.

"여보?" 가즈미가 심각한 표정으로 나를 올려다봤다. "왜 저런 말을 들어야 하는 거지? 미치코 씨와 무슨 일이 있었던 거야?"

주먹을 쥐고 천장만 바라봤다. 온몸이 학질에라도 걸린 것처럼 떨렸다.

"말 못해. 내 입으로는 말 못해."

가즈미가 세차게 고개를 저었다.

"모르겠어. 뭐가 뭔지 모르겠다고."

"당신은 진짜 비겁한 인간이야. 본인 입으로 말 못하겠다면 내가 말해줄게. 가즈미 씨, 장례식 때 내가 한 말 기억나?"

가즈미의 어깨에 격한 분노가 흘러넘쳤다.

"남편 때문에 시게루가 죽었다는 말? 엉뚱한 소리 그만해. 그런 걸로 꼬투리를 잡다니."

"꼬투리가 아니라면?" 미치코가 조소를 감추지 않으며 말했다. "저 남자는 시게루가 죽기를 바랐어. 안 그래, 시로 씨?"

"여보, 거짓말이지?"

두 사람의 추궁에 나는 대답이 궁했다. 가즈미가 내 소매를 붙잡았다.

"왜 잠자코 있어? 거짓말이라고 말해!"

"……거짓말이야."

내 목소리에서 망설이는 기색을 느낀 가즈미가 반사적으로 손을 놓았다.

"정말이구나."

"아냐."

"내가 말했잖아." 미치코가 말했다.

"미치코 씨." 가즈미가 정색한 어조로 물었다. "당신은 진실을 알고 있지? 안다면 질질 끌지 말고 얼른 말해."

"듣고 후회나 하지 마." 미치코의 목소리는 이미 정상이 아닌 사람의 것이었다. "시게루의 진짜 아버지는 거기 있는 당신 남편이야."

소리 없는 충격이 내 몸을 수직으로 관통했다. 입안에 마른침이 돌았고 온몸의 털구멍에서 식은땀이 분출했다. 비명을 지르려 해도 숨이 막혀 나오지 않았고, 심장과 폐가 한꺼번에 쪼그라드는 것 같았다.

가즈미는 얼어붙은 듯 나를 바라봤다. 가즈미의 내면에서 뭔가가 확실히 붕괴되는 것 같았다. 가즈미가 이대로 기절했으면 좋겠다는 생각이 문득 들었다. 기절하면 내 배신을 잊고 비통한 중압감에서도 도망칠 수 있다.

하지만 가즈미의 눈동자는 격정의 빛을 잃지 않았다.

"그랬구나." 아내는 싸늘하게 나를 응시했다. "미치코 씨와…… 정말 그랬구나."

"남자답게 인정해." 미치코가 의기양양한 목소리로 말했다.

"용서해줘." 나는 가즈미 앞에 무릎을 꿇었다. "뭐에 씌었었어. 그저 잠깐의 일탈이었다고. 당신이 유산하고 불안정했을 때 그런 거야. 그땐 나도 정상이 아니었어. 어쩌다보니 그렇게 됐을 뿐이야. 변명으로 들린다는 거 알아. 하지만 이것만은 확실해. 진심이 아니었어. 당신에 대한 마음이 변한 게 아니야. 시기가 안 좋았어. 하지만 당신을 배신할 마음은 결코 없었어."

"다들 그렇게 말하지." 미치코가 거칠게 말을 가로막았다. "진심이 아니었다, 뭐에 씌었을 뿐이다. 그런데 이미 저지른 일을 돌이킬 수 있나. 가즈미 씨, 저 남자는 일탈이었다고 하지만 한 번만 그런 게 아니야. 아이까지 만들어놓고는 배신할 마음은 없었다고? 칠 년 동안이나 숨겨온 주제에 그런 말이 잘도 나오네."

"제발 당신은 가만히 있어!" 가즈미가 소리쳤다. "하필이면 왜! 하필이면 왜 미치코 씨하고 그런 거야? 왜 숨겼어? 왜 털어놓지 않았느냐고!"

바닥에 이마를 대고 바짝 엎드렸다.

"말할 수 없었어. 당신한테, 도저히 털어놓을 수 없었어. 당신이 또 그때처럼 변해버릴까봐 두려웠어."

"모두 내 탓이란 거야?"

"그런 게 아냐." 고개를 들고 가즈미에게 매달리려고 했다. "당신한테 걱정 끼치고 싶지 않아서……"

"내 몸에 손대지 마!" 가즈미는 내 팔을 뿌리쳤다. 명백한 거부의 몸짓이었다. 나는 절망적인 심정으로 그 자리에 무너졌다.

싸늘한 얼굴이 내려다보고 있었다. 저 하늘의 별보다 멀고, 어떠한 타협도 거부하는 눈동자였다. 가즈미의 마음에는 견고한 갑옷이 씌워졌다. 아무리 애원해도 내 목소리는 다다르지 못하리라.

가즈미가 갑자기 몸을 돌리더니 두 손에 얼굴을 파묻고 문 반대편으로 사라졌다. 황량한 공백이 내 안에서 끝도 없이 비명을 질렀다.

늦었다.

이젠 뭘 해도 늦고 말았다.

나는 가즈미를 잃었다. 영원히 잃었다. 가즈미는 두번 다시 내 앞에 나타나지 않으리라. 자업자득이다. 넌 네 인생 최고의 보물을 잃었어. 이제 넌 살아갈 의미조차 없는 비참한 패잔병이야. 야마쿠라 시로, 넌 네게 딱 걸맞은 응보를 받았어. 앞으로 이 꼴로 살다 뒈지면 된다.

—아니다, 아직 다카시가 있다.

천천히 몸을 일으켜세웠다. 나란 자가 인간 쓰레기일지는 모르지만, 아직 다카시를 구할 수는 있다고 생각했다. 다카시는 가즈미의 아들이다. 최소한 가즈미의 손에 다카시를 돌려줄 수는 있다.

일어나서 심호흡했다. 방안을 향해 불렀다.

"미치코."

"꼴좋네." 대꾸가 돌아왔다. "부인한테 버림받는 걸 보니 속이 다 시원해."

"미치코." 마지막 기원을 담아 말했다. "이제 마음이 풀렸나? 부탁이야, 다카시를 돌려줘. 그 아이에겐 죄가 없어."

"싫어."

"왜? 당신이 원하는 대로 됐잖아. 여기서 뭘 더 바라지?"

"죽여버리겠어."

"무슨 소리야! 이제 와서 애를 죽이는 게 무슨 의미가 있어. 시게루가 살아 돌아오는 것도 아니잖아."

"그래. 시게루는 죽었어. 절대 돌아오지 못해. 그러니까 불공평해. 애도 죽어야 해."

"제발."

"애를 죽이고 나도 죽을 거야." 미치코가 움직이는 기척이 났다.

"그만둬, 미치코." 온 힘을 다해 외쳤다. "제발 그만둬!"

"잠깐만 기다려주십시오."

갑자기 뒤에서 목소리가 들렸다. 돌아보자 노리즈키 린타로가 서 있었다. 이제 막 달려온 듯한 모습이었다. 미치코에게 정신이 팔려서 그가 온 것을 전혀 알아채지 못했다.

노리즈키 린타로가 문 앞으로 왔다. 손전등 불빛이 그의 얼굴을 비췄다.

"당신은 누구지?" 미치코가 물었다.

"경시청 수사 1과 노리즈키입니다." 경찰수첩을 가슴 앞으로 내밀었다. 그는 놀라는 내게 가만히 있으라는 눈짓을 했다.

"경찰이 무슨 용건이지?" 미치코는 냉담하게 쏘아붙였다. "경찰 같은 건 무섭지 않아. 얘를 죽이고 나도 죽을 거니까."

"죽기 전에 제 얘기를 들어도 손해는 없을 겁니다. 부인, 당신은 증오할 대상을 착각하고 있습니다."

"말도 안 되는 소리 집어치워. 당신이 뭔데 이러지?"

"누가 시게루를 죽였는지 알고 싶지 않습니까?"

미치코는 숨을 삼켰다. 하지만 허세는 여전했다.

"내가 왜 몰라. 거기 있는 야마쿠라 시로가 시게루를 죽였어."

노리즈키가 천천히 고개를 저었다.

"그런 의미가 아닙니다. 제 말은 말 그대로 시게루에게 손을 댄 인물을 말하는 겁니다. 11월 9일 밤 당신 아들을 목 졸라 죽인 범인이 누군지 알고 싶지 않습니까?"

대답이 돌아오지 않았다. 미치코는 동요하고 있었다.

"……시간을 벌려는 수작이지? 누가 넘어갈 줄 알아?"

"시간을 벌려는 게 아닙니다. 그 범인은 지금 이 자리에 있습니다."

놀란 건 미치코만이 아니었다. 나도 모르게 노리즈키의 팔을 붙잡고 내 얼굴을 그의 코앞으로 들이대고 물었다.

"정말입니까?"

그가 고개를 끄덕였다.

"그게 누구죠?"

노리즈키가 내게서 눈을 떼고 천천히 뒤돌았다. 그의 시선을 따라가봤다.

거기에 도미사와 고이치의 얼굴이 있었다.

엄청난 충격에 목소리도 나오지 않았다.

"거기에 누가 있는데!" 미치코가 손전등을 마구 흔들며 소리를 질렀다.

누군가 내 손을 잡아당겼다. 구노였다. 어느새 그는 문가 구석에 숨어들어 있었다. 나는 구노 곁으로 바짝 다가가 웅크려 앉았다.

흔들리던 빛이 멈췄다. 무표정한 도미사와 고이치의 얼굴이 하얗게 떠올랐다.

"거짓말." 미치코가 중얼거리는 목소리가 들려왔다.

"저 사람이 시게루를 죽였습니다." 노리즈키가 가차없는 어조로 말했다. "시게루에게는 생명보험이 있었습니다. 계약 시기는 올 9월, 사망보험금은 삼천만 엔. 수취인은 당신 남편입니다."

미치코의 응답이 없었다. 당황한 것이 명백했다.

노리즈키가 말을 이었다.

"도미사와 씨를 조사해보니 사채금융 몇 곳에서 총 천만 엔 이상의 돈을 빌렸더군요. 삼 년 전부터 주식을 했던 모양입니다. 처음에는 재미삼아 했지만 호황기에 재미를 보고 깊이 빠져버린 게 문제의 발단이었습니다. 그후로 눈 굴리듯이 빚이 쌓였고 궁지에 몰린 끝에 이번 보험금 살인 시나리오가 만들어진 겁니다."

나는 뚫어져라 도미사와 고이치의 얼굴을 올려다봤다. 입술을 굳게 다문 그는 손전등 불빛을 똑바로 응시하고 있었다. 겉모습만 보고 모르는 게 사람이라지만 이 남자에게 그런 일면이 있는지 정말 몰랐다.

"어제 나카노의 모 맨션에서 미우라 야스시라는 남자가 살해됐습니다. 미우라는 거기 있는 다카시의 친아버지입니다. 당신의 남편은 미우라와 짜고 위장 유괴 살인을 저질렀습니다. 인질을 잘못 데려간 척 위장했지만 처음부터 시게루를 살해하는 게 목적이었습니다. 몸값 거래에 실패한 것도 야마쿠라 씨 잘못이 아니라 이들이 일부러 그렇게 되도록 사전에 준비했기 때문입니다. 입막음을 위해 미우라를 죽인 사람도 당신 남편이죠."

"거짓말!" 미치코는 절규했다. "그 사람은 시게루의 아빠야. 자기 아들을 죽이는 아빠가 세상에 어디 있어!"

"시게루의 친아버지는 야마쿠라 시로 씨죠." 노리즈키가 냉정하게 대답했다. "도미사와 씨는 그 사실을 이미 알고 있었습니다. 그렇기에 더더욱 시게루를 죽일 계획에 착수한 겁니다."

쿵 하는 소리와 동시에 도미사와 고이치의 얼굴이 어둠에 잠겼다. 미치코가 손전등을 떨어뜨린 것이다.

구노가 내게 귓속말했다.

"지금입니다. 책상을 밀어서 안으로 들어갈 수 있게 틈을 만듭시다. 소리 안 나게 조심해서."

고개를 끄덕였다.

바닥에 엎드린 채 몸을 조금 내밀어 입구를 막은 책상 다리를 잡았다. 구노는 벌써 시작했다. 숨을 죽이고 신중하게 조금씩 책상을 밀었다.

미치코의 숨소리가 불규칙해졌다. 어쩌면 이성을 잃고 다카시에게 손을 댈 수도 있다. 그것이 걱정돼서 나도 모르게 팔에 힘이 들어갔다.

그 순간 삐거덕하는 소리가 났다.

숨을 삼켰다. 온몸이 얼어붙었다. 미치코가 알아챘을까봐 공포 때문에 심장이 터져버릴 것 같았다.

정적이 이어졌다. 숨을 멈추고 동태를 살폈다. 미치코가 움직이는 기척은 없었다. 귀를 쫑긋 세우고 있는 걸까. 나는 가만히 기다렸다.

미치코의 목소리가 들렸다.

"거짓말! 다 거짓말이야!"

듣지 못한 것 같았다. 길게 숨을 내쉬었다. 구노가 내 팔을 살짝 건드린다. 신중하라는 사인이다. 고개를 끄덕이고 작업을 재개했다.

"저희는 알리바이를 다시 확인했습니다." 노리즈키가 말했다. "도미사와 씨는 유괴 당일인 9일까지 캘리포니아 공장 시찰로 일주일간 해외 출장이었습니다. 그런데 현지에 문의해보니 입국 예정일을 하루 앞당겨 8일 밤에 귀국했다고 합니다. 도미사와 씨가 야마쿠라 씨의 집에 온 시각은 9일 밤 아홉시 십오분. 시게루의 사망 시각이 여덟시에서 아홉시 사이로 추정되는 만큼, 범행을 저지를 시간은 충분했습니다. 도미사와 씨에게는 알리바이가 없습니다."

발소리가 들렸다. 미치코가 움직이고 있다. 문 쪽으로 다가오는 듯했다. 손전등을 주워올린 기색은 없다. 미치코는 몇 걸음 걸어나와 방 한가운데서 멈춰섰다.

책상 다리 사이의 공간은 상당히 넓어졌다. 조금만 더하면 들어갈 수 있을 것 같다. 바닥에서 살짝 몸을 일으켜서 앞으로 숙인 자세를 취했다.

"사실이야?" 무참하게 기세가 꺾인 목소리였다. "당신이······ 정말 시게루를 죽였어?"

서슬 퍼런 침묵이 흘렀다.

훅 훅, 피리소리 같은 것이 들렸다. 도미사와 고이치의 목을 따라 숨이 내려가는 소리였다.

"들은 그대로야." 도미사와 고이치가 말했다. "내가 시게루를 죽였어."

미치코가 신음을 토했다. 팽팽하게 당겨졌던 긴장의 끈이 끊기며 그 자리에 털썩 쓰러지는 듯한 기척이 났다.

"지금입니다." 구노가 안으로 들어가려 했다. 나는 재빨리 구노를 가로막았다.

"제가 먼저 갑니다."

응축했던 근육의 힘을 단숨에 폭발시켰다. 책상들이 쓰러지는 것도 개의치 않고 방안으로 맹렬히 돌진했다. 구노가 뒤따라왔다.

목표는 미치코 하나였다. 자포자기에 빠진 정신의 덩어리가 어둠 속에서 강렬한 기운을 내뿜고 있었다. 온몸을 하나의 의지로 만들고 그 중심에 돌진했다.

불과 일 초 남짓한 시간이 무수한 찰나로 미분됐다. 내 기척을 알아차리고 미치코가 고개를 들었다. 나는 그녀의 눈물을 확실히 목격했다. 내 눈에도 똑같은 것이 흐르고 있었다.

미치코가 몸을 일으켰다. 양손에 은색 유선형의 물건을 움켜쥐고 있었다. 순간 나를 향해 브이 자로 팔을 내밀었다. 그 예각의 앞머리에서 반짝반짝 빛나는 칼끝을 봤다. 나는 그 칼끝을 향해 몸을 날렸다.

두 가지 감정이 한 점에 교차했다. 복부에 기이한 감각이 치밀었다. 그대로 몸을 덮었다. 미치코가 부르짖는 절규의 잔향이 도플러효과처럼 청각에 들러붙었다.

그러고는 암흑 속으로……

"아이는 무사해." "미치코!" "야마쿠라 씨!" "이런! 출혈이 있어."

정신을 잃었다.

8장

진상

심판은 누가?

1

왼쪽 옆구리에 둔통을 느끼며 눈을 떴다. 낯선 방 낯선 침대에 누워 있었다. 베개에 머리를 댄 채 고개를 돌려서 봤다. 연녹색 벽. 창에는 블라인드가 쳐져 있다. 침대 사이드테이블에 하얀 에 나멜 세면기. 병원이었다.

병실에 나 혼자 있었다. 시트를 걷고 내 몸과 대면했다. 얇은 환자복을 입고 있었다. 옆구리를 만져보자 붕대와 거즈의 감촉 이 느껴졌다. 숨을 들이쉴 때마다 상처가 욱신거려서 가슴으로 숨을 쉬었다.

그때 문이 열리며 간호사가 들어왔다. 서른 살쯤 되어 보이고 얼굴의 주근깨가 눈에 띄었다.

"어머, 깨셨네요." 간호사가 말했다. "기분은 어떠세요, 야마쿠 라 씨?"

"그럭저럭요. 여긴?"

"이노카시라에 있는 미타카다이병원이에요. 어젯밤 구급차로 옮겨져서 응급수술을 받으셨어요. 왼쪽 옆구리의 열상을 열두 바늘 정도 꿰맸죠."

"열두 바늘이나."

"걱정 마세요. 다행히 상처가 깊지 않아서 금세 아물고 흉터도 남지 않을 거예요. 잠깐만 기다려주세요, 선생님이 진찰하러 오실 테니까요." 이렇게 말하고는 세면기를 들고 가려고 했다.

"저기." 간호사 등에 대고 말했다. "제 아내와 아들은요?"

"부인은 밤새 계시다가 방금 전 갈아입을 옷을 챙기러 집에 돌아가셨어요. 아드님도 함께 있었을 거예요."

"그렇군요." 내심 가슴을 쓸어내렸다. 가즈미와 얼굴을 마주하기까지 아직 시간이 있다. 서로 마음의 준비를 할 짬이 있다는 뜻이다.

십 분쯤 지나 의사가 왔다. 인턴으로 보일 정도로 젊은 의사였다. 맥을 짚고 혈압과 체온을 쟀다. 그리고 기분이 어떤지 통증이 어느 정도인지 묻더니 차트에 기록했다.

"언제쯤 퇴원할 수 있을까요?"

"화농만 안 생기면 내일 오후에라도 가능합니다. 이후로는 통원치료만 받으셔도 됩니다." 볼펜을 가슴주머니에 찔러넣으며 의사는 문 쪽으로 힐끔 시선을 던졌다. "그런데 지금 밖에 사람들이 와 있는데 만날 수 있겠습니까?"

"네."

"그럼 들어오라고 하죠."

의사와 바통 터치하듯 낯익은 얼굴의 두 사람이 병실로 들어왔다. 짐작했던 대로 구노 경부와 노리즈키 린타로였다.

"다친 곳은 어떠십니까?" 노리즈키가 물었다.

"열두 바늘 꿰맸다는데 큰 상처는 아닌 모양입니다." 상체를 끌어올려서 침대 헤드보드에 등을 기댔다. "내일이라도 퇴원할 수 있다는군요."

"다행입니다."

구노가 두 손을 바지 옆선에 붙이고 깊이 머리를 숙였다.

"같이 있으면서 이런 일을 당하게 해 정말 면목없습니다. 순식간에 일이 벌어져 대응이 늦고 말았습니다. 자칫 돌이킬 수 없는 사태가 벌어질 뻔했어요. 중상이 아니라 정말 다행입니다. 다시 사과드립니다."

"아니, 그러실 필요 없어요. 멋대로 몸을 날린 제가 잘못이죠. 누구를 원망할 마음은 없습니다. 그보다 그런 다음 미치코 씨는 어떻게 됐나요?"

"야마쿠라 씨를 찌른 뒤에 거의 정신을 놓아버려 체포할 때도 저항하지 않았습니다. 곧바로 스기나미 서로 연행했습니다만 심각한 쇼크상태라 아직 취조는 불가능합니다. 안정되기를 기다렸다가 사정청취를 시작할 예정입니다."

"역시 미치코 씨는 형벌을 피할 수 없는 거겠죠?"

"유괴만 했다면 영리 목적이 아니라서 친고죄이지만 문제는 협박 및 상해입니다. 이것은 눈감아줄 수 있는 문제가 아닙니다.

물론 이 경우에는 집행유예가 떨어질 가능성이 다분합니다."

나도 모르게 탄식이 흘러나왔다. 스스로 생각해도 신기할 정
도로 미치코에 대한 증오는 사라지고 없었다. 오히려 미치코야
말로 진정한 피해자가 아닐까, 못할 짓을 했다는 마음이 훨씬 강
했다.

"미치코 씨 남편은요?" 화제를 바꿨다. "자백을 했나요?"

내가 묻자 둘은 서로를 쳐다봤다. 노리즈키가 고개를 돌려서
나를 물끄러미 바라봤다. 망설이는 표정이 살짝 떠올랐다.

"실은 그 일로 야마쿠라 씨에게 드릴 말씀이 있습니다."

"뭐죠?"

노리즈키가 대답 대신 고개를 돌리더니 문밖을 향해 불렀다.

"도미사와 씨."

문이 열리며 도미사와 고이치가 모습을 드러냈다. 순간 내 눈
을 의심하는데 그가 문가에 서서 머리를 깊이 조아렸다. 그러고
는 한참 후에 머리를 들고는 입을 열었다.

"아내를 용서해주십시오. 아내가 아이를 잃은 충격으로 이성
을 잃고 말았습니다. 야마쿠라 씨를 찌를 생각은 정말 요만큼도
없었을 겁니다. 이번 일의 책임은 모두 저한테 있습니다. 아내를
너무 원망하지 않으셨으면 좋겠습니다."

혼란스러웠다. 도미사와 고이치가 왜 여기에 있지? 그는 살인
범으로 체포돼서 구류중이어야 할 텐데 수갑도 차지 않고 완전
히 자유로운 모습으로 눈앞에 서 있었다. 꿈인가 생각했다. 마취
후유증이 아직도 이어지는 걸까?

정신을 가다듬고 노리즈키에게 물었다.

"대체 어찌된 영문이죠?"

"도미사와 씨와 짜고 연극을 했습니다." 노리즈키가 말했다. "도미사와 씨는 시게루와 미우라 야스시를 죽인 범인이 아닙니다. 어젯밤에 제가 한 말은 아무 근거도 없는 거짓말이었습니다."

무슨 말인지 알아들을 수가 없었다. 하지만 트릭에 걸린 거라면 불쾌했다. 노기를 드러내며 노리즈키에게 설명을 요구했다.

"대체 무슨 목적으로 그런 연극을 했습니까?"

"물론 다카시의 목숨을 구하기 위해서였습니다. 흥분한 미치코 씨가 들이대는 감정의 비수를 야마쿠라 씨에게서 돌려야만 했으니까요. 그래서 사채를 빌렸다느니 삼천만 엔의 보험금을 받는다느니 하는 말을 했어요. 모두 그 자리에서 떠오르는 대로 한 말이지 전혀 사실이 아닙니다. 그러기는커녕 도미사와 씨는 완벽한 알리바이를 갖고 있죠. 무슨 수를 쓰더라도 시게루를 죽이는 건 불가능했습니다. 미우라도 마찬가지고요. 그때 도미사와 씨가 범행을 인정한 건 사전에 그렇게 하기로 약속했기 때문입니다. 제가 어떤 엉뚱한 소리를 하더라도 부인 앞에서는 무조건 인정해달라고 부탁드렸죠."

"도미사와 씨, 사실인가요?"

도미사와 고이치는 말없이 고개만 끄덕였다.

"도미사와 씨의 협력이 없었다면 시도해볼 수 없었을 겁니다." 노리즈키의 설명이 이어졌다. "남편이 아이를 죽였다고 하면 그녀의 증오는 일시적으로 야마쿠라 씨와 다카시에게서 남편에게 향할 거라 생각했습니다. 설령 그렇지 않더라도 순간적으로 몹시 동요해서 빈틈이 생길 게 분명했습니다. 그 틈을 노려서 다카시를 구하려고 한 겁니다. 안타깝게도 야마쿠라 씨가 부상을 입었지만, 작전은 대체로 성공적이었다고 생각합니다."

도미사와 고이치의 얼굴을 쳐다봤다. 여전히 한걸음 물러선 위치에서 반쯤 눈을 내리깐 채 이 자리의 조력자 역할을 감내하는 듯했다.

참을 수 없어서 말했다.

"그렇다면 미치코 씨가 너무 가엽지 않습니까. 제가 다친 건 그렇다 치더라도 미치코 씨가 지금까지 사정청취도 할 수 없는 상태라면 노리즈키 씨와 도미사와 씨 두 분으로 인한 정신적 충격 때문일 겁니다."

도미사와 고이치가 천천히 고개를 들었다.

"아마 그렇겠죠." 담담한 어조였다. "하지만 야마쿠라 씨, 이제 와서 야마쿠라 씨에게 미치코에 관해 이렇다저렇다 들을 입장은 아닌 것 같습니다."

나에 대한 질투와 분노가 드러난 순간이었다. 그렇다. 도미사와 고이치의 말 그대로다. 하지만 도미사와 고이치 자신도 그 사실을 깨달았는지 부끄러운 듯한 기색이었다. 구슬퍼 보이기도 했다.

지금이야말로 나와 미치코의 일을 도미사와 고이치에게 고백하고 사죄할 시점이었다. 하지만 아무 말도 할 수 없었다. 용서를 빌면 외려 도미사와 고이치가 치욕스럽게 느낄지도 모른다. 아니, 그저 논리의 허상일지도 모른다. 어느 쪽이건 도미사와 고이치에게 해야 할 말을 내 안에서 찾아낼 수 없었다.

불편한 침묵을 깨고 노리즈키가 말했다.

"도미사와 씨, 실은 전부터 알고 계시지 않았습니까? 시계루의 친아버지가 누군지 말입니다."

"무슨 소리죠?" 도미사와 고이치가 단호하게 말했다. "시계루는 제 아들입니다."

어디까지가 진심일까. 헤아릴 수 없는 어조였다. 그러고는 획돌아서서 인사도 없이 병실에서 나가버렸다.

노리즈키는 한숨을 내쉬며 내게 시선을 돌렸다. 도미사와 고이치가 입을 열기 전에 나는 고개를 가로저었지만, 아마 그는 눈치채고 있었을 것이다. 최소한 시계루가 자기 자식이 아니라는 건 확신하고 있었을 것이다. 하지만 그는 자신이 오래전부터 알고 있었다는 걸 앞으로도 절대 인정하지 않을 것이다. 나라도 그렇게 할 것이다. 도미사와 고이치도 마음속 깊이 아내를 사랑하는 남자였다.

"그나저나 진범의 윤곽은 잡혔습니까?" 거북한 분위기를 바꾸려고 물어봤다.

역효과였다. 구노의 표정이 무거워졌다.

"처음부터 시계루를 노렸다는 점에 착안해서 도미사와 가족 주변을 조사하고 있지만 아직까지 이렇다 할 실마리가 보이지 않습니다. 아이를 죽인 동기를 도저히 모르겠습니다. 솔직히 말해서 거의 두 손 든 상황입니다."

"노리즈키 씨가 세운 가설이 잘못됐을 가능성은 없나요?" 나는 노리즈키에게 운을 떼워봤다.

"아뇨, 사건의 도식 자체는 그 가설에서 벗어날 수가 없습니다. 문제는 동기입니다. 시게루를 살해할 동기를 지닌 인물을 찾아내기만 하면……" 노리즈키의 표정이 한층 어두워졌다.

"나카노 뉴하임의 밀실은 어떻게 됐죠? 해결의 실마리가 잡혔나요?"

노리즈키의 얼굴에 생기가 되살아났다.

"아, 그것과 관련해서는 생각이 정리됐습니다. 야마쿠라 씨에게는 말씀드리지 않았군요. 그곳은 사전적인 의미의 밀실이 아니었을 겁니다."

"그게 무슨 뜻이죠?"

"순서대로 설명하겠습니다. 우선 미우라의 집열쇠인데, 여별 열쇠를 포함해서 세 개밖에 없다는 사실은 확인됐습니다. 하나는 미우라가 사용하는 열쇠, 또하나는 야마쿠라 씨가 우편함에서 꺼낸 여별 열쇠, 그리고 맨션 관리인이 보관하고 있던 열쇠입니다. 범인이 앞의 두 열쇠를 이용하는 건 불가능했고, 관리인이 가지고 있던 열쇠가 이용됐던 흔적도 없습니다. 물론 범인이 사전에 열쇠를 준비했을 수도 있지만 이 가능성은 배제해도 괜찮을 겁니다."

"왜죠?"

"전에도 말씀드렸지만, 이 경우는 '어떻게?'보다 '왜?' 밀실을 만들었느냐는 관점이 중요합니다. 범인이 의도적으로 그런 밀실을 만들었다면 야마쿠라 씨에게 살인 혐의를 뒤집어씌우는 것 말고는 다른 이유를 생각할 수 없습니다. 하지만 범인은 야마쿠라 씨가 미우라의 집에 잠입하리라고 예상하지 못했을 겁니다. 그런 만큼 사전에 여벌 열쇠를 준비하고 밀실을 만들 계획을 짰다고는 볼 수 없죠."

"하지만 범인이 다른 이유로 여벌 열쇠를 갖고 있었을 가능성도 있지 않나요? 우연히 제가 기절한 걸 발견하고 그 자리에서 이용할 생각을 떠올렸다면요?"

"그건 불가능합니다." 노리즈키가 딱 잘라 말했다. "만약 범인이 누명을 씌울 작정이었다면 야마쿠라 씨가 의식을 찾고 범행 현장에서 탈출하는 걸 그냥 두고 보지 않았을 테니까요. 오히려 경찰에 익명으로라도 신고해서 야마쿠라 씨가 욕실에서 눈뜨기 전에 시체가 발견되도록 만들었겠죠. 그랬을 때 비로소 밀실을 만든 본래의 효과가 발생하니까요."

"그렇겠군요."

"여벌 열쇠가 아닌 다른 방법으로 밀실을 만들었다 해도 마찬가지입니다. 즉 범인이 야마쿠라 씨를 방치하고 사라졌다는 사실은 그 밀실이 범인의 의도로 구성된 것이 아님을 시사합니다. 범인이 아니라면 누굴까요? 물론 야마쿠라 씨는 아니죠. 그렇다면 남는 인물은 단 한 사람, 즉 피해자 자신입니다."

노리즈키가 혀끝으로 입술을 적셨다.

"현장 상황도 제 생각에 부합합니다. 범인이 사라진 후 피해자는 숨을 거두기 직전 스스로 문을 잠근 것이 틀림없습니다. 시체가 현관문에 기대 있었던 이유도 그래서였겠죠. 문을 잠글 여력이 남아 있었다는 사실은 미우라가 담배를 피웠던 걸 보면 알 수 있습니다."

말을 듣고보니 앞뒤가 맞긴 하지만……

"하지만 미우라는 대체 왜 그런 짓을 한 거죠?"

"아직 그 답은 모르겠습니다. 다잉 메시지 같긴 하지만요."

낯선 단어에 당황했다.

"다잉, 뭐라고요?"

"다잉 메시지. 죽는 순간에 남기는 메시지를 말합니다. 요컨대 피해자가 살인범의 이름을 알리기 위해 사력을 다해 실마리를 남긴 결과가 그 밀실이 아닌가 합니다."

"살인범의 이름?"

"혹은 열쇠나 자물쇠와 관계가 있는 인물일지도 모르죠. 현재까지 떠올릴 수 있는 건 그 정도입니다."

노리즈키가 자신없다는 듯이 어깨를 으쓱였다. 그만 실례하겠습니다 하고 두 사람은 병실에서 나갔다. 침대 위에서 두 사람을 배웅했다.

삼십 분쯤 천장만 멀거니 노려보며 시답잖은 생각에 잠겼다. 잠시 후 문을 두드리는 소리가 났다. 간호사가 "들어가보세요"라고 무뚝뚝하게 말하는 소리가 들렸고, 이윽고 문을 열고 들어온 사람은 가즈미와 다카시였다.

망설일 틈도 없었다.

바로 눈앞에 소맷부리가 좁은 풍성한 블라우스에 숄을 걸친 가즈미가 서 있었다.

"좋은 아침." 어색하게 말을 건넸다. 그런 인사를 건넬 시간은 아니었다.

가즈미가 입술을 깨물고 눈을 내리깔며 대꾸한다. 긴장해서인지 눈가에 눈물이 고인 것 같다. 부자연스럽게 입을 다문 채 손에 든 가방에서 갈아입을 옷가지를 꺼내 사이드테이블에 올려놓는다.

침대 반대편에서 다카시가 얼굴을 내민다. 얼굴이 말짱해서 어제 벌어진 일이 거짓말 같다. 아이는 회복이 빠르다.

"아빠, 괜찮아?" 어른스러운 목소리로 묻는다.

"응." 손을 뻗어서 다카시의 머리를 쓰다듬었다. "어젯밤엔 무서웠지?"

고개를 끄덕인다.

"나, 경찰차 탔다. 사이렌도 울렸어. 백 킬로로 달렸어."

"그랬구나."

"그런데 병원에서 주사 맞을 땐 아팠어."

"울었어?"

"안 울었어." 갑자기 표정이 진지해진다. "그런데 시게루 엄마는 왜 그런 거야?"

"다카시한테 설명해주기가 좀 어렵네."

"왜?"

"다카시." 가즈미가 타일렀다. "아빠는 다쳐서 입원한 거잖니. 아빠 힘들게 하면 안 돼."

다카시는 풀이 죽어 엄마 말을 따랐다.

가즈미가 침대 옆에 있던 의자를 끌어당겨 앉았다. 얼굴이 창백하다. 화장으로도 핏기 잃은 얼굴은 숨기지 못했다. 원래 피부가 하얗지만 오늘은 유난히 더하다. 눈이 부은 걸 보면 어제 잠을 못 잔 것 같다.

"다친 데는 어때?"

"찔릴 때는 죽는 줄 알았는데 지금은 통증도 별로 없어. 밤새 여기 있었다면서? 고마워. 걱정 끼쳐서 미안하고."

"아냐. 당신이 무사했으니 됐어."

"아까 구노 경부와 노리즈키 씨가 왔었어."

"그럼 도미사와 씨 얘기 들었겠네?"

"들었어. 실은 본인이 왔었어. 이것저것 사과해야 한다고 생각했는데 아무 말도 못 했어."

"그랬구나."

가즈미가 입을 다문다. 서로 건들고 싶지 않은 화제 주위를 뱅글뱅글 돌기만 하는 느낌이다. 하지만 언제까지 이럴 수는 없다. 결심했다.

내가 먼저 꺼내야 한다. 아내를 똑바로 바라보며 용기내어 입을 열었다.

"솔직히 다시는 안 올 줄 알았어."

"으응." 가즈미가 어물쩍 대답한다.

"어제 한 얘기는 모두 사실이야." 침대 위에서 머리를 조아렸다. "미안해. 정말 미안해. 무슨 말로 사죄해야 할지 모르겠어. 그때 일은 정말 잠간의 일탈이었어. 미치코를 사랑했던 적은 한순간도 없어. 하지만 내가 저지른 짓을 없었던 일로 할 수 없다는 건 알아. 난 당신을 배신했어. 당신의 믿음을 되찾을 수 있다면 뭐든 할게. 평생이 걸리더라도 죗값을 치를게. 그래도 당신이 용서하지 않는다면, 그렇더라도 감수할게. 당신이 결정할 일이야. 나는 당신이 하는 대로 따를게. 만약 그럴 수 있다면, 나를 용서해줘."

가즈미는 대답하지 않았다. 나는 고개를 숙인 채 가만히 있었다. 아내의 얼굴을 볼 용기가 없었다.

그때 다카시가 말했다.

"엄마 왜 울어?"

"우는 거 아냐." 가즈미가 대답했다.

나는 고개를 들었다. 가즈미는 얼굴을 돌리더니 손수건으로 눈가를 눌렀다. 그러고는 내 눈을 보지 않고 말했다.

"아버지가 당신에게 할 말씀이 있대."

"지금 와 계셔?"

눈을 내리깔며 고개를 끄덕인다.

"만날 거야? 몸이 불편하면 나중에 봐도 돼."

"만날게."

"우린 나가 있을까?"

"응, 그러는 게 좋겠어. 집으로 갈 거야?"

"아니." 가즈미가 의자에서 일어났다. "오늘은 고이시카와에 갈 거야."

친정에 간다는 말이다. 나는 고개를 끄덕이고 눈으로 두 사람을 배웅했다. 장인이 무슨 말을 할지 대충 짐작이 갔다. 베개에 머리를 파묻고 눈을 감았다. 가즈미에게 하고 싶은 말이 더 있었는데, 하지 못했다. 지금 하지 못한 말은, 아마 평생 못할 것이다.

문가에서 소리가 났다. 발소리가 다가오자 눈을 떴다. 장인이 내려다보고 있었다.

"다친 곳은 어떤가?"

"죽을 정도는 아닙니다."

장인이 그 자리에 서서 병실 안을 둘러봤다. 바로 앞에 방금 전까지 가즈미가 앉았던 의자가 있는데도 장인은 앉지 않았다.

"하실 말씀이 있다고 들었습니다."

장인은 눈썹을 치켜뜨며 나를 노려봤다.

"가즈미한테 무슨 말 들었나?"

"아닙니다."

"그렇게 시간 걸릴 이야기는 아니네." 양복 안주머니에 손을 넣더니 두 번 접은 하얀 종이를 내밀었다.

종이를 펼쳐봤다. 이혼서류였다. 가즈미는 이미 서류에 필요 사항을 적고 날인까지 해놓은 상태였다. 물론 본인의 필적이었다.

"이게 뭡니까?"

"여기 오면서 쓰게 했네. 서명하고, 인감을 주게. 빠를수록 좋아."

나는 자세를 고쳐앉고 장인을 뚫어져라 쳐다봤다. 장인은 내 눈을 피하지 않았다.

"아버님." 용기를 내서 말했다. "미치코와 제 관계를 전부터 알고 계시지 않았습니까?"

짧은 침묵이 흘렀다.

"아니." 툭 자르듯 말했다. 그러고는 목소리를 가다듬었다. "더 이상 자네를 신토 애드에 둘 수 없네. 지금까지 자네가 이룬 공을 생각하면 잔인한 조치라는 건 알아. 물론 아무 대책도 없이 나가라는 건 아냐. 이직할 곳을 찾는 시간이 필요할 테니 내년 3월까지 급여는 보장하지. 그걸로 참아주게."

"아버님."

"그렇게 부르는 것도 오늘이 마지막이었으면 하네."

그 말을 남기고 장인은 몸을 돌려 병실에서 나갔다.

2

수술 후 경과가 좋아서 다음날 오후 예정대로 퇴원했다. 장인이 막았는지 아니면 본인 의지인지 모르겠지만 가즈미는 마중 나오지 않았다. 혼자 소지품을 정리하고 로비 창구에서 퇴원 수속을 마쳤다. 그때 장인이 치료비와 이틀 치 입원비를 냈다는 걸 알았다. 위자료 대신인가. 콜택시를 불러달라고 해서 타고 돌아왔다.

아무도 없다는 걸 알았지만 벨을 누르고 싶은 유혹을 이길 수 없었다. 당연히 문을 열어주는 사람은 없었다. 허탈하게 내 손으로 열고 집안으로 들어갔다.

오후 두시. 집안은 오싹할 정도로 적막했다. 남의 집에 들어온 듯했고, 내 집에 왔다는 실감이 나지 않았다. 이곳이 내가 살던 집이란 말인가. 뭐라 형용할 수 없는 적요함이 엄습했다. 그러나 가즈미와 헤어진다면, 이 오싹한 침묵과 공허감은 이제부터 내 인생의 새로운 반려가 될 것이다. 내가 과연 견딜 수 있을까.

자신할 수가 없다.

순식간에 피로가 몰려와서 짐도 풀지 않고 거실 소파에 누웠다. 장인이 내민 이혼서류가 마음에 걸려 어젯밤에는 한숨도 눈을 붙이지 못했다. 그 때문인지 이내 꾸벅꾸벅 졸기 시작했다.

얼마나 잤는지 알 수 없었다. 문득 가까이에 인기척이 느껴져서 눈을 떴다.

가즈미가 서 있었다. 살짝 몸을 숙여서 내 얼굴을 들여다보고 있었다.

순간 꿈이라 생각했다. 가즈미가 여기 있을 리 없기 때문이었다. 실제로 눈에 비친 모습은 현실감이 없었다. 꿈이라고 자신을 타이르며 다시 눈을 감으려고 했다.

"꿈 아니야." 꿈속의 가즈미가 말했다.

"꿈인 주제에 꿈이 아니라니, 시건방진 꿈이네."

그렇게 중얼거렸다가 번뜩 눈을 떴다. 메마른 모래톱 같은 현실감이 순식간에 내 주위로 되살아났다. 가즈미의 모습은 사라지지 않고 그대로 있었다. 쭈뼛쭈뼛 손을 뻗어 팔을 만져봤다. 감촉이 분명히 느껴졌다.

"꿈이 아니라고 했잖아." 가즈미가 내 손을 움켜쥔다.

어안이 벙벙해서 입만 뻐끔거렸다. 가즈미가 틀림없다. 눈앞에 가즈미가 서 있다. 그제야 그 사실을 인식했다.

"당신이 어떻게 여기에."

"아버지 몰래 빠져나왔어." 살짝 늘어지는, 평소 가즈미의 말투다. "실은 병원에도 가고 싶었는데 시간이 안 맞아서 못 갔어."

"하지만 왜?"

"당신은 늘 왜라고 묻네." 가즈미가 갑자기 손을 풀더니 소파 앞을 가로질렀다. 그러고는 바닥에 던져둔 내 옷가방을 열고 안을 뒤적거렸다. 접어놓은 종이를 꺼내들었다.

"그건……"

아내는 말없이 내 쪽으로 그 종이를 펼쳐 보였다. 어제 장인이 내민 이혼서류다. 가즈미는 다시 보지도 않고 손가락으로 종이 양끝을 잡고 힘차게 반으로 찢었다. 망설임은 없었다. 그야말로 번개 같은 행동이었다. 그러고는 나를 보며 확인하듯 말했다.

"이게 내 마음이야."

가슴이 울컥하며 뜨거운 것이 퍼져나갔다.

"정말이야?"

가즈미가 고개를 끄덕였다. 뺨이 조금 상기돼 있었지만 표정은 한없이 진지했다. 찢은 종이를 바닥에 떨어뜨리고는 뛰어들듯이 내 옆으로 와서 앉았다.

"밤새 생각했어." 가즈미가 바닥을 내려다보며 말했다. "결혼한 뒤로, 아니 당신과 만난 뒤로 난 사랑받고 보호받는 데 너무나 익숙해졌어. 당신이 나를 보살펴주는 게 너무도 당연하다고 확신하고 살았어. 늘 나밖에 생각하지 못했던 것 같아. 부부는 그런게 아니잖아. 난⋯⋯"

감정이 격앙돼서 더는 말을 잇지 못한다. 그러더니 고개를 들고 바로 눈앞에서 나를 물끄러미 바라봤다.

지금까지 본 가즈미의 얼굴 중에 가장 아름다웠다. 나는 아내의 숭고한 아름다움에 승복할 수밖에 없었다. 그것을 표현할 언어가 내게는 없었다.

압도당했다.

가즈미의 사랑에 압도당했다. 자신을 배신한 남자에게 그런 얼굴을 보여줄 수 있는 여자가 세상에 또 있을까. 내게는 과분한 여자다. 내 잘못이 부끄러우면서도 동시에 우쭐한 기분을 감출 수 없었다.

가즈미의 목이 흐느끼듯 떨렸다. 입술이 말을 토해내기 전에 나는 한없는 애정을 담아 가즈미를 껴안았다.

"더이상 아무 말도 하지 마." 말로 들으면 진정한 마음이 물거품처럼 사라질 것 같았다. "용서해주지 않아도 돼. 내 곁에만 있어줘."

가즈미의 눈물이 내 뺨에 느껴졌다. 내게는 정화의 세례 같았다. 고양된 감정이 극으로 치달으며 지금까지 내 안에 쌓였던 응어리가 구석구석 남김없이 씻겨나가는 광경이 머릿속에 그려졌다.

나는 진심으로 가즈미를 원했다.

"하지만 상처가……"

"상처 같은 게 무슨 상관이야."

방해만 없었다면 언제까지나 살을 맞대고 있었을 것이다. 그러나 누군가 현관 벨을 울렸다.

"아버지야." 내 가슴에서 얼굴을 떼며 가즈미가 속삭였다.

"내가 나갈게." 몸을 일으키며 말했다. "걱정 마. 당신은 절대 안 보내."

"응."

침대에서 내려와 서둘러 옷을 입었다. 현관에 나갈 때까지 벨이 끈질기게 울렸다. 발끈하며 문을 열었다. 그런데 밖에 서 있는 사람은 장인이 아니었다.

"실례합니다." 구노가 말했다. 그의 얼굴을 본 순간 불길한 예감이 압도했다.

"무슨 일이죠?"

"몇 가지 여쭤볼 일이 있습니다. 죄송하지만 경시청까지 함께 가주시겠습니까?"

긴박하고 딱딱한 말투였다.

"무슨 일인데요?"

"그건 경시청에 가서 설명하겠습니다. 이야기가 길어질 테니까요."

구노의 태도는 어제와는 딴판이었다. 미우라가 살해된 날 나를 보던 구노의 눈빛이 떠올랐다. 그때와 비슷하지만 훨씬 매섭고 타협의 여지가 없어 보였다. 불길한 예감이 단순한 예감으로 그치지 않을 것 같았다.

"옷을 갈아입어도 되겠습니까?"

"그러시죠." 표정의 변화 없이 그는 허락했다.

침실로 돌아갔다. 가즈미는 침대에 앉아 머리를 매만지고 있었다. 경찰이 왔다고 하자 순간 안색이 창백해졌다.

"걱정 마." 나는 애써 아무렇지 않은 얼굴로 말했다. "금방 돌아올 테니까 그때까지 집을 잘 지켜줘."

급히 옷을 갈아입고 현관으로 향했다. 가즈미는 나오지 않았다. 밖으로 나와 구노와 경찰차에 올랐다. 뒷자리에 등을 대자마자 그대로 경시청으로 연행됐다. 사이렌까지 울리지는 않았지만 차에서 구노는 한마디도 하지 않았다.

경시청에 도착해 곧바로 취조실로 끌려갔다. 그는 아무 설명도 없이 철제책상 앞 차가운 철제의자에 나를 앉혔다. 지난 일주일 동안 취조실 신세만 대체 몇 번인가. 그러면서 안 사실이지만 어느 경찰서 취조실이든 기본적인 틀은 다 똑같은 것 같다. 인간을 고립시키고 위축시키고 자기혐오에 빠지게 만드는 것이 유일한 목적인 공간. 평범한 인간이 드나들 만한 장소가 아니다.

구노는 취조실 구석에 놓인 의자에 앉아 일부러 나를 완전히 무시했다. 손바닥 뒤집듯 돌변한 태도에 화가 나 나도 구노를 무시하려 애썼다. 우리는 신경전을 벌였다.

문이 열리며 칙칙한 회색 양복을 입은 초로의 남자가 들어왔다. 상사인 듯한 그는 구노와 시선을 주고받더니 내 맞은편 의자에 앉았다.

각진 턱에, 머리에는 군데군데 양복과 같은 빛깔의 새치가 섞여 있다. 처음 대면한 형사지만 눈과 눈썹 생김새가 어딘지 낯익었다. 내가 아는 누군가와 닮았다.

바로 떠올라서 내가 먼저 말을 걸었다.

"노리즈키 경시님입니까?"

상대가 허를 찔린 듯 눈을 끔벅였다.

"어디서 뵌 적 있습니까?"

"아뇨. 아드님과 닮아서." 그의 태도가 누그러지기를 기대하고 던진 말이었다.

"아, 그렇군요. 그놈이 들으면 싫어하겠군." 그러나 표정에 눈에 띄는 변화는 없었다. "어쨌든 아들은 아들이고 전 저죠. 인사는 이 정도로 하고 본론으로 들어갑시다. 왜 갑자기 불려왔는지 알고 있습니까, 야마쿠라 씨?"

"모릅니다."

"당연히 얼마 전에 일어난 유괴와 두 건의 살인과 관련해서 묻고자 해서죠."

"이제 와서 뭘 더 묻겠다는 거죠?"

노리즈키 경시가 고개를 살짝 옆으로 젓는다.

"야마쿠라 씨는 평소에 몇시쯤 출근합니까?"

"뭐라고요?"

"평소 회사에 출근하는 시간을 묻는 겁니다."

대답하지 않으려다가 묵비권을 행사한다고 받아들이면 더 골치 아플 것 같이 말했다.

"여덟시 반경입니다. 업무가 아홉시에 시작되니까요."

"그렇다면 구가야마 댁에서 나오는 시간은요?"

"일곱시 사십분 게이오선 전철 시간에 맞춰서 나옵니다."

"일곱시 사십분이라." 노리즈키 경시가 책상 위에 양 팔꿈치를 얹고 나를 응시했다. "11월 9일 아침에는요?"

"9일 아침 말입니까?"

"네. 도미사와 시게루가 유괴된 아침 말입니다."

긴장이 온몸에 서렸다. 방심하면 안 된다. 심문의 칼날이 단숨에 목 언저리까지 파고들었다.

"왜 그런 질문을 하시죠?"

"질문할 때마다 매번 반문하면 시간만 허비될 겁니다."

"똑같았습니다." 발끈해서 대답했다. "일곱시 삼십분에 집에서 나와 한 시간 후에 회사에 도착했죠."

"틀림없습니까?"

"의심되면 회사 근무 기록을 확인해보십시오."

"이미 조사했습니다." 딱하다는 투로 그는 말했다. "9일 아침 야마쿠라 씨의 출근 기록은 없었습니다. 누군가 조작한 흔적이 있었어요."

"말도 안 돼요." 예기치 않은 말에 당황해서 나도 모르게 자리에서 일어났다.

"당신이 한 짓 아닙니까?"

"지금 장난하십니까?"

"진지하게 묻고 있습니다."

노리즈키 경시는 냉정 그 자체였다. 눈빛이 내뿜는 위압에 눌려 나는 다시 의자에 앉았다. 내 초조한 심중을 꿰뚫어보고 있다. 노리즈키 경시가 다그치듯 말을 이었다.

"어찌됐건 여덟시 삼십분에 출근했다는 증거가 없습니다."

"잠깐만요." 여기서 질 순 없었다. "그럼 제 부하직원들에게 물어보세요. 지난주 금요일이라면 제가 평소와 다를 바 없는 시간에 회사에 왔다는 걸 대부분 기억하고 있을 겁니다."

"당연히 확인해봤죠."

"그렇다면 이런 심문은 처음부터 의미가 없을 텐데요."

"속단은 금물입니다." 노리즈키 경시가 딱 잘라 말했다. "그날 아침만은 당신이 정시에 출근했는지 기억하는 사람이 아무도 없었다면 어떡하시겠습니까?"

"말도 안돼요."

"그런데 사실이 그렇습니다." 노리즈키 경시가 몸을 돌려 구노를 쳐다봤다. "오늘 탐문 결과를 야마쿠라 씨에게 전해주게."

"SP국 직원 전원에게 진술을 받았습니다. 그런데 아홉시 이전인지 아닌지 모두가 기억이 없다고 발언했습니다. 사실 기억이 없다기보다 당신이 지각한 걸 감추기 위해 모두가 입을 맞췄다는 느낌이 들더군요." 구노가 말을 마치고는 입술 한끝을 일그러뜨린다.

"어떻습니까, 야마쿠라 씨?" 노리즈키 경시가 내게 다시 얼굴을 돌렸다.

"그럴 리가. 틀림없이 날짜를 착각했을 겁니다."

"당신의 부하직원 전원이 말입니까?" 노리즈키 경시는 혀를 차며 고개를 좌우로 저었다. "야마쿠라 씨, 여기까지 와서 보기 딱한 변명은 그만두는 게 어떨까요. 금요일 아침 회사에 지각한 걸 인정하시죠."

다리가 후들거렸다. 누군가 나를 함정에 빠뜨렸다. 책상 밑에서 눈에 띄지 않게 손으로 무릎을 꽉 붙들었다.

"절대 인정 못합니다."

노리즈키 경시의 얼굴이 순간 굳었다. 깊은 주름이 이마를 가로질렀다. 짧은 침묵. 여유를 보이려는 듯 입술을 적시고는 한없이 담담한 투로 묻는다.

"시게루를 유괴한 건 당신이죠?"

"말도 안 되는 소리 그만하십시오."

"전 진지하게 묻고 있습니다." 말투는 정중했지만 서슬 퍼런 울림이 있었다. "당신이 두 사람을 죽였죠?"

분노보다 한심하다는 생각이 먼저 들었다. 왜 내가 이런 어처구니없는 소동에 휘말려야 한단 말인가. 사람을 잘못 봐도 단단히 잘못 봤다. 말없이 자리에서 일어나 문으로 향했다.

구노가 앞질러 문 앞을 가로막았다.

"자리로 돌아가주십시오."

"체포된 기억은 없습니다. 언제든 여기서 나갈 권리가 있을 텐데요."

구노가 고개를 가로저었다.

한참을 서로 노려봤다. 당장이라도 폭발할 것 같은 날선 분위기가 감돌았다.

"변호사가 필요하신가요, 야마쿠라 씨?" 노리즈키 경시의 목소리가 들렸다. 어디서 그런 허튼수작을.

"필요 없습니다." 획 돌아보고 대답했다. "난 아무도 죽이지 않았어요."

"그렇다면 아니라고 대답하면 그만이죠. 자리를 박차고 나가면 죄를 인정하는 거나 마찬가지입니다."

이거야말로 고양이가 쥐 생각해주는 격이다. 나는 오기가 발동해서 자리로 돌아갔다. 이들의 수에 놀아나는 꼴일지 몰라도 그런 말까지 들은 이상 도망칠 수 없었다.

"무슨 말을 하는지 이해할 수가 없군요." 바로 반격했다. "아무 근거도 없이 사람을 살인자로 모는 게 일본 경찰의 방식입니까?"

노리즈키 경시의 이마에 새겨진 주름이 다시 깊어졌다. 그는 바로 대답하지 않고 날카로운 눈빛으로 나를 뚫어져라 봤다. 그러고는 주먹을 입에 대고 헛기침을 하더니 침착한 목소리로 말했다.

"근거가 없지 않습니다. 실제로 당신은 9일 아침 회사에 늦게 출근했습니다. 늦은 이유는 평소 같으면 통근 전철에 탈 시간에 시게루를 유괴했기 때문입니다."

"아까 말했다시피 전 금요일에 회사에 지각하지 않았습니다."

"다른 사람의 증언이 없는 이상 당신 주장은 받아들일 수 없습니다. 근무 기록에 사후 조작의 흔적이 있다는 점도 당신에게는 불리한 증거입니다. 금요일 아침에 무슨 일이 있었는지 상상해볼까요? 일곱시 삼십분, 당신은 평소처럼 집을 나섰지만 역으로 가지 않고 근처에 숨어서 기다렸습니다. 여덟시쯤 시게루가 다카시와 학교에 가려고 왔습니다. 약 일 분 후 당신은 혼자 현관으로 나온 시게루를 불렀습니다. 친구의 아버지이니 아이도 경계하지 않았겠죠. 시게루는 당신을 믿고 따라갔습니다. 당신은 집에서 그리 멀지 않은 지점에 미리 아지트를 준비해뒀고, 거기에 아이를 감금한 뒤 아무 일 없었다는 듯 출근했습니다. 최소한 아홉시 무렵에는 회사에 도착해야 했을 테니 아지트는 구가야마역에서 걸어서 오 분 이내에 갈 수 있는 곳이었을 겁니다. 지금 스기나미 서 수사원들이 해당 구역을 샅샅이 뒤지고 있습니다."

경시는 혼자 상상의 날개를 펼치고 있었다. 일일이 반론할 의욕조차 생기지 않았다.

"뒤져봐야 시간낭비입니다."

"당신 입으로 장소를 말해주면 수고를 덜 수 있을 텐데요."

"그런 건 애초부터 존재하지 않는다고요!" 화가 치밀어서 버럭 소리쳤다. "당신이 하는 말은 하나부터 열까지 난센스입니다. 애초에 동기가 없잖습니까. 대체 제가 왜 시게루를 죽입니까?"

"잡아떼봐야 소용없습니다. 주변 인물 중에서 가장 강력한 동기를 가진 사람이 바로 당신입니다. 그건 당신이 더 잘 알지 않나요?"

순간 반박할 말이 없었다. 그제 일어난 소동으로 미치코와의 관계를 경찰도 알게 됐다는 걸 잊었다. 내가 어리석었다.

노리즈키 경시가 천천히 말을 이었다.

"칠 년 전 당신은 산부인과 간호사인 도미사와 미치코 씨와 불륜관계를 맺었습니다. 그 결과 시게루가 태어났지만, 당시 당신은 그 사실을 모른 채 완전히 관계가 끝났다고 믿고 있었습니다. 그런데 미치코 씨는 당신을 잊지 않고 호시탐탐 복수할 기회를 노리고 있었어요. 아이가 같은 초등학교에 들어간 것도 우연이 아니라 미치코 씨가 의도적으로 당신 집 근처로 이사했기 때문입니다. 영문을 몰랐던 당신은 미치코 씨의 올가미에서 도망칠 수가 없었습니다. 재회와 동시에 미치코 씨의 압박이 시작됐습니다. 미치코 씨는 시게루가 당신 자식이라는 사실을 가지고 협박하며 예전의 관계로 돌아가자고 강요했습니다. 복수심과 미련이 반반 있었겠죠. 당신에게는 마른하늘에 날벼락 같은 일이었겠지만 그래도 당신은 짚이는 데가 있어 내 자식이 아니라고 잡아뗄 순 없었습니다. 그러나 당신은 칠 년 전 이미 미치코 씨에게 진절머리가 난 터라 그녀의 요구를 받아들일 수 없었습니다. 그렇다고 지금의 아내에게 진실을 털어놓을 용기도 없었고요. 만약 다카시가 당신의 친자식이었다면 사정이 달랐을지도 모르죠. 하지만 아이러니하게도 당신 핏줄을 이은 건 시게루 하나뿐이고, 때문에 자식 문제에서는 지금의 아내가 열세일 수밖에 없죠. 그래서 더더욱 그 일을 계속 숨기기로 했습니다. 아니, 가정을 지키기 위해 아내와 자식의 행복을 지키기 위해 어떤 비열한 방법도 마다하지 않겠다고 결심을 굳혔습니다."

그는 일단 말을 멈추고 내 반응을 살폈다. 나는 숨을 죽이고 그 시선을 맞받아쳤다. 노리즈키 경시가 다시 말을 이었다.

"당신이 시게루의 존재를 최대 위협으로 간주한 건 그럴 수도 있다고 생각합니다. 미치코 씨에 대해서는 무의식적인 죄책감이 있었을 테니 무조건 증오할 수만도 없었겠죠. 그 결과 굴절된 딜레마의 배출구가 시게루를 향하게 됐을 겁니다. 애정은 고사하고 당신은 자기 핏줄인 아이를 오로지 증오했습니다. 그리고 그 아이만 없으면 미치코 씨의 협박도 효력이 없을 거라는 억지 결론을 내리고 시게루를 죽이기로 마음먹은 겁니다. 아닙니까?"

일부러 흘려들었다. 마지막 결론만 빼면 노리즈키 경시의 지적은 정확했다. 반박하기가 쉽지 않았다.

"당신에게 가장 큰 위험은 미치코 씨가 동기를 알아차리는 것이었죠." 노리즈키 경시가 힐난하는 어조로 말했다. "그냥 죽였다면 미치코 씨는 바로 알아챘을 겁니다. 실제로 오우메히가시 병원 영안실에서 미치코 씨는 당신이 시게루를 죽였다고 계속해서 울부짖었다고 하더군요. 그때는 모두 그 말의 의미를 오해했지만, 이제 와서 생각해보면 미치코 씨는 그때 이미 사실을 외치고 있었어요. 야마쿠라 씨, 당신만이 시게루를 살해할 동기를 갖고 있었습니다. 그렇기에 그 동기를 숨기기 위해 오인 유괴라는 시나리오가 필요했던 겁니다. 게다가 당신이 만들어낸 시나리오는 무서울 정도로 교묘했습니다."

나는 아무 말도 하지 않았다.

하지만 시선은 절대 피하지 않았다. 이렇게 된 이상 상대의 속이 풀릴 때까지 말하게 내버려둘 작정이었다.

"가장 교묘한 점은 미우라 야스시 씨를 공범으로 택한 겁니다. 과거에 다카시를 두고 싸웠던 두 사람이 실은 뒤에서 손을 잡고 있었다니 정말 놀랍습니다. 그토록 증오하던 두 사람의 모습이 실제로는 연극에 불과했다니 말입니다. 광고업계에서 그런 수련을 쌓은 겁니까? 두말할 것도 없이 구노 경부 눈앞에서 무시무시한 폭력 장면을 연출한 것도 형사에게 선입관을 심어놓기 위한 퍼포먼스였습니다. 그보다 무슨 수를 썼길래 미우라 씨의 협력을 얻어낸 겁니까? 금전적인 보상을 제안했나요, 아니면 다카시를 그에게 돌려주겠다고 약속했습니까? 전 후자일 가능성이 높다고 봅니다만, 어쨌든 당신이 미우라 씨에게 제시한 건 공수표에 불과했죠. 당신은 처음부터 일이 끝나고 나면 그를 죽일 작정이었으니까요."

경시의 이야기는 그 자체로 너무도 교묘했다. 유일한 결점은, 완전히 착각하고 있다는 점이었다. 안타깝게도 노리즈키 경시는 그 교묘함에 색안경을 썼다.

"수요일에 벌어진 미우라 씨 살해는 처음 살인에 비하면 애드리브 같은 범행이었습니다. 당신은 305호 현관에 숨어 있다가 미우라 씨가 들어오는 순간 찔러 죽였습니다. 부인은 아무것도 모르고 이용됐을 뿐이죠. 부인을 미끼로 수사에 혼란을 가중시키려고 한 겁니다. 밀실 운운하며 거짓말까지 지어냈습니다. 이 것도 애드리브였겠죠. 전날 저녁 제 아들놈과 나눈 대화가 머리에 남아 있었을 겁니다. 그런데 당신은 밀실의 의미를 제대로 파악하지 못해 오히려 자신을 궁지에 몰아넣고 말았습니다. 그건 악수惡手였습니다. 그런데 제 아들놈이 끼어들어 쓸데없는 말까지 나불대는 바람에 있지도 않은 밀실이 인정되면서 사건이 괜히 복잡해지고 말았습니다. 마이너스였던 사정이 플러스로 역전된 거죠."

이건 그냥 넘어갈 수 없었다. 경시의 추궁이 억지스러웠다. 그는 자신의 논리에 취해 폭주하고 있었다. 슬슬 반격할 시점이라 생각했다.

"잠깐만요."

"뭡니까?"

"당신의 이야기는 공상에 불과합니다. 아니 이 시점에서는 그래도 상관없겠죠. 하지만 가장 중요한 점이 무시되었습니다. 전 시게루를 죽일 수 없습니다. 시게루가 살해당하던 시각에 전 저희 집에서 한 발자국도 나가지 않았습니다. 그건 스기나미 서 형사들이 증명할 수 있습니다. 제게는 알리바이가 있습니다. 집에서 나가지도 않은 사람이 어떻게 감금된 아이를 죽일 수 있다는 거죠?"

"방법은 얼마든지 있죠." 노리즈키 경시가 대수롭지 않다는 듯이 말했다. "현대는 하이테크 시대입니다. 간단한 기계장치와 타이머를 조합하면 원격 살인 같은 건 일도 아닙니다."

"그럼 그 장치를 보여주시죠."

대답할 수 있을 리 없었다. 억지처럼 튀어나온 허세였다. 제정신인 인간이 그런 짓을 할 리가 없다.

역시 멋쩍었는지 노리즈키 경시가 뚱한 얼굴로 입을 다물었다. 취조실에서 몰아세우면 바로 자백하리라 만만하게 봤다면 여간 잘못 본 게 아니다. 무죄인 인간이 그리 쉽게 무너질 리가 없다.

"더이상 질문이 없으면 돌아가겠습니다."

내 말에 노리즈키 경시가 어깨를 으쓱했다.

"그건 좀 어렵겠군요. 저희가 아직 납득하지를 못해서 말입니다."

"납득할 수 없는 쪽은 접니다."

"하지만 금요일 밤 알리바이와 관련해서도 야마쿠라 씨 언동에는 의문점이 많습니다. 이를테면 근무 기록이 그렇죠. 죄송하지만 조금만 더 계십시오."

그런 말을 했다. 뻔뻔하기 그지없는 말에 어처구니가 없었지만, 지기 싫어하는 근성이 얼굴을 내밀었다. 이렇게 된 이상 끝까지 붙어보자 싶었다.

바통 터치하듯 구노의 질문이 시작됐다. 대부분은 지금까지 한 질문의 재탕으로 취조라기보다 체면을 건 오기 싸움 같았다. 똑같은 질문과 천편일률적인 대답의 응수가 지루하게 이어졌다.

하지만 완전한 시간낭비만은 아니었다. 심문중에 구노의 질문이 촉매가 되어 내가 잊고 있던 사실을 떠올리게 됐기 때문이다. 그걸 기화로 지금까지 뒤죽박죽이었던 사실의 단편들이 고구마 줄기처럼 차례로 이어지며 하나의 도식으로 수렴되어갔다. 밤이 이슥해질 무렵 나는 도미사와 시게루와 미우라 야스시를 죽인 범인의 이름을 알았다.

3

밤 열시, 드디어 취조실에서 해방됐다. 임의출두라 구류할 수 없다는 것이 다행이었다. 상대도 불법 수사에 근접하는 수단까지 동원해서 자백을 강요할 의사는 없는 듯했다.

나는 범인의 정체를 알아차렸지만 잠자코 있었다. 확신이 없어서가 아니었다. 본인을 만나 직접 묻고 싶었다. 내 추리가 옳다면 자수를 권할 생각이었다.

우치보리 길에서 택시를 잡아타고 행선지를 말했다.

고이시카와에 있는 장인 집에 도착했을 때는 밤 열한시가 다 되어가고 있었다. 운전수에게 만 엔을 건네고 미터기를 켠 채 잠시 기다려달라고 부탁했다.

차에서 내리자 문등이 휘황하게 빛나고 있었다. 철제대문을 열고 들어갔다. 적막하고 평온한 공기가 흘렀다. 포석을 건너 현관 격자문을 당겼다.

"실례합니다."

한밤에 큰 소리를 내자 안에서 맥없는 목소리가 들려왔다. 터벅터벅 복도를 밟는 발소리가 나면서 장모가 나왔다. 잠옷에 윗옷을 걸치고 있었다. 장모는 당혹스러운 눈으로 나를 빤히 쳐다봤다.

"이렇게 늦은 시간에 누군가 했더니 자네였어?" 가즈미가 아니어서 낙심했다고 말하고 싶은 표정이었다.

"아버님은 돌아오셨습니까?"

"응."

"실례하겠습니다." 현관에 구두를 벗어던지고 무람없이 집안으로 들어갔다. 장모를 곁눈으로 보며 지나쳐 장인의 서재로 직행했다.

노크도 하지 않고 서재 문을 열어젖혔다. 장인은 책상에 앉아 뭔가 읽고 있었다. 그는 노안경을 쓴 채 고개를 돌려 나를 봤다.

"갑자기 무슨 일인가."

"아버님께 드릴 말씀이 있습니다."

"지금이 몇시인 줄 아나. 내일 하게." 장인은 거칠게 내뱉고 바로 외면하려고 했다.

"왜 직원들에게 거짓 증언을 시키셨습니까?"

장인의 어깨가 파도처럼 움찔거렸다. 얼굴의 반만 나를 향한 채 장인은 그대로 얼어붙었다.

"제 근무 기록을 조작한 것도 아버님이 하신 일이죠?" 연이어 말했다.

장인은 뭔가 붙들 것을 찾듯 노안경을 거머쥐더니 책상 위에 접어놓았다. 그러고는 의자를 비스듬히 돌려서 나를 봤다. 부자연스러울 정도로 눈에 힘이 들어가 있었다.

"뭔 소리를 하는 건가." 이 마당에 이르러서도 잡아떼려 한다.

"방금 전까지 경찰에게 취조를 받았습니다. 제게 살인 누명을 씌우려고 하셨더군요."

"모르는 일이야." 장인은 경련하듯 격렬하게 고개를 저었다. "난 전혀 모르는 일이야."

"이제 와서 모른다고 끝날 일이 아니죠. 전 압니다. 아버님이 두 사람을 죽였다는 걸."

장인은 놀란 눈으로 나를 올려다보며 몸을 떨었다. 가까스로 중얼거리는 듯한 목소리가 들렸다.

"그게 무슨 소리야."

"미우라가 가르쳐줬습니다." 취조실에서 정리한 생각을 언어로 변환했다. "미우라는 묘비명 대신 자신을 배신한 범인의 이름을 새기고 죽었습니다. 나카노 뉴하임의 밀실에서요. 그건 범인의 트릭이 아니라 피해자가 죽는 순간에 남긴 메시지였습니다. 처음부터 미우라는 공범을 진심으로 믿지 않았습니다. 그랬기에 만일의 경우에 대비해서 범인을 가리키는 힌트를 노리즈키 린타로에게 슬쩍 남겨놓았죠. 밀실 트릭을 거론하며 '단단한 빗장이 필요조건이다'라는 말을 남겨놓은 겁니다. 숨을 거두기 직전 문을 잠근 건 주의를 환기하기 위한 퍼포먼스였을 겁니다. 키워드는 빗장입니다. 빗장이란 한자를 어떻게 쓰는지 알고 계시겠죠. 문 문門 변에 한 일一 자 하나를 긋죠. 문 속에 일. 즉 문과 하나門입니다. 아시겠습니까, 아버님? 가도와키 료이치門脇了門, 미우라는 아버님의 이름을 새기고 죽은 겁니다."

"아니네. 자넨, 그래, 오해하고 있어." 장인은 잔뜩 겁먹은 목소리로 말했다. 긍지는 간데없고 추태를 보이고 있다. 귓등으로도 들을 가치가 없는 말이었다.

"아버님이 범인임을 깨닫자 사건의 전체상이 한순간에 보이기 시작하더군요. 진즉에 깨닫지 못한 게 억울할 정도였습니다. 애초에 미우라의 동향을 가장 상세히 파악하고 있던 인물이 누구일까요? 아버님이죠. 미우라를 유괴 살인의 공범으로 끌어들일 정도로 강한 영향력을 갖고 있던 인물이 누구일까요? 아버님이죠. 두 사건에서 알리바이의 존재 여부가 문제시되지 않았던 인물이 누구일까요? 아버님이죠. 게다가 전무이사라는 지위에 있으니 시간도 얼마든지 자유롭게 쓸 수 있었습니다. 출근을 몇 시에 하든 상관없고, 근무시간에 몰래 자리를 비울 수도 있었을 겁니다. 유괴와 두 건의 살인을 실행할 수 있는 인물은 아버님뿐이었습니다."

"그게 아냐." 그 말밖에 하지 못한다.

장인은 고개를 저으며 마른 입술을 적셨다.

"동기도 있었죠. 빈틈없는 아버님이 미치코와 제 관계를 모를 리가 없었습니다. 시게루 일도 알았을 테고요. 미우라의 신상 보고서 밑에는 제 이름이 적힌 파일도 틀림없이 있었겠죠? 아버님은 금요일 아침 저를 방으로 불러서 '여자 문제인가?'라고 물었습니다. 미치코의 협박을 알고 있었다는 증거입니다. 그때 아버님은 같은 남자로서 제게 힘이 되어주고 싶다고 말했습니다. 그리고 아버님은 그 말을 정말로 실행했습니다. 하지만 사실은 저야 어떻게 되든 상관없었겠죠. 아버님의 유일한 목적은 딸을 지키는 것뿐이었으니까요."

장인은 두 손으로 얼굴을 덮고 손가락 사이로 간간이 신음을 토했다. 가도와키 료이치는 추레한 노인에 불과했다. 나는 개의치 않고 계속 말했다.

"아버님은 제가 가즈미를 사랑한다는 건 인정했습니다. 안 그랬다면 진즉에 저를 쫓아냈을 테니까요. 절 쫓아내지 못한 건 아마도 가즈미가 절 정신적으로 많이 의지했기 때문일 겁니다. 그런 남편이 자신을 배신했다는 것을 알면 가즈미가 극심하게 괴로워하다가 예전처럼 정신의 균형을 잃고 무너질 거라고 생각했을 겁니다. 아버님은 그게 두려웠습니다. 그래서 미치코의 협박이 점점 심해져서 파국에 이르기 전에 브레이크를 걸어야겠다고 생각한 겁니다. 아버님의 결론은 도미사와 시게루를 죽이는 것이었습니다. 만난 적도 없는, 그저 이름밖에 모르는 아이를 가즈미를 위해 희생양으로 바치기로 한 겁니다. 어쩌면 전 아버님을 비난할 권리가 없는지도 모릅니다. 애초에 제가 뿌린 씨앗이니까요. 하지만 이것만은 말할 수 있습니다. 아버님이 선택한 방식은 너무도 잔인했습니다. 인간으로서 할 짓이 아니었습니다. 아버님, 당신은 되돌릴 수 없는 죄를 저질렀습니다."

무의식중에 내 목소리 톤이 올라갔고 어깻숨을 쉬고 있었다. 감정을 가라앉히기 위해 심호흡을 거듭했다. 장인은 고개를 숙인 채 눈을 꽉 감고 있다. 신음소리조차 나지 않았다. 미동도 없었다.

나는 가까스로 마음을 가라앉히고 입을 열었다.

"그제 혼마 마호라는 여자를 만났습니다. 아시죠? 아버님이 미우라를 조사하라고 의뢰한 '쇼와종합리서치'에서 일하는 여대생 말입니다. 아버님의 태도에서 뭔가 수상하다는 느낌이 들어 어떤 보고를 했는지 알아내려고 만났습니다. 진범을 알고 있을 가능성도 있다고 생각했죠. 그런데 절대 입을 열지 않더군요. 그때 진상을 깨달았어야 했습니다. 혼마 마호는 아버님이 사건의 배후에 있다는 걸 알았지만, 아버님은 그 여자에게 엄중히 함구령을 내렸을 겁니다. 그 사실이 밝혀지면 진범의 정체가 일목요연해지니까. 입 밖에 내면 죽이겠다고 협박했습니까? 아니면 그 여자도 처음부터 아버님과 한패였습니까?"

"그 아가씨는 관계없어." 장인은 고개를 숙인 채 말했다.

"함구령을 내리지 않았다면 왜 그 여자가 보고 내용을 숨긴 거죠?"

장인은 갑자기 고개를 들고 눈을 휙 치켜뜨며 나를 바라봤다. 몸을 움찔움찔 떨었고 눈시울이 촉촉했다.

"입 다물라고 시킨 건 인정하지. 하지만 그건 자네가 생각하는 이유 때문이 아니야."

"그럼 달리 무슨 이유가 있는 겁니까?"

"……모든 걸 다 말할 수는 없는 법이네." 장인은 만감이 교차하는 듯이 고개를 저었다. "자넨 모르네."

말이 통하지 않는다. 이 정도로 체념이 느린 남자였다니. 깔끔한 성품인 줄 알았는데. 마지막에 다다랐는데도 자신의 과오를 인정하지 않겠다는 건가.

"이제 됐습니다. 아버님이 한 짓은 모두 알고 있습니다. 동기를 숨기기 위해 오인 유괴를 연출한 건 전에 회사에서 설명했던 대로입니다. 아버님 입장에서는 부처님 앞에서 설법하는 것 같았겠지요. 다만 사야마공원에서 제게 쓴맛을 보게 한 건 미우라가 아니라 당신 생각이었을 겁니다. 가즈미를 배신한 제게 징벌을 내리기 위해서 말입니다. 그후에 입막음을 위해 미우라를 죽이며 아버님은 당초의 목적을 달성한 줄 알았겠지만, 예상치 못한 사건이 일어나고 말았습니다. 도미사와 미치코가 가즈미 앞에서 저와의 관계를 폭로한 겁니다. 그럼으로써 모든 게 물거품이 되고 말았죠. 게다가 노리즈키 린타로가 사건의 구도를 풀어나가자, 아버님은 스스로를 지키기 위해 뭔가 수를 써야 할 압박을 받았습니다. 미치코의 이야기를 듣고 저에 대한 가즈미의 애정이 퇴색했을 거라 생각한 당신은 주저 없이 제게 누명을 씌우려 했습니다. 자신의 죄를 뒤집어씌워서 저와 가즈미를 완전히 갈라놓으려고 한 겁니다. 그러나 아버님, 당신은 졌습니다. 가즈미는 아버님의 일방적인 애정 공세에서 도망쳐나와 제 품으로 돌아왔습니다. 가즈미는 더이상 아버지의 보호를 바라지 않습니다. 당신의 역할은 끝났습니다."

"자넨 크게 오해하고 있어." 장인은 비장한 표정으로 호소했다. 애절한 만큼 유난히 더 꼴사나웠다. "그애에게는 아직도 내가 필요하네."

언제까지 노추老醜를 드러낼 작정인가. 더이상 이야기하고 싶지 않았다. 어차피 이제 할말도 없었다. 그러나 마지막 대사가 남아 있었다.

"아직 이 이야기는 경찰에게 말하지 않았습니다. 내일까지 딱 하루만 기다리겠습니다. 자수하세요."

그렇게 말하고 나는 돌아섰다. 문을 향해 걸어가는데 장인이 뒤에서 말했다.

"기다리게. 내 이야기를 들어봐."

아직도 할말이 있단 말인가. 전심전력을 다해 묵살했다. 당신 같은 인간은 가즈미의 아버지로서 자격이 없습니다. 오늘로 연을 끊겠습니다. 방에서 나와 돌아보지도 않고 문을 닫았다.

복도 한가운데에 장모가 서 있었다.

우리가 나눈 대화는 못 들었을 것이다. 하지만 내 태도로 금세 짐작했을 것이다. 얼굴이 한없는 불안에 뒤덮여 있었다. 서 있는 모습마저 공허했다.

"다카시는 어딨습니까?" 나는 장모에게 물었다.

장모는 우물쭈물하며 말을 하지 못했다. 그러더니 동쪽 다다미방을 가리켰다.

"지금 집으로 데려가겠습니다."

장모를 세워둔 채 방 앞으로 갔다. 장지문을 열고 발밑을 조심하며 불을 켰다. 다다미 여섯 조 방 한가운데 이부자리가 깔려 있고 그 끄트머리에 다카시의 얼굴이 보였다. 머리맡에 웅크려 앉아서 부드러운 뺨을 살짝 꼬집었다.

"일어나."

으응 하는 소리가 새어나왔다. 눈을 뜬 다카시가 눈이 부신지 깜빡거렸다.

"아빠? 안녕." 졸린 목소리다.

"일어나. 집에 가자."

여기가 어딘지 모르는 듯 어리둥절한 표정이다. 일으켜세운 뒤 잠옷을 벗기고 일단 근처에 있던 옷을 입었다.

다카시의 손을 끌고 현관으로 향했다. 장모는 당장이라도 울음을 터뜨릴 것 같은 얼굴로 서 있었다. 장인은 없었다.

"짐은 나중에 가지러 오겠습니다. 밤늦게 실례했습니다."

그렇게만 말하고 머리를 숙였다. 아무 죄가 없는 장모에게 무거운 슬픔을 짊어지게 한 것 같아 괴로웠다. 처음부터 모든 것이 내 탓이었다. 면목없었다. 어머님, 지금은 드릴 말씀이 없습니다. 하지만 언젠가 꼭 이 죄를 갚겠습니다. 나는 속으로 말했다.

다카시에게 신발을 신기고 장모 앞에서 물러났다. 밖에서 기다리던 택시에 올라 구가야마로 향했다. 차가 출발하고 얼마 지나지 않아 다카시가 새근새근 숨소리를 내기 시작했다. 다카시의 잠든 얼굴에 심취해서 심야의 정체도 괴롭지 않았다. 가즈미가 기다리는 집을 향해 택시는 질주했다. 누구의 간섭도 없이 오로지 우리 세 식구만 살 날이 오고 있다. 이젠 그 누구도 방해하지 못한다.

조금만 더 가면 집이다.

가즈미, 오래 기다리게 해서 미안해.

지금 가고 있어.

4

구가야마에 도착했을 때는 열두시 반이 넘은 시각이었다. 다카시를 깨워 택시에서 내렸는데 집 앞 도로에 낯선 차가 세워져 있었다. 경찰차였다. 아직도 물러나지 않고 나를 괴롭힐 작정이란 말인가. 집에 돌아왔다는 환희에 찬물이 끼얹어진 기분이었다. 단호하게 항의하겠다고 마음을 굳히고 문을 통과했다.

현관문을 연 순간 불온한 공기를 느끼고 발을 멈췄다. 분위기가 이상했다. 다카시도 민감하게 반응하며 내 윗옷 자락을 꽉 붙들었다.

"가즈미!" 크게 소리질렀다.

대답이 없다. 대신 무거운 발소리가 복도에 울리더니 노리즈키 린타로가 나타났다. 어둡다. 더없이 눈빛이 어둡다. 가슴이 쿵쾅거렸다.

"노리즈키 씨가 여긴 어쩐 일이죠?"

"야마쿠라 씨야말로 지금까지 어디 계셨던 거죠?"

"아이를 데려오려고 아내 친정에 들렀다 왔습니다. 그보다 가즈미는 어디 있나요?"

"그게⋯⋯" 주저하다가 문득 다카시의 얼굴에 시선이 멈춘다. "아드님을 먼저 재우는 게 나을 것 같군요."

낌새가 이상했다. 나는 일단 수긍하고 다카시에게 말했다.

"다카시, 올라가서 더 자야 해."

"엄마한테 인사해야 하는데."

"오늘은 늦었으니까 내일 아침에 해." 아이를 억지로 2층으로 올려보냈다. "잘 자."

"안녕히 주무세요."

불안이 증폭된 채 거실로 이동했다. 가즈미는 보이지 않았다. 그 대신 소파에 노리즈키 경시가 앉아 있었다. 정신이 완전히 딴 데 팔린 것처럼 멍한 얼굴이었다. 그는 나와 자기 아들이 온 걸 알아차리고 천천히 소파에서 일어났다.

적개심이 되살아나서 노리즈키 경시를 노려봤다. 그러나 돌아온 건 그의 아들과 똑같이 어둡고 가라앉은 눈빛이었다. 그는 내 얼굴을 보자 괴롭다는 듯 표정을 일그러뜨렸다. 방금 전까지 경시청에서 나를 추궁하던 남자가 전혀 다른 사람처럼 보여서 항의할 마음조차 사그라지고 말았다.

노리즈키 경시가 입을 열려다가 고개를 내젓더니 아들에게 눈을 돌렸다. 부자 사이에 무언의 대화가 오가는 듯했다. 그는 자리를 뜨면서 아들의 어깨에 손을 얹었다. 그런 뒤 아무 말도 않고 어깨를 움츠린 채 거실에서 나갔다.

둘만 남은 우리는 마주 앉았다. 노리즈키 린타로는 여전히 입을 꾹 다물고 있었다. 나는 초조했다. 참지 못하고 내가 먼저 물었다.

"가즈미에게 무슨 일이 있습니까?"

"네." 노리즈키가 깊은 한숨을 내쉬었다.

또다시 긴 침묵이 흘렀다. 나는 꼼짝도 하지 않고 다음 말을 기다렸다.

"야마쿠라 씨." 드디어 입을 열었다. "가슴 아픈 소식을 전하게 됐습니다. 침착하게 들어주시길 바랍니다." 노리즈키는 무릎 위에서 양손을 주먹 쥐었다. "방금 전 야마쿠라 가즈미 씨가 두 사람을 죽인 범인이라는 사실이 밝혀졌습니다."

나는 잠시 말을 잃고 노리즈키의 얼굴만 빤히 쳐다봤다.

"……지금 뭐라고 했습니까?"

"야마쿠라 가즈미 씨가 시게루와 미우라 야스시를 죽인 범인이라고 말했습니다."

"무슨 헛소리야." 나는 몸을 앞으로 내밀며 노리즈키의 멱살을 잡으려고 했다. "지금 무슨 헛소리를 지껄이는 거야!"

"제발 진정하십시오." 노리즈키가 고통스러운 표정으로 말했다. "일단 제 얘기를 들어주십시오. 야마쿠라 씨가 이해하도록 순서대로 설명하겠습니다."

진지한 눈빛에 압도돼 뒤로 물러났다. 하지만 그를 믿은 건 아니었다. 이야기를 들어보려 했을 뿐이다.

"얼른 그 말도 안 되는 설명을 끝내주시죠. 다 끝나면 아내가 있는 곳으로 안내해주고요."

노리즈키의 눈에 연민의 빛이 드러나더니 한층 어두워졌다. 내 시선을 피하려는 듯 그는 설명에 집중했다.

"유괴사건이 일어난 9일 아침부터 시작하겠습니다. 이미 설명한 대로 시게루의 유괴는 우연한 실수가 아니라 범인이 계획했던 행동이었습니다. 즉 범인은 9일 아침 시게루가 혼자 이 집에서 나가리라는 걸 사전에 알고 있었다는 뜻입니다. 그렇지 않으면 범행 계획의 근간에 있는 대상의 착각, 오인 유괴가 성립하지 않습니다. 그 이유는 평소 아침처럼 시게루와 다카시가 함께 등교했을 경우에는 애당초 그런 오인이 일어날 수 없기 때문이죠. 무리하게 오인을 가장하고 시게루만 유괴한다고 해도 다카시를 그대로 뒀다는 부자연스러운 상황 때문에 진짜 의도만 노출되고 말았을 겁니다. 그렇기에 유괴 당일 다카시가 학교를 안 간 건 단순한 우연이 아니라 반대로 범행 계획을 지탱하는 필요조건이었고, 거기에는 범인의 적극적인 의지가 개입했다고밖에 볼 수 없습니다. 그렇다면 그 조건을 조작할 수 있었던 인물은 누구일까요?

해당하는 인물은 어머니인 가즈미 씨뿐입니다. 감기를 핑계로 학교에 안 보내는 것 정도는 어머니에게는 너무도 쉽고 간단한 일이기에 더더욱 우리의 시야에서 벗어나게 된 겁니다. 좀더 일찍 알아차렸어야 했습니다. 11월 9일 아침 시게루는 이 집 현관에서 유괴됐습니다. 범인은 부인이고, 시게루 혼자 여기서 나갔다는 증언은 부인의 날조였습니다."

망연자실한 채 노리즈키의 설명을 들었다. 극심한 혼란에 입을 열 수 없었다. 노리즈키의 논증에서 맹점을 찾아낼 수 없었기 때문이다.

"부인은 현관에서 시게루를 기절시키고는 이 집 어딘가에, 아마도 차고 안에 감금한 후 미우라의 전화를 기다렸을 겁니다. 그날 저희 집에 온 미우라는 미리 불러둔 보험회사 영업사원과 제가 실랑이하는 동안 제 시야에서 벗어나 오전 열한시에 첫번째 전화를 걸었습니다. 사실 이건 통화 기록이 조사될 만일을 대비한 형식적인 전화였고, 그후에 부인이 진술한 대화 같은 건 없었을 겁니다. 즉 미우라는 아이의 목소리를 준비할 필요도 없었다는 말입니다. 대화 내용 역시 부인이 지어낸 겁니다."

바로 반박하려고 했지만 노리즈키가 고개를 저으며 나를 제지한 후 설명을 이었다.

"인질을 이 집에 감금한 것이 부인이 세운 계획 중에서 가장 중요한 포인트였습니다. 왜냐하면 인질 살해도 이 집에서 이루어졌으니까요. 결론부터 말하자면 부인은 절대 의심받을 수 없는 완전한 알리바이로 자신을 지키려 했습니다. 돈을 노린 유괴로 위장한 것도 그것 때문입니다. 즉, 진짜 동기를 숨기는 동시에 알리바이 공작에 적합한 조건을 갖추기 위해서였다는 말입니다. 이 정도로 주도면밀하게 계획된 범행은 전에도 없었습니다."

"헛소리야." 더는 견딜 수 없어서 노리즈키의 말을 잘랐다. "알리바이 공작이라고? 이 집에서 아이를 죽였다고? 불가능해. 시체는 오우메 시에서 발견됐어. 여기서 몇 킬로미터나 떨어진 곳이잖아. 게다가 그날 밤 가즈미는 한 번도 집밖으로 나가지 않았어. 스미나미 서 형사가 증언할 수 있어. 그런데 어떻게 오우메 시까지 시체를 옮겼다는 거지?"

노리즈키는 다시 고개를 저었다. 그는 동정으로 충만한, 목쉰 소리로 타이르듯이 말했다.

"집밖으로 한 발자국도 안 나가도 가능한 방법이 있습니다. 알리바이 공작에 대해 말해보죠. 부인은 먼저 110으로 신고해서 경찰을 불렀습니다. 방금 야마쿠라 씨가 말한 대로 본인이 한 번도 집에서 안 나갔다는 걸 제삼자인 스기나미 서 형사들에게 증언시키기 위해서입니다. 설마 인질이 이 집안에 있을 거라고 누가 상상했겠습니까.

밤 여덟시부터 아홉시 사이에 부인은 뭔가 구실을 만들어 자리에서 벗어났고 차고에서 시게루를 살해했습니다. 그런 뒤 시체와 책가방을 비닐봉투에 담아 야마쿠라 씨의 아우디 트렁크에 실었습니다. 그러는 데 오 분이나 걸렸을까요. 부인은 태연한 얼굴로 거실로 돌아왔고, 아무도 수상하게 보지 않았습니다. 거실에 있던 사람들은 범인의 연락이 지연되는 상황에 정신이 팔려 아무도 부인에게 주의를 기울이지 않았을 겁니다."

"……아우디 트렁크에?" 내 심장이 격렬히 두방망이질하기 시작했다.

"그렇습니다. 이 점이 부인이 세운 계획 중에 가장 교묘한 부분입니다. 아시겠습니까, 야마쿠라 씨? 그날 밤 야마쿠라 씨는 육천만 엔의 몸값이 아니라 시게루의 시체를 미우라에게 건네기 위해 사야마공원으로 유인된 겁니다. 운전중에는 극도로 흥분한 상태였을 테니 트렁크에 아이 시체가 있다는 걸 알아차리지 못했겠죠. 미우라는 골프를 타고 사야마공원으로 먼저 가서 돌계단에 올가미를 쳐놨습니다. 야마쿠라 씨를 붙들어서 시간을 벌려고 말입니다. 그러고는 세이부유엔치역 근처에서 야마쿠라 씨가 도착하기를 기다렸다가, 히카와신사로 돈을 가져오도록 전화로 지시를 내렸습니다. 미우라는 지정한 시간까지 거기서 기다렸고 손전등 신호가 없었으니 당신이 올가미에 걸려들었다는 걸 알았을 겁니다.

야마쿠라 씨가 돌계단에서 떨어져 의식을 잃은 동안 미우라는 우회해서 자신의 골프를 주차장에 댔습니다. 그리고 아우디 트렁크를 열어 시체를 자기 차에 옮겼습니다. 차열쇠는 부인이 미리 준비해줬겠죠. 그런 뒤 돌계단에 쳐둔 올가미를 회수하고 떠났습니다. 오우메로 시체를 유기하기 위해서 말입니다."

그는 생각을 다시 정리하려는 듯 잠깐 시간을 뒀다가 다시 말을 이었다.

"즉 몸값 거래로 위장했지만 실제로는 공범 사이에 시체 이동이 이루어진 것이었습니다. 그렇기에 미우라가 경찰의 미행을 경계한 것도 돈을 노린 유괴로 꾸미려는 포즈만이 아니었습니다. 어떻게든 추적 차량을 떨쳐낼 필요가 있었기 때문입니다. 사야마공원 주차장에서 시체를 옮겨 싣는 현장이 발각되면 모든 게 허사가 되니까요. 만약 스기나미 서 형사가 미행 중지를 명령하지 않았다면 집에 있던 부인도 뭔가 다른 수를 썼을 겁니다. 경찰의 작전은 부인이 꿰뚫어보고 있었으니까요.

이상이 첫 사건의 개요입니다."

무릎을 움켜쥔 손이 바들바들 떨렸다. 믿을 수 없다. 있을 수 없는 일이다. 그러나 노리즈키는 가차없이 내 희망을 부숴버렸다.

"시게루 살해가 주도면밀한 계획에 기초한 범행이었던 것과 대조적으로 두번째 살인, 미우라의 경우는 대담한 결단으로 우발적으로 일어난 범죄였습니다. 야마쿠라 씨가 미우라의 알리바이를 믿지 못하고 그의 집을 조사하겠다는 말을 꺼냈을 때, 부인은 서둘러 공범의 입을 막아야겠다고 생각했을 겁니다. 마침 야마쿠라 씨가 함께 가달라고 했으니 부인에게는 절호의 기회였습니다. 야마쿠라 씨가 305호를 조사할 때 미우라가 금세 돌아온 건 부인이 말해줬기 때문입니다. 물론 부인도 바로 뒤따라 나카노 뉴하임으로 왔습니다. 미우라는 야마쿠라 씨를 가격한 직후라 방심했을 테고, 그런 미우라를 찔러 죽이는 건 그리 어렵지 않았을 겁니다. 일 분도 안 걸렸을 거예요. 기모노 소매로 식칼을 잡아서 지문도 안 남았고요. 그런 뒤 부인은 기절한 남편을 욕실에 남겨둔 채 서둘러 현장을 떠났습니다.

그뒤는 야마쿠라 씨가 아시는 바와 같습니다. 부인은 그뒤로 아무런 조치도 취하지 않았습니다. 남편이 헌신해서 자신을 지켜주리라 확신했기 때문입니다. 물론 야마쿠라 씨는 부인의 기대에 부응했습니다. 그 결과, 야마쿠라 씨는 물론 그 누구도 부인을 의심하지 않았습니다."

"잠깐." 나는 일말의 희망을 품고 노리즈키에게 반박했다. "밀실로 꾸민 미우라의 다잉 메시지는 뭐죠? 그건 빗장이라는 한자를 표현한 게 틀림없습니다. 문과 하나門, 즉 가즈미의 아버지가 미우라를 죽인 범인인 거예요."

"저도 한때는 그렇게 생각했습니다." 노리즈키가 말했다. "하지만 역시 범인은 부인입니다. 그 메시지는 야마쿠라 가즈미 씨를 가리키고 있습니다."

"왜죠?"

"미우라에게 부인은 야마쿠라 가즈미이기 전에 세상을 떠난 아내 쓰구미의 언니입니다. 즉 미우라의 머릿속에는 지금의 성보다 '가도와키'라는 결혼 전의 성이 떠올랐을 겁니다. 그뿐만이 아니라 그는 처형의 이름과 관련해서 단순한 착각을 했습니다. 화평할 화 자를 쓰는 가즈미和美가 아니라 한 일 자를 쓰는 가즈미一美라고 믿었던 겁니다. 부인이 첫째인데, 동생이 다음 차次 자를 쓰는 쓰구미次美였다는 점을 생각하면 마냥 엉뚱하다고는 할 수 없는 오해죠. 따라서 그 밀실이 미우라의 메시지였다면 '가도와키 가즈미門脇一美'라는 이름을 가리키는 것이라고 봐야 맞습니다.

동시에 이 사실은 가즈미 씨가 미우라를 쉽사리 포섭한 이유에 대한 설명도 되죠. 미우라는 가즈미 씨에게서 쓰구미 씨의 그림자를 보고 있었습니다. 아니면 미우라의 행동을 이해할 수가 없어요. 미우라에게는 처음부터 자신이 살해될지도 모른다고 각오했던 흔적이 보입니다. 그런 의미에서 가즈미 씨야말로 미우라에게 '팜므파탈'이었을지도 모르겠습니다."

반론의 싹이 연이어 짓밟히면서 노리즈키의 주장은 신빙성을 더해갔다. 심장이 도려내어지는 것 같은 공포가 몰려왔다. 머릿속에서는 아까 장인이 한 말이 새로운 의미를 띠며 소용돌이치기 시작했다. "자넨 크게 오해하고 있어. 그애에게는 아직도 내가 필요하네."

미우라의 신상 보고서에 가즈미의 이름도 올라와 있지 않았을까? 장인이 그 보고를 받고 두 사람이 만난 이유를 오해해 혼마 마호에게 조사 내용을 입 밖에 내지 말라고 명령했을지도 모른다. 그후 돌연하게 내게 누명을 씌우는 공작에 나선 건 그저께 위장 오인 유괴의 내막을 알아채고 미우라가 공범자였음을 알았기 때문일 것이다. 장인은 말 그대로 가즈미를 지키려 한 것이다.

나는 암담한 예감에 전율하며 마지막으로 남은, 아무 희망도 없는 질문에 매달렸다.

"왜 가즈미가, 대체, 왜요?"

"이제부터의 이야기는 제 상상입니다." 낭독이라도 하듯 감정을 억누른 어조였다. "부인은 야마쿠라 씨와 미츠코 씨의 관계를 알고 있었습니다. 물론 도미사와 씨 가족이 근처로 이사온 후에 비로소 알았을 겁니다. 성장한 시게루의 얼굴에서 야마쿠라 씨와 닮은 점을 보고 의심을 갖게 되지 않았을까요? 미치코 씨와 다시 만난 뒤 야마쿠라 씨의 태도에서도 미묘한 변화가 나타났을 겁니다. 그래서 부인은 의혹을 가졌습니다. 부인의 마음속에서 그 의혹이 어떻게 커졌는지는 아무도 알 수 없습니다. 아무튼 의혹은 어느 시점에서 확신으로 바뀌었고, 그 순간 부인은 선을 넘고 말았습니다.

그 이유는 사실 기묘한 일이 일어났기 때문이라 생각합니다. 칠 년 전의 유산 이후 두번 다시 아이를 가질 수 없다는 선고를 받은 부인의 모성은 일그러진 에너지를 내면에 품고 말았습니다. 다카시를 입양해 키우게 되면서 일단 그 에너지는 사라진 것처럼 보였죠. 하지만 그건 표면적인 평온에 불과했습니다. 부인은 뒤늦게 당신의 배신을 알게 됐고, 그 순간 마음속 깊이 가라앉아 있던 흉포한 힘에 불이 붙었습니다.

아마 부인은 이렇게 생각했을 겁니다. 남편은 내가 유산하기 전부터 미치코와 만났다. 날 질투한 미치코가 산부인과 간호사라는 입장을 악용해 아이가 유산되도록 만들었다. 미치코가 내 아이를 죽였다. 그리고 남편의 아이까지 낳았다. 내게서 남편의 아이를 뺏은 것이다. 내게도 미치코에게서 남편의 아이를 뺏을 권리가 있다. 나는 미치코의 아이를 죽이고 말겠다.

눈에는 눈. 이런 생각을 하지 않았을까요? 그렇기에 더더욱 부인은 아이를 걱정하는 어머니가 있는 이 집에서 시게루를 죽인 겁니다. 칠 년 전 자신의 아이가 배 속에서 살해된 것처럼요.

물론 이런 생각은 하나부터 열까지 부인의 일그러진 추측에 불과합니다. 야마쿠라 씨와 미치코 씨의 관계는 부인이 유산으로 불안정한 상태에 빠진 뒤의 일이기에 미치코 씨에게 유산의 책임을 돌리는 건 망상일 뿐이죠. 하지만 운명의 장난이 너무나 가혹했습니다."

철두철미하게 얻어맞았다. 말도 나오지 않았다. 내 어리석음을 원망했고, 가즈미가 겪었을 깊은 정신적 방황에 몸이 떨렸다. 무릎 위로 몸을 숙이고 오열을 삼켰다.

"괜찮으십니까?" 노리즈키가 물었다.

나는 흐르는 눈물을 닦지도 않고 고개를 들었다.

"가즈미를 만나야겠어요. 혼자 있다니 너무 가엽습니다. 제가 곁에 있겠습니다. 당장 경찰서로 가겠어요."

노리즈키는 주저하다가 천천히 고개를 저었다. 그의 표정에 보이지 않는 균열이 일었다.

말로 형용할 수 없는 충격이 전해졌다.

"설마, 가즈미가……"

"제가 좀더 빨리 알아챘어야 했습니다." 노리즈키가 말했다. "말씀드린 결론에 이른 건 불과 한 시간 전이었습니다. 바로 댁으로 전화를 걸었지만 아무도 받지 않았습니다. 불길한 예감이 들어 달려왔습니다. 현관은 열려 있었지만 집안은 어두컴컴했습니다. 부인은 차고에서 목매달아 자살했습니다. 충동적으로 결심한 것 같습니다. 남편이 체포돼서 돌아오지 못한다고 생각했겠죠. 혼자 남겨지는 것이 두려워 성급한 행동을 한 것 같습니다……"

노리즈키의 목소리가 우물 밑에서 울려퍼지는 듯하다가 이윽고 서서히 멀어지면서 전혀 들리지 않았다. 나는 자아의 안팎이 구분되지 않는 상태로 오로지 가즈미의 얼굴을, 가즈미의 목소리를, 가즈미의 온기를 떠올리고 있었다.

아내를 안은 것이 불과 몇 시간 전의 일이었다. 그런데 그 느낌이 벌써 기억나지 않았다. 아무리 떠올리려 해도 오감을 빠져나가 어딘가로 사라져버렸다.

그건 당신의 환영이었나.

그때 당신은 벌써 죽어 있었나.

그렇지 않았다. 죽은 건 바로 나였다. 나라는 남편이야말로 거짓으로 조형된 환영이었다. 나를 속인 건 가즈미가 아니라 바로 나 자신이었다. 내가 원흉이었다. 내가 모든 걸 망가뜨렸다. 나는 저주받은 인간이다. 건드는 족족 모든 것을 썩고 더럽고 배덕의 빛으로 물들이는 존재. 불행을 불러일으키는 역병신.

가즈미. 당신은 나를 원망하며 죽었겠지.

나는 영원히 당신의 증오를 짊어지고 살아가야 하겠지.

그럴 수 없다.

용서해, 가즈미.

어리석은 남편을 용서해줘.

아니, 날 용서하지 마. 날 증오해. 날 사랑했던 걸 저주해. 나는 죄 많은 남자다. 어리석은 남자다. 당신을 사랑한다면서 당신의 고통을 몰랐다. 당신에게 괴로움을 주면서 모른 척했다. 결국 당신을 죽게 내버려뒀다. 평생을 바쳐도 갚을 수 없다. 그렇다면 당신의 증오를 받아들이겠어. 당신만이 아냐. 나 때문에 불행해진 사람, 죽은 사람, 모두의 증오와 원념을 내가 다 떠안겠어.

복도에서 인기척이 들렸다. 노리즈키가 일어나서 문을 열었다. 다카시였다.

"잠이 안 와?" 나는 물었다.

고개를 끄덕인다.

노리즈키가 내게 살짝 고개를 숙였다. 그러고는 말없이 거실에서 나갔다. 다카시와 둘만 남았다.

"이리 와."

다카시가 내 팔에 매달렸다. 작고 마른 몸을 꼭 끌어안았다.

"아빠?" 다카시가 고개를 들었다.

"왜?"

"엄마가 죽었어?" 엿들은 것이다.

더이상 거짓말할 수 없었다.

"응."

"……나 안 울어."

하지만 눈에 눈물이 그렁그렁했다.

핏줄로 이어지지 않은 자식의 얼굴을 보는 내 가슴에서 뜨거운 것이 치밀어올랐다. 다카시, 넌 아직 어리다. 하지만 죽은 사람들의 유지에 부끄럽지 않게 내가 널 훌륭한 어른으로 키우겠다. 그게 남겨진 자의 의무다. 그리고 언젠가 네게 모든 걸 밝힐날이 오겠지. 그때가 되면 죽은 사람들을 대신해 네가 나를 심판해라.

"다카시."

"왜?"

"넌 아빠랑 엄마 아들이야."

"응."

"응이 아니지."

"네, 아빠."

단행본 간행에 부쳐

본서는 '명탐정' 노리즈키 린타로가 등장하는 시리즈의 네번째 작품입니다. 처음 제 소설을 접한 분이라면, 그리고 이 소설이 마음에 들었다면 시리즈를 거슬러 올라가 읽어주시길 바랍니다. 또한 이후로 기술할 내용은 기존 독자를 염두에 두었기에 혹시 그렇지 않은 독자의 심기를 불편하게 해드린다면 미리 용서를 구합니다.

최근 독자들로부터 이런 질문을 자주 받습니다.

"왜 매 작품마다 작풍을 바꾸죠?"

질문을 받은 자리에서는 "질려서요"라든가 "매너리즘에 빠지지 않게 인상을 바꾸기 위해서죠" 등의 대답으로 모면하는 경우가 많습니다만 솔직히 스스로도 설득력 없는 대답이라고 생각합니다.

좀더 깊이 생각해보면, 아직 스타일 운운할 만큼 원숙하지 않아서 과거에 저 자신이 행복한 독자였던 시절에 강한 임팩트를 받은 작품을 모방하면서 창작수업, 아니 시행착오를 겪고 있다고 말하면 설명이 될까요? 어쩌면 그런 시행착오는 데뷔 전에 끝냈어야 했다는 말이 나올지도 모르겠군요. 그러나 한편으로는 최근 미스터리를 읽기 시작한 젊은 독자가 제 작품을 계기로 과거의 명작에 손을 뻗게 될 수도 있으니, 지금의 방식이 무조건 나쁘다고만은 할 수 없지 않을까요. 어쨌든 이 모두가 앞선 질문에 대한 현재의 대답이라 해두겠습니다. 자세가 퇴행적이라는 비판은 달게 받겠습니다.

자, 이번 작품도 여느 때와 마찬가지로 신구 내외를 불문하고 수많은 선행 작품에 많은 빚을 졌습니다. 탐색을 즐기는 독자의 재미를 빼앗지 않기 위해 여기서 인용의 출처를 소상히 밝히지는 않겠지만, 이번에는 특히나 스타일의 혼용 경향이 현저합니다. 그런 만큼 역시나 여느 때처럼 안일하다는 비난을 받으리라 각오하며, 이 자리를 빌려 밝힙니다. 이 인용들은 모두 제 마음을 흔든 작품들과 그 작가에 대한 오마주이자 러브레터입니다.

부디 독자들에게 이런 마음이 전해지기를.

그런데 다른 관점에서 봤을 때, 제 소설이 정말 매번 그렇게 다른가요? 쓰는 당사자가 하는 말이라 별로 의지는 안 됩니다만 제 감상에서 보자면 꼭 그렇지만도 않다는 느낌이 듭니다.

하지만 이 문제를 너무 깊이 파고드는 건 책 내용을 스스로 밝히는 것과 마찬가지이니 더는 건드리지 않겠습니다. 여기서는 지금까지 제가 쓴 작품은 모두 표면적인 의장意匠은 차치하더라도 좀더 근원적인 곳에서 공통요소를 공유하고 있다는 점, 그리고 그 공통성이야말로 제 미스터리관觀과 밀접하게 연결되어 있다는 걸 시사하며 멈추겠습니다.

좀처럼 책을 내지 않는 제게 다양한 위로의 말씀을 건네주신 인내심 강한 독자 여러분. 정말로 오래 기다리게 해드렸습니다. 그럼 다음 모험에서 또 만나뵙겠습니다.

1991년 3월

문고판 간행에 부쳐

이 장편을 쓴 건 스물여섯 살 때로, 1990년부터 이듬해 초에 걸친 시기였다. 세월이란 참으로 빨라서 벌써 오 년 전의 일이다. 작업 마무리에 돌입했을 즈음 걸프전이 발발했던 기억이 난다.

그 무렵 나는 갑자기 담배를 피우기 시작했다. 그전까지 전혀 흡연 습관이 없었는데 신기하게도 담배를 피우면 머리가 맑아져서 원고가 잘 써진다는 걸 깨달은 것이다. 지금은 완전히 헤비 스모커가 돼버렸다. 하지만 니코틴의 작용으로 일이 빨라진 건 딱 이때뿐이었다. 백해무익한 걸 알면서도 끊지 못한다. 집필이 늦어지는 이유가 흡연 때문이라는 말도 있지만, 그건 또 아니라고 생각한다.

이 책은 이미 고단샤 문고로 들어간 『또다시 붉은 악몽』 『노리즈키 린타로의 모험』보다 앞선 작품이다. 문고화 순서가 거꾸로 됐지만 특별한 이유는 없다. 당초에는 논노벨 시리즈*로 『3의 비극』까지 쓴 뒤 『1의 비극』부터 순서대로 문고판으로 내려고 했는데, 편집부에서 아무리 기다려도 내가 원고를 주지 않자 결국 더는 미루지 못하게 됐다는 게 실상에 가깝다.

그러고보니 최근 『3의 비극』은 언제 나오느냐는 질문을 자주 받는데, 솔직히 나도 잘 모르겠다. 아마도 삼인칭, 삼 부 구성의 소설이 될 테고, 아이라 레빈의 『죽음의 키스』같지 않을까 하는 막연한 이미지가 있기는 하다. 하지만 그 이상은 말할 수 없고 말해봐야 거짓말이 될 것이다. 어쩌면 전혀 다른 작품이 될 수도 있다. 그런 이유로, 도리스 데이도 노래했듯이 앞으로의 일을 누가 알겠나, 케 세라 세라라고 할까. 너무나 무책임한 말이지만 현 시점에서는 이보다 성실한 대답은 불가능하다고 나는 생각한다.

WHAT WILL BE, WILL BE?

이 작품은 시미즈 다쓰오의 문체와 하라 료의 플롯에 대단히 큰 영향을 받았다. 아니 영향을 받았다는 말로는 부족하고, 나는 존경하는 두 작가의 책을 교과서 삼아 수업받는 제자처럼 열심히 소설을 써나갔다. 그 사실은 비교해서 읽으면 일목요연하고,

---

* 쇼덴샤에서 발행하는 문예 신서 시리즈.

특히나 하라 료의『내가 죽인 소녀』의 구성에 큰 신세를 졌다.

그런 식으로 쓴 데는 당시 천편일률적인 신본격 비판에 대한 반발 때문이었기도 한데, 일종의 스탠드플레이적인 면이 전혀 없었다고는 말 못하지만, 아무튼 지금 시점에서 한마디 덧붙이자면 이 소설에서 채용한 스타일이 하드보일드 문법의 적극적인 도입이라는 방법론에 의해서만 성립하지는 않았다는 점을 밝혀둔다.

『요리코를 위해』의 구성이 니컬러스 블레이크를 밑바탕에 깐 것처럼 이 작품의 설정, 특히 인물의 배치와 스토리 전개는 포스트 황금기의 본격미스터리 걸작을 인용, 재해석함으로써 이런 형태로 만들어졌다. 다만 여기서 참조한 작품을 거명하면 거의 스포일러가 돼버리기에 아직 읽지 않은 독자를 위해 숨겨두기로 한다. 어떻게든 알고 싶은 독자는『노리즈키 린타로의 모험』에 수록된 단편「토요일의 책」을 체크하길 바란다. 노리즈키 린타로가 그 책을 보고 방긋 웃는 장면이 있다. 덧붙이자면 그 책의 저자는 미국인이고, 실은 두 작가가 합작을 한다. 그리고 필명의 성 이니셜은 Q지만 엘러리 퀸은 아니다(퀸의 인용은 굳이 말할 것도 없다).

여담이지만 나는 최근 리처드 보커의『상원의원』을 읽었을 때 역시 이 작가를 떠올렸다. 주인공의 상황과 스토리의 반전 방식이 대단히 비슷하다는 느낌이 들었기 때문이다. 물론 리처드 보커에게 그런 의도가 있었는지는 확실하지 않다(아마 아닐 것이다).

글이 늘어지지만 마지막으로 하나만 더 짚어두고 싶다. 이 소설이 유괴사건에 휘말린 아버지의 일인칭으로 기술된 결정적인 이유는, 단적으로 말해서 탐정 노리즈키 린타로의 시점에서 이야기를 진행할 수 없었기 때문이다. 그렇게 된 건 당연히도 『요리코를 위해』 때문이다. 그(탐정)는 일단 타자의 시선에 노출돼야만 했다. 하여 '또하나의 니시무라 유지의 수기'가 소설의 전체를 지배하게 된 것이다. 그렇기에 이 작품은 『요리코를 위해』의 자매편인 동시에 그 안티테제이기도 하다. 그리고 이 작품에 이어지는 『또다시 붉은 악몽』이란 소설의 골자는 한없이 산란하는 이야기 속에서 다시 한번 탐정의 시점을 되찾고자 하는 작가의 고된 편력의 여행에 다름 아니다.

1996년 6월
노리즈키 린타로

옮긴이 이기웅

제주에서 태어나 출판편집자로 일하며 다양한 일본소설을 소개하다가 번역에 이르렀다. 하세 세이슈의 『불야성』 『진혼가』 『장한가』, 혼다 다카요시의 『모먼트』 『파인 데이즈』 『체인 포이즌』, 사사키 조의 『제복수사』 『폭설권』 『폐허에 바라다』, 노리즈키 린타로의 『요리코를 위해』, 누쿠이 도쿠로의 『통곡』 『우행록』 『후회와 진실의 빛』, 유메마쿠라 바쿠의 『신들의 봉우리』, 히구치 유스케의 『나와 우리의 여름』 등을 우리말로 옮겼다.

1의 비극

1판 1쇄 2021년 6월 22일
1판 2쇄 2021년 7월 15일

지은이 노리즈키 린타로 | 옮긴이 이기웅

책임편집 김혜정 | 편집 강경화 원예지 | 독자 모니터링 윤성의
디자인 강혜림 | 저작권 김지영 이영은
마케팅 정민호 정진아 김혜연 정유선
홍보 김희숙 김상만 함유지 김현지 이소정 이미희 박지원
제작 강신은 김동욱 임현식 | 제작처 영신사

펴낸곳 (주)문학동네 | 펴낸이 염현숙
출판등록 1993년 10월 22일 제406-2003-000045호
주소 10881 경기도 파주시 회동길 210
전자우편 foret@munhak.com | 대표전화 031)955-8888 | 팩스 031)955-8855
문의전화 031)955-8896(마케팅) 031)955-1904(편집)
문학동네카페 http://cafe.naver.com/mhdn | 트위터 @munhakdongne
북클럽문학동네 http://bookclubmunhak.com

ISBN 978-89-546-8019-6 03830

www.munhak.com